岁月记忆

健◎著

广西民族出版社
Gvangjsih Minzcuz Cuzbanjse

黄健，广东人，教授，新闻传播学硕士研究生导师，广西人民政府参事，广西决策咨询委员会专家，广西新闻出版局原党组副书记、副局长（正厅级），广西文联第七届、第八届副主席，广西作家协会会员。

15岁到农村插队，18岁进工厂当工人，1978年考入大学，先后在南宁、武汉、广州上学。曾任出版社和杂志社的社长、总编辑，阅历丰富。创作作品甚丰，内容题材广泛，擅长新闻人物摄影，在报刊发表散文100多篇，出版著作有《掠燕湖札记》《百年奥运》《岁月行思》《岁月如歌》《触摸文明》《阅读法兰克福》《阅读世界》《阅读台湾》《出版产业论》《思考出版》《新媒体浪潮》《全媒体风暴》《新媒体传播论》《院士之路》《沿着民族复兴的足迹》《"一带一路"与广西开放发展新格局》《RCEP与新时代广西新发展格局》。编辑的图书曾多次获中宣部"五个一工程"图书奖、国家图书奖、中国图书奖。

序

勤奋与情怀

聂震宁

作者与聂震宁合影

记得是2018年8月，国家新闻出版署在吉林省长春市举办一个全国青年编辑培训班，邀请几位出版专家授课，我与黄健兄都在受邀之列。他是头一天下午讲课，我是第二天上午讲课。我们都因工作忙碌，在第二天午饭后返程，我回北京，他回南宁。在同车去长春机场的路上，他对我说，他的散文集《岁月记忆》快要完稿，请我作序。因为是老朋友的邀请，我只能应承下来。

《岁月记忆》是黄健兄的第五本散文随笔集。先前出版的四本是《掠燕湖札记》《岁月行思》《岁月如歌》《触摸文明》，其中《岁月如歌》也是邀我作的序。在序言里，我有这么一番感慨："陈建功先生在为黄健的《岁月行思》一书所作的序言里，很是赞叹作者的'勤勉与执著'。我以为建功兄的赞誉是恰如其分的。面对勤勉而执著地从事文学写作的黄健兄，除了赞叹他的'勤勉与执著'，我们还能说什么呢？"

现在，我却还要说上一句，我要赞叹他的"勤奋与情怀"。

黄健兄长期在新闻出版行业工作，在出版社做过编辑，当过总编辑、社长，后来升为广西新闻出版局党组副书记、副局长。

他编辑的图书多次获得“五个一工程”图书奖、国家图书奖和中国图书奖，业绩不俗。他在新闻出版专业理论上的写作成果也相当不错，出版过《出版产业论》《思考出版》《新媒体浪潮》《新媒体传播论》《全媒体风暴》等论著。散文随笔写作只能是他新闻出版实务与理论之余的事情，却也有不菲的收获，实在可以用“勤奋与情怀”来评价黄健兄了。

我们先来谈谈勤奋。中国人关于勤奋的故事俯拾即是，譬如“悬梁刺股”“囊萤映雪”“凿壁偷光”“闻鸡起舞”“宵衣旰食”等，这些成语都来自一个个历史名人勤奋成才的故事。唐宋八大家之首的唐代文学家韩愈的名言“业精于勤，荒于嬉；行成于思，毁于随”更是成为千百年来有志者的座右铭。

古今成大事者，无不在于勤奋。爱因斯坦说：“在天才和勤奋两者之间，我毫不迟疑地选择勤奋，她几乎是世界上一切成就的催产婆。”爱迪生说：“天才是百分之九十九的汗水加百分之一的灵感。”鲁迅先生说：“哪里有天才，我是把别人喝咖啡的工夫都用在工作上了。”爱因斯坦、爱迪生、鲁迅等名人无疑都获得了巨大的成功，但他们都不以天才自诩，而是把取得的成就归结于勤奋，足可见勤奋对成功的重要性。

黄健兄在新闻出版行业从业近40年。前面说到了，他在出版业的许多岗位上历练过，出色履行了每一个岗位的职责，取得了优异成绩，获得过各种奖励，为此肯定付出了大量时间和精力，其勤奋自不待言。用世俗眼光来看，有业绩，获大奖，职务升到高位，可以说是功德圆满了。然而，除此之外，他竟还出版了5部编辑出版学论著和5部散文随笔集，而且这些文字大多数是他在本职工作之外的时间写下来的。如果没有勤奋的精神，这实在是难以想象的。

展读《岁月记忆》书稿，尤其让我惊讶的是他的勤奋。浏览书中的国外篇，十多篇散文随笔，写到亚非欧美许多国家的许多名城，有令人目不暇接之感。不明就里的读者，可能会以为作者是一位职业作家或者国际旅行者，否则怎么会有那么多游历，用那么多文字去记录、描写异域风情和文化？事实上，作者只是一位因公出访国际出版业的中国出版人，国家对公务出访的时间一直都有非常严格的规定，既不可能像职业作家那样仔细感受，也不可能像旅行家那样猎奇求趣，而常常只能是匆匆来去。可是，就在这匆匆来去之间，他竟能写下如许性情文字：在巴黎写下对巴尔扎克故居和雨果故居的不同观感，在莫斯科写下对英雄之城的敬意，在德国法兰克福抒发走进歌德故居的感想，如此等等，不一而足。包括书中的国内篇、人物篇中的许多作品，让我在品读美文之余，情不自禁要向勤奋的他表示敬意。试想，倘若不是相当勤奋，没有青灯黄卷一般的苦熬，这些内容丰富而又美丽奇妙的作品怎么可能会在繁忙的工作之余创作出来并呈现给我们？

我与黄健兄已经有数十年的交往。仔细回想起来，他给我留下的印象一直就是勤奋。他总是那样红光满面、精力充沛、精神抖擞。人生总有顺境逆境，而黄健兄在数十年来无论境遇顺逆，都不曾有过懈怠、颓丧、萎靡之类的状态，似乎总是一副无往而不胜的气概，一副勤奋劳作而又孜孜不倦的模样。想想他的精神样貌，在繁忙工作之余能写下数百万字的文字，也就不会太奇怪了吧。

我们赞叹了他的勤奋，很自然就想讨论一下：此种勤奋写作的状态究竟出于怎样的动因呢？

讨论一个作者勤奋写作的动因，当然是无比复杂的问题。自古以来，写作动因纷繁复杂，有出自“长太息以掩涕兮，哀民生之多艰”的激情，有来自“仁者爱人”的情怀，有出于“为天地立心，为生民立命”的抱负，也有为了“求闻达于诸侯”或“著书都为稻粱谋”的俗念，等等。尽管我与黄健兄交往经年，但也不敢贸然揣测。根据多年来阅读他的各种文字的经历，我相信，他的动因应当缘于他的文化情怀。

情怀是含有某种特殊感情的心境，情怀是一种发自内心的执著追求。古今中外成大事者，不仅出于勤奋，更出于不俗的情怀。多年来，黄健兄与我不时会有交流，他多次感叹业内一些老前辈有情怀，给我留下深刻的印象。他显然是十分看重情怀的。阅读他的10多部著作，看得出来，作为一个出版人，他看重出版事业中的社会效益、文化价值和传播实效，有着爱书、爱好书、希望多出好书的追求，这是出版人的文化情怀；作为一个散文作家，他看重文学创作中的世道人心，有着涉笔成趣、记忆岁月的追求，这是作家的文化情怀。怀着这样的情怀，黄健兄方可能在编辑出版理论上勤奋写作并取得引起同行关注的成绩，在文学创作上才可能孜孜不倦，新书迭出，现在又呈献一部新著《岁月记忆》。对文化的兴趣，使得他时时保有一颗敏感的心灵，不断写下如此优雅而抒情的文字；对文化的追求，使得他纵横驰骋八万里，写下一篇篇内容丰富、趣味盎然的作品：这就是一种文化情怀。这种情怀看上去像是与生俱来的，其实是人生的选择，特别是当他卸任职务之后，依然如此笔耕不辍，如此勤奋前行，愈发表明这种情怀就是他终生无悔的人生选择——理应受到人们致敬的人生价值的选择。

这是黄健兄第五本散文随笔集《岁月记忆》出版之际所引发的我的一点感想，谨就教于黄健兄和各位读者。

是为序。

2020 年 3 月 28 日写于北京民旺园

序言作者简介：聂震宁，现任韬奋基金会理事长，曾任中国出版集团公司总裁、人民文学出版社社长兼总编辑。

目录

第一辑

人物篇

2 可上九天揽月
——访“共和国勋章”获得者、中国科学院院士孙家栋

13 我是一个兵　来自老百姓
——访“共和国勋章”获得者李延年

29 稻菽千重　禾下留梦
——记“共和国勋章”获得者、中国工程院院士袁隆平

48 从将军之子到“草原之子”的人生跨越
——访“七一勋章”获得者廷·巴特尔

57 大空紫烟
——记“两弹一星功勋奖章”获得者、中国科学院院士陈能宽

72 青春永远万岁
——记“人民艺术家”国家荣誉称号获得者王蒙

84 天行健　君子以自强不息
——记中国现代语言学的奠基人王力

94 芳馨沁人间　巨笔绣中华
——忆艺术家阎肃老师

102 中国馆之父
——访中国工程院院士何镜堂

115 一介书生　一生如是
——追忆国学大师、北京大学教授、《儒藏》编撰中心主任汤一介先生

123 黄永玉与万荷堂

136 学者风范
——回忆龚育之先生

第二辑
国内篇

146 逐梦路上　百年风华
——中国共产党成立100周年有感

156 我与人民政协的故事

166 渼陂村
——二七会议旧址

174 我的“长征记忆”与“长征路”

182 一座饭店与一段历史

188 《百色早报》创刊的回忆

198 天安门广场的记忆

207 一张珍贵的照片　一段难忘的历史
——忆广西日报传媒集团的诞生

214 一座教学大楼　一段历史记忆

221 婀娜袅袅的六月

228 难忘的知青岁月

238 难忘的冬至节
——《大中华文库》出版工程暨新闻出版走出去先进单位表彰大会记忆

244 风情万种的西双版纳

254 神奇美丽的玉龙雪山

262 一个人的苏州

268 梦幻婺源——中国最美丽的乡村

275 武汉的春天

280 台北故宫博物院

286 美丽的日月潭

290 永恒的人生记忆

第三辑

国外篇

亚 洲

301 历史遗产之城——加德满都
313 西亚古都——伊斯坦布尔

欧 洲

326 英雄之城——莫斯科
340 国际书展名城——法兰克福
348 在巴黎感受“人间喜剧”——访问巴尔扎克故居
356 地理大发现之城——里斯本

北美洲

372 “羽蛇”之城——奇琴伊察
382 美丽的哈瓦那

南美洲

392 “不雨城”—利马

402 万种风情—里约热内卢

412 世界最南端的城市—乌斯怀亚

非 洲

426 非洲之都—内罗毕

436 母亲之城—开普敦

后记

448 长河的记忆

第一辑

人物篇

可上九天揽月

——访“共和国勋章”获得者、中国科学院院士孙家栋

孙家栋，中国科学院院士，国际宇航科学院院士，中国第一颗人造地球卫星“东方红一号”总体设计负责人。1989 年，孙家栋担任中国火箭进入国际市场谈判代表团团长。1996 年，孙家栋当选国际欧亚科学院院士。1999 年，孙家栋荣获“两弹一星功勋奖章”；2003 年，孙家栋任中国探月工程总设计师。2010 年 1 月 11 日，在国家科学技术奖励大会上，孙家栋获得 2009 年度国家最高科学技术奖。2017 年 2 月 8 日，孙家栋当选“感动中国 2016 年度人物”。2018 年 12 月，孙家栋被授予“改革先锋”荣誉称号。2019 年 9 月，孙家栋荣获中华人民共和国最高勋章——“共和国勋章”。

初识孙家栋

第一次听说孙家栋院士，记得是在 1998 年的冬天，当时我在北京中关村采访“863”高科技计划倡议者、中国科学院院士、“两弹一星功勋奖章”获奖者杨嘉墀。杨嘉墀作为总体组的成员参与了我国第一颗人造卫星“东方红一号”的总体方案论证，他给我介绍了孙家栋的科学贡献事迹。

第二次听说孙家栋院士是在 1999 年，正值中华人民共和国成立 50 周年，孙家栋荣获“两弹一星功勋奖章”，是获奖者中比较年轻的院士。

2010 年 12 月，孙家栋在北斗导航卫星发射前仰望蓝天

作者与孙家栋在桂林电子科技大学校庆上合影

第三次了解孙家栋院士是在2001年，河北少年儿童出版社社长送给我《两弹一星功勋科学家》丛书，其中有一卷介绍了孙家栋的科学生涯和杰出的贡献。我认真地阅读完后，深受感动。

第四次听说孙家栋院士是在2009年，孙家栋正式接受广西壮族自治区人民政府聘请，出任桂林电子科技大学的名誉校长。他在促进桂林电子科技大学“申博”工作、设置北斗技术方面的专业，全面提升桂林电子科技大学学科建设能力和科研水平，为西部大开发提供智力支持和知识保障，实现新的办学跨越等方面，具有重要的推动作用。2009年，孙家栋获国家最高科学技术奖。这是中国五个国家科学技术奖中最高等级的奖项，每年评审一次，授予科技成就卓著、社会贡献巨大的个人，每次不超过两名，由国家主席亲自颁奖。

我真正与孙家栋近距离接触一共有两次。

第一次是2010年10月20日，孙家栋出席桂林电子科技大学建校50周年庆典大会，我应邀参加了此活动。那天，孙家栋与8000多名师生见面时，深情勉励同学们刻苦学习、立志报国，为建设创新型国家贡献青春与才智。孙家栋还欣然为桂林电子科技大学题词：“弘扬特色，科学发展，建设高水平大学！”孙家栋受聘担任桂林电子科技大学名誉校长以来，一直对学校的学科建设与人才培养十分关心。他带来了由“嫦娥一号”探月器采集的数据制作的“月球仪”，亲手交给学校领导。年过八旬的孙家栋向同学们讲述了他在我国航天事业起步阶段经历过的一些事情。他语重心长地对学子们说：“我国航天事业能取得今天的瞩目成绩，离不开科技和人才的支撑。你们赶上了科学发展的好时代，要倍加珍惜，为国家顺利实现‘十二五’规划目标做出自己应有的贡献。”大会结束后，在从会场走回住地的路上，我与孙家栋进行了比较长时间的交谈，孙家栋谈到有关中国探月工程总设计师、运载火箭与卫星技术方面的话题，并欣然与我合影。

第二次是2011年5月，我应邀到桂林电子科技大学讲课，恰好孙家栋到学校指导工作。中午，桂林市主要领导和学校领导宴请，我出席作陪，正好坐在孙家栋旁边，又一次近距离地与他交谈。席间，我向他请教了不少问题，他为人亲和，一一为我解答。当时他还应邀给我题词。在座的领导风趣地说：“今天收获最大的人是黄健，他拿到了孙家栋院士的真迹，很有纪念意义。”

2017年2月，孙家栋院士当选“感动中国2016年度人物”。在央视综合频道晚上黄金时间现场直播时，主持人念到孙家栋的颁奖词：“少年勤学，青年担纲，你是国家的栋梁。导弹、卫星，嫦娥，北斗，满天星斗璀璨，写下你的传奇。年过古稀未伏枥，犹向苍穹寄深情。”“感动中国人物颁奖盛典”被誉为“中国人的年度精神史诗”，当选者应该具备为推动社会进步、时代发展做出杰出贡献，获得重大荣誉并引起社会广泛关注；当选者应该在各行各业具有杰出贡献或重大表现，是国家级重大项目的主要贡献者。孙家栋院士是我国航天事业60余年发展的里程碑式人物。我看完中央电视台“感动中国人物颁奖盛典”后心潮澎湃，久久不能平静，提笔写下这篇文章。

少年勤学

孙家栋，1929年4月生于辽宁省瓦房店市。1935年，孙家栋上学，和母亲一样，他也是左撇子，老师说要用右手写字，孙家栋说什么都不干，不被学校接受，两周以后退学。一年以后，孙家栋就学会熟练地使用右手。到营口上学后，他已可左右开弓打乒乓球，而且各科成绩优异。

1948年，孙家栋考入哈尔滨工业大学预科班专修俄文，当时他最大的愿望是成为一名土木建筑系的学生，将来可以去修大桥。偏偏在这时哈尔滨工业大学增设汽车专业。对年轻的孙家栋来说，汽车带着一种神秘色彩，造汽车似乎比修大桥更神气，于是他转入了汽车专业。

1958年4月，孙家栋（最上排左三）与在茹科夫斯基空军工程学院的22位同学

如果按这种轨迹，孙家栋可能终生不会与航天打交道。但他没料到，自己的人生却因为一碗红烧肉而改变。1950年的元宵节，按照往常的习惯，孙家栋午饭后就要回哈尔滨的姐姐家。但那晚全校会餐，每位学生将分得一碗红烧肉，这是孙家栋最喜欢吃的一道菜。于是，他决定吃完红烧肉再走。就在晚饭时，学校领导在食堂宣布，新中国的空军来招人，现场报名，当场决定人选，两小时后乘坐前往北京的列车。孙家栋回忆说，包括他在内，所有亲历过旧时代和新中国成立的青年学生，无不满腔热情，踊跃报名，而他因为是预科班中为数不多的共青团员，幸运中选。当晚，他就登上了列车，前往中国人民解放军空军第四航空学校报到，成为一名穿蓝色军装的军人。许多年以后，孙家栋与部属谈起这件事时，还不无感慨地说："世间之事就是这么玄，仿佛是那碗红烧肉改变了我的一生啊！"

1951年，孙家栋获得公派苏联留学的资格，和另外29名军人被派往苏联茹科夫斯基空军工程学院飞机发动机专业学习，他的学习成绩一直名列前茅。一年后，在学院大门最显眼的"状元榜"上出现了孙家栋的照片。这个学院有一个传统：考试全部获得5分的同学的照片会被挂在学校一进门的地方。一学年后，如果能继续保持，便把照片往上挪。越往上人数越少，照片也越大。毕业时如果能在其上保留一张大照片，便可获得一枚印有斯大林头像的金奖章。1958年，孙家栋以优异的成绩毕业，他带着这样一枚印有斯大林头像的珍贵的金奖章回到了中国，这在当时的中国留学生中屈指可数。

青年担纲

回国后，学了7年飞机发动机专业的孙家栋本以为会和飞机打一辈子交道，但没想到连飞机的影子都没见着，就被分配到国防部第五研究院从事导弹研制工作，参与研制东风系列导弹。其原因很简单：服从国家需要！孙家栋从1960年开始担任导弹型

1.1950 年，孙家栋参加了空军
2.1970 年 4 月 24 日发射的“东方红一号”卫星

号总体主任设计师，为东风系列中近程导弹的成功研制立下了汗马功劳。

1967 年，党中央把“两弹一星”工作提上议事日程。当年夏天，中央组建中国空间技术研究院，由科学家钱学森任院长。钱学森很早就知道了孙家栋在苏联学习的优秀事迹。很快，由钱学森点将，聂荣臻元帅批准，调孙家栋到新组建的国防部第五研究院出任卫星总体设计部负责人。于是就在孙家栋埋头图纸中进行导弹设计的时候，一位名叫汪永肃的军人来到他的办公室，通知他出任卫星总体设计部负责人。同样一个原因：服从国家需要！孙家栋与 9 年前学成回国时放弃航空事业而改为从事导弹事业一样，放弃了已经熟悉并建树颇丰的导弹领域，转而担起卫星研制的重任，从此与卫星结下不解之缘。这一年他 37 岁。

当时，苏联、美国、法国已经成功发射了人造卫星，日本也在加快准备，孙家栋身上的压力可想而知。1967 年 12 月，孙家栋主持了中国“第一星”技术方案的重新论证工作，确定“第一星”是试验卫星，命名为“东方红一号”。在要资料没资料、要经验没经验、要专家没专家的窘境下，为了确保核心任务顺利完成，孙家栋紧紧抓住“上得去，抓得住，听得见，看得着”这四个要求，凡与此无关的技术试验，全部取消。针对如何尽快组建卫星总体设计部，如何按工程的研制规律一步步往下走，各系统怎样连接起来，连接起来后又怎样做试验等一个个难题，他决定从组建队伍抓起。然而，当时处于“文革”时期，发射卫星又是人人都想参与的大事。对于年轻的孙家栋来说，选人时稍微处理不当，就会影响卫星研制工作。在钱学森的鼓励下，他横下心，抛开顾虑，一切以造卫星需要为标准。经过详细考察，他从不同专业角度和技术特长出发，最终选定了戚发轫等 18 人，这就是中国卫星发展史上有名的“十八勇士”。“十八勇士”的聚会，使卫星总体设计部如虎添翼。孙家栋又根据实际情况，大胆对原来的卫星方案进行了简化。孙家栋回忆说：“这种简化是把一辆汽车变成了平

板车。”他说服一些老专家，去掉了原设计方案中的卫星探测功能，先用最短的时间实现卫星上天，在此基础上，再发射有功能的卫星。攻克重重难关后，卫星初样在 1969 年 10 月基本告成。1970 年 4 月 24 日，中国第一颗人造卫星在“长征一号”运载火箭的巨大轰鸣中，从戈壁大漠腾空而起，中国成为世界上第 5 个能够发射人造卫星的国家。为此，钱学森曾对别人说：“看来，把孙家栋找来还是对的，他的确敢干事，会干事。”“东方红一号”卫星发射成功，奏响了中国人向太空迈进的序曲。卫星上的全部元器件、设备和材料都是中国自己的产品。许多理论和技术难关的攻克，都是中国自己的成果，它们是中华民族智慧的结晶。

国家栋梁

“东方红一号”发射成功后，孙家栋就与卫星结下了不解之缘。从“东方红一号”卫星开始，中国航天事业的每一次大发展，几乎都有着孙家栋的身影。他的传奇人生与我国航天发展史上的多个“第一”密切相连：第一颗人造卫星、第一颗科学实验卫星“实践一号”、第一颗返回式卫星、第一颗同步试验通信卫星、第一颗静止轨道气象卫星、第一颗资源探测卫星、第一颗大容量通信卫星、第一颗探月卫星“嫦娥一号”、第一颗导航卫星“北斗”……在他领导下所发射的卫星，几乎占到中国航天飞行器总数的三分之一。他被业界公认为中国的“卫星之父”。他见证了中国航天从无到有的过程。阅读他的一生，就如同阅读新中国航天事业发展的历史。

每一颗卫星升空，都记载着孙家栋的一个传奇故事。这些故事，将永远载入中国的航空史册。比如，1974 年 11 月 5 日 11 时，我国第一颗返回式卫星进入发射倒计时，离最后的点火口令只剩几十秒。然而，卫星却没有收到“成功转内电”的信号，这意味着火箭将带着一颗不能正常供电、毫无用途的“铁疙瘩”升入太空。

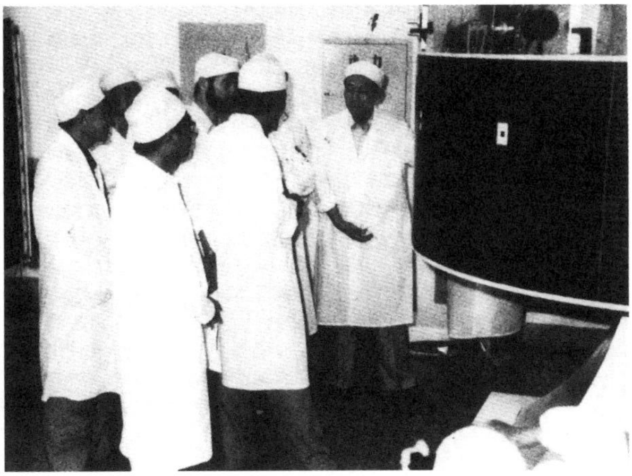

孙家栋向外国专家介绍“东方红二号”通信卫星

如果按正常程序逐级上报并撤销发射命令，时间根本来不及。千钧一发之际，只听见孙家栋一声大喊：“停止发射！”发射程序立刻中止，孙家栋由于神经高度紧张昏厥了过去。

几十年来，不论是担任卫星系统总设计师、工程大系统总设计师，还是担任航天部总工程师、副部长乃至中国火箭进入国际市场谈判代表团团长，孙家栋一路屡建功勋。

他是我国人造卫星技术和深空探测技术的开创者之一，为中国突破卫星基本技术、卫星返回技术、地球静止轨道卫星发射和定点技术、导航卫星组网技术和深空探测基本技术，为创建和发展我国人造卫星总体技术、卫星航天工程管理技术和深空探测技术做出了重大贡献。

他是我国卫星导航系统的开创者之一，担任我国北斗卫星导航系统一代和二代工程总设计师，十余年来主攻卫星导航领域，做出多项重要决策，主持解决多项重大工程技术问题。短短十余年，中国的北斗卫星导航系统从无到有，并投入产业化运作。北斗导航一代系统实现了三颗卫星组网应用，北斗导航二代系统正在部署中。

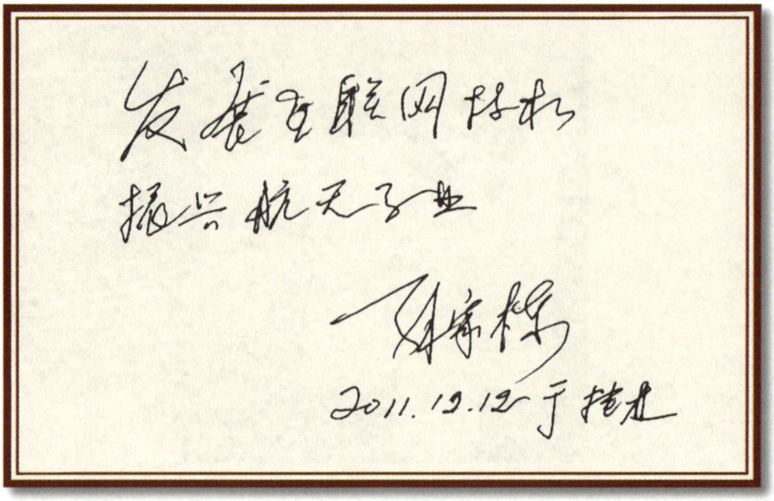

孙家栋的题词

他是我国月球探测的主要倡导者和工程领导者之一，提出了2020年前中国月球探测工程分三个阶段的实施方案，明确了中国月球探测的发展方向、目标和路线图。他担任月球探测一期工程的总设计师，确定了工程目标和工程总体方案，对工程各大系统的技术途径做出重要决策，主持解决了多项关键技术问题。“嫦娥一号”月球探测卫星成功发射，在一年工作寿命内实现了全部工程目标与科学目标，并实现可控撞月。我国月球探测一期工程获得圆满成功。

钱学森是这样评价孙家栋的：“孙家栋是在中国航天事业发展历程中成长起来的优秀科学家，也是中国航天事业的见证人。自第一颗人造地球卫星首战告捷起，到绕月探测工程的圆满成功，孙家栋几十年来为中国航天的发展做出了突出贡献，共和国不会忘记，人民不会忘记。”

50年弹指一挥间。谈起中国航天的发展历程，孙家栋无限感慨地说：“这是‘自力更生、艰苦奋斗、大力协同、无私奉献、严谨务实、勇于攀登’的航天传统精神的具体体现，是完全依靠中国人自己的努力使中国成为世界航天大国的生动写照。”

我是一个兵　来自老百姓

——访"共和国勋章"获得者李延年

2021年6月27日，我通过南宁日报社原社长李忠南的安排，去广西军区南宁第三离职干部休养所看望"共和国勋章"获得者李延年老英雄。李延年是李忠南的父亲。

保持阅读习惯的李延年

离职干部休养所内绿树成荫、鲜花盛开、鸟语花香。黄色的二层小楼里，李延年站在一楼的门口迎接我们，他戴着军帽，穿着草绿色的66式军装，胸前佩戴着金光灿灿的“共和国勋章”。走进他家的客厅，客厅摆放着习近平总书记给“共和国勋章”获得者颁奖的照片，还有李延年和中央领导同志的合影照片。此外，客厅里还有他与“共和国勋章”获得者黄旭华、申纪兰、张富清、袁隆平、孙家栋等的合影照片，以及“人民英雄”国家荣誉称号获得者麦贤得和“外交工作杰出贡献者”国家荣誉称号获得者李道豫的合影照片。

李延年的身体很好，记忆力也特别好，他非常健谈，我们在客厅不知不觉就聊了近两个小时。李延年说：“我打了27年的仗，打得最长的仗是在朝鲜。抗美援朝战争中，我们把美帝国主义打垮了，最后他们不得不签字投降。现在我们国家在习近平总书记的领导下，发展得特别快，各国都佩服我们。我们现在全面建成了小康社会，所以我们国家特别好，我们不能忘记共产党，不能忘记毛主席。我们的责任就是教育好下一代人，听习近平总书记的话，按习近平总书记的指示办事，让下一代做好社会主义现代化事业的接班人。”

2021年3月，李延年着手写建党100周年的感想。他写完后，拿给他的儿子李忠南看。李忠南想，一个93岁的老人，一个获得了这么多功绩和荣誉的老革命、老党员，应该不用自己动笔写了吧。可是，李延年却兢兢业业，一个字一个字在纸上写。李忠南看到老父亲吃力写字的场景时，当时就流下了感动的泪水。2021年6月中旬的一个星期日，李延年把《中国老年报》上的“建党100周年知识竞赛”的100道题全部做完了，他还说要亲自去邮局邮寄答题卡。由此可见，李延年骨髓里就流淌着对党的信仰、热爱和忠诚，他真的是一个忠心耿耿的共产党员。他身上集中体现了“坚持真理、坚守理想，践行初心、担当使命，不怕牺牲、英勇斗争，对党忠诚、不负人民”的伟大建党精神。

作者与李延年在一起

李延年说，他是 1945 年 9 月 1 日以前参军的，和他一起参军的战友都填 9 月参军，这样就属于在抗日战争期间参加革命，而他当时为了方便填表就填了 10 月 1 日，这样他参加革命的时间就算解放战争了。这么多年，他从来不去申诉，也没有要求恢复。他说："很多战友都不在了，没有活下来。我已经这么幸运了，我不能要求什么。"李延年的心非常坦荡。

李延年先后参加过解放战争、湘西剿匪、抗美援朝战争、对越自卫反击战等战役，共参加战斗 20 多次。在抗美援朝战争中，在我方伤亡严重的情况下，李延年指挥部队协同作战，毙伤敌军 600 多人，其英雄事迹被中国人民解放军军事博物馆收藏。这就是视死如归、向死而生、一往无前、绝境重生，不被一切敌人压倒而是压倒一切敌人的抗美援朝精神。从朝鲜战场凯旋后，李延年继续投身国防事业，于20世纪70年代来到祖国南疆，从此扎根边陲，为祖国国防安全的稳定做出了重要贡献。面对这样一位英雄，我的心情久久不能平静，一定要写下他平凡而伟大的人生，赓续共产党人的精神血脉，坚定理想信念，砥砺革命意志，以感召后人。

出身贫苦，投身参军

有这么一个人，在国难当头之际，投身抗战，为民族独立殚精竭虑；有这么一个人，在生死考验之时，正气凛然，铁骨铮铮，牺牲了生命也在所不惜；有这么一个人，在抗日胜利落幕之时，在历史的某个角落无怨无悔，默默无语，他是名副其实的英雄。

时光回溯到1928年11月，李延年出生在河北省昌黎县一个贫苦农民家庭。9岁时，小小年纪的他不得不替大户人家放猪，成了一名“小猪倌”。14岁时，由于交不起学费，仅读了两年初小的李延年，跟着同乡来到长春一个资本家开的粮食加工厂当学徒。说是当学徒，实际上还要服侍老板，每天端尿罐、干杂活，稍有不顺就挨打受骂，李延年满肚子苦水没处倒，只好含泪忍着。

“共产党来了，穷苦人就有了希望！”1945年8月15日，日本政府宣布无条件投降，东北人民欢天喜地地迎来新生。“跟着共产党为穷苦百姓打天下！”怀着这种朴素的想法，李延年萌生了参军的强烈愿望。这一年，他在吉林长春参军入伍，光荣地成为一名革命战士。

白天打仗，晚上抱着枪睡

1945年10月，内战的乌云笼罩着中华大地。参军后不久，李延年就参与到解放东北的战斗中。初到东北，李延年和战友们连一件像样的冬衣都没有。部队纪律非常严明，他们从不入户打扰群众，群众也非常拥护部队。部队缺粮，群众就主动把粮食送了过来。部队把群众送来的物资一一造册登记，打上欠条，并郑重承诺：解放后新政府一定如数奉还。

入伍后，李延年很快就跟随部队投入战斗，“白天打仗，晚上抱着枪睡”。在他看来，这种日子虽然辛苦，可扬眉吐气、心情舒畅。

“我好打枪，每次打仗都很勇敢。”在随后的战斗中，李延年每战争先，多次立功受奖。1946 年 6 月，李延年跟随 2 大队领导调到榆树县独立团。11 月，独立团编入东北民主联军独立第 3 师，李延年在 7 团团部当警卫员。在攻打榆树县城的战斗中，李延年作战勇敢，缴获轻机枪和手枪各一支，受到上级的表扬。1947 年 2 月，李延年以思想上坚定的信仰，战斗中出色的表现，顺利通过党组织的考验，加入了中国共产党。“我当时想，我是穷人家的孩子，参加革命队伍算是参加对了。自己要忠心，做一名合格的共产党员，为人民的事业干到底。”

1947 年 11 月，李延年被党派到东北军政大学进行学习，以全方面提高个人素质。在学习期间，他坚持政治学习与军事学习并重，政治觉悟和军事技术均得到了显著的提高，并具备了初级干部的指挥能力，获得东北军政大学授予的“甲等优胜奖状”和物质奖励。

1948 年 9 月，李延年从东北军政大学毕业，到东北人民解放军 10 纵队 29 师 85 团警卫连任排长。在辽沈战役中，他以过硬的军事素质参加了大虎山、黑山阻击战。1948 年 11 月 1 日，李延年任 47 军 140 师 418 团警卫连排长。

1949 年 1 月，21 岁的李延年被调到师教导队政治队任区队长。1950 年 3 月，李延年从师教导队回到 418 团 7 连任指导员。当时的 7 连承担湘西剿匪任务，驻扎在湖南省会同县。会同县的土匪十分猖獗，仅“南三县支队”就有 1000 多个土匪。

1950 年 4 月，部队得到消息，土匪要围攻驻连山的解放军部队。李延年以高度的军事敏感性在第一时间要求部队做好战斗准备，同时及时向营部汇报情况。当天拂晓，1000 多个土匪开始围攻驻连山的部队。战士们依托工事，打退了土匪的多次进攻，但土匪仍无退意，双方对峙了一天一夜。团领导决定调4个连队增援连山，并命令李延年带着驻会同县城的一个排随增援部队赶到连山，包围了土匪。土匪感觉到是解放军的大部队来了，吓得四处逃命。这次战斗共消灭土匪200多人，缴获一批枪支弹药，抓获了“南三县支队”参谋长等几十名俘虏。7连仅有1名战士负伤，自卫队牺牲1人。凭借李延年的正确分析和决策，7连在这场战斗中打出了威名，受到了上级的通报表彰。不久后，李延年所在的7连被调到通道县继续承担剿匪任务，每乡驻一个排，配合地方政府，发动群众，清匪反霸。剿匪部队利用政治上瓦解、军事上打击等手段，基本肃清了通道县的土匪，缴获各种武器1000多件，以及大量的鸦片和银元等。此外，还有上千个土匪主动投降，悔过自新。

1951年3月，李延年所在的中国人民解放军第47军加入中国人民志愿军，跨过鸭绿江，参加抗美援朝战争。第五次战役后，美国政府在其侵略军节节败退的情况下，被迫于1951年7月10日开始停战谈判。谈判过程中，美国政府无理地采取拖延与破坏手段，先后发动夏季攻势和秋季攻势。在美军发动的秋季攻势中，志愿军某部防守的346高地失守，李延年所在的3营奉命实施反击，收复346高地。346高地是顺势排列着的大小5个山头，山头后面是一个较高的主峰，高地两侧都是深谷。驻守在这里的是号称“美国王牌师”的骑兵第1师的一个营。李延年时任140师418团7连指导员，7连的任务是收复前面3个山头，美军一个连占领的阵地。

由于美军害怕志愿军的近战夜战，天一黑就打起了“壮胆枪”。晚上10时左右，3发红色信号弹升上了夜空，攻击开始了。志愿军的大炮发出怒吼，炮弹呼啸着射向高地。几分钟后，喀秋莎火箭炮也开始射击。炮弹像一条条火龙，铺天盖地地倾泻在对面山头上，敌方阵地顿时成了一片火海。事后才知道，敌人在主峰后的一个连队已被志愿军的火炮消灭了。

从抗美援朝战场归来的李延年

“出击！”当炮火延伸时，7连连长刘凤臣一声令下，战士们像猛虎一般直扑山头的美军阵地。在强大炮火的轰击下，美军虽伤亡较大，但仍有一些美国兵依托工事进行顽抗。据营里通报，负责从右翼直插主峰的9连在进攻中伤亡严重，7连的接敌运动要更分散、隐蔽。于是7连借着夜暗，以排为单位，成多路纵队，从左面山坡冲了上去。敌人抵挡不住，边打边撤。经过一阵冲杀，到深夜1时左右，7连先后拿下了前面的3个山头。全连只有1名排长和1名班长牺牲，1名战士负伤。

收复阵地后，指导员李延年立即要求各排迅速整理工事，并根据战前制订的3套代理人的预案，指定了代理人，保证连队组织健全。接着，他和连长带领连队继续攻击后面的第4、第5两个山头。副连长带队向山头冲击时负了伤，副指导员也被敌人的炮弹打中，不幸牺牲。李延年及时指定了新的代理人进行指挥。他还深入班排了解情况，传达胜利消息，及时提出有力的鼓动口号。10班拿下了第5个山头，缴获了重机枪、无后坐力炮、卡宾枪等武器，他就马上提出："你们为连队争了光，连里为你们请功。"他还把这一胜利消息向各班排传达，鼓励大家："打好出国第一仗，为毛主席争光，为祖国人民争光，争取当英雄连队！"有的战士牺牲了，他立即提出："要为牺牲的战友报仇。"他要求党员和团员带领大家英勇杀敌，保证战斗胜利，争取立"国际功"。经过一夜激战，7连收复了被敌占领的5个山头。此时连长到营里代理参谋长职务去了，压在李延年肩上的担子更重了。

天亮后，营教导员来到7连了解情况，并带来一部电台和2连的一个排增援7连。他命令7连继续拿下主峰。敌人的进攻开始了。美军以一个营规模的步兵，在20多辆坦克，近10个炮兵群和多批次飞机的火力掩护下，从主峰向高地第4、第5等几个山头实施反冲击。当时，志愿军后续梯队和助攻连队为敌炮火所阻上不来，7连迅速转入防御战。李延年在战斗激烈、连队伤亡较大、连长不在、连队与上级通信联络中断的情况下，坚定沉着，果断指挥，率领7连全体战士不断调整战斗编组，他还适时提出有力的战斗口号，主动协调、指挥兄弟连队。在敌我兵力悬殊的情况下，7连全体战士顽强抗击，反复争夺，连续战斗了一天两夜，先后打退敌人10余次反扑。志愿军司令部从敌人上报的伤亡数字统计中得知，这次战斗共消灭美军636名，取得了346高地防御战的胜利，为后续部队继续战斗创造了有利条件，是志愿军以少数兵力取得进攻和防御战斗胜利的成功战例之一。

历经战火洗礼，荣誉属于所有烈士

翻开李延年的档案，志愿军总部对他是这样评价的：“李延年同志，在强攻346高地的战斗中，在战斗激烈和伤亡大的情况下，先后共整顿五次组织，并随时提出有力的鼓动口号，在胜利的情况下勇敢前进、紧张情况下压住阵脚，自始至终保持了部队有组织地进行战斗……对战斗胜利起了决定性作用。”后来，李延年又参加了多次战斗。60多年过去了，这段悲壮的历史成为李延年永不磨灭的回忆。多少曾经日夜相处的战友，生命永远定格在了20余岁的青春年华。

1952年11月，李延年被志愿军总部授予“一级英雄”称号，荣立特等功，并获朝鲜民主主义人民共和国自由独立二级勋章。李延年说：“荣誉不是给我个人的，是国家对所有烈士的褒奖。”1953年，李延年从朝鲜战场凯旋，这并没有为他的战争生涯画上句号。1979年，作为广西军区原某边防师政治部副主任的他，参加了边境作战，负责保障工作。

1978年时的李延年（左一）

彼时，这位已年过五旬的战斗英雄，又像过去无数次受领任务那样，干脆、响亮地说："作为一名老兵，党叫干啥就干啥！"他又一次发起人生突击，先后多次冒着炮火硝烟，深入前线考察，传达上级指示，组织运送伤员，出色地完成各项任务，荣立三等功。随后，李延年被提拔为师副政委，一直战斗在边防一线，直至 1983 年离休。他的从军路上，始终洒满了冲锋的汗水，留下了一名突击者的奋进身影。

2019 年 9 月 10 日上午 8 时，300 多名广西南宁籍新兵即将踏上征程。临别之际，穿着一身老式绿军装、胸前挂满奖章纪念章的李延年来给他们送行。李延年一出现，现场顿时爆发出雷鸣般的掌声。

新兵看老兵，越看越高大，满眼都是敬意；老兵看新兵，越看越欢喜，满眼都是期许。送行仪式上，一名战功卓著的老兵和一群朝气蓬勃的新兵，展开了一场对话。

"新战友们，你们即将奔赴军营，作为一名老兵，我希望你们在部队坚决听党指挥，苦练杀敌本领……"

"今天，我们光荣参军入伍，要接过老英雄的钢枪，永远听党话，不忘入伍初心，牢记使命职责，让无悔青春在军营绽放……"来自南宁师范大学的新兵代表金鹏的发言，让老英雄露出赞许的表情。李延年用一个庄严的军礼，向新兵们表达敬意，这个军礼更包含着他无尽的期许。

不怕一切敌对力量，做能打胜仗的好兵

李延年常说这样一句话："当兵就是要打仗的，我只是尽到了一个军人的本分。"李延年同国民党军队打仗，同朝鲜战场上以美军为首的"联合国军"打仗，同边境侵犯之敌打仗。他就是想当一个好兵，一个能打仗的好兵，为党和人民保卫祖国一辈子。

李延年当兵的目的很明确，就是为了党和人民的需要，同一切敌对力量做斗争。无论是单独作战还是指挥部队作战，他从来

“共和国勋章”获得者李延年

都不怕对手、不怕牺牲，抱定了随时把生命交给党和国家的必死决心。

军人生来为战胜，须臾不可无血性。像无数用鲜血绘就了共和国底色的革命先辈那样，身处枪林弹雨中的李延年，用军人的本分诠释着这支军队从胜利走向胜利的“制胜基因”。

敢于斗争、敢于胜利，一不怕苦、二不怕死，是人民军队血性胆魄的生动写照。人民军队从小到大，从弱到强，一个重要因素就是始终保持了昂扬的战斗精神。我军历史上，也从来不缺乏有血性的军人，董存瑞、黄继光、邱少云、张超等挂像英模，哪一个不是血性十足？他们在自己的军旅生涯中，锻造出英勇顽强、向死而生的血性，培育出一不怕苦、二不怕死的战斗精神。

时代在变，战场在变，但军人的主责主业没有改变。不可否认，在长期的和平环境下，一些官兵的谋战思战备战意识有所弱化，有些人甚至认为未来的高技术战争是鼠标和键盘之间的对决，科技水平比血性虎气更重要，他们没有认识到练兵先练胆、铸剑须砺锋，“没有战斗精神，光有好的作战条件，军队也是不能打胜仗的”。

“枪是不会自己动的，需要由勇敢的心和强有力的手去使用它。”培养官兵勇猛顽强、敢打必胜的血性胆魄，是新时代革命军人履行使命、担当尽责的必然要求。习近平总书记高度重视战斗精神的培育，明确要求，和平时期，决不能把兵带娇气了，威武之师还得威武，军人还得有血性。无论什么时候，一不怕苦、二不怕死的战斗精神都不能丢。在党、国家、人民需要的时刻，军队就要有这股劲、这种精神。习近平总书记的这些重要指示，是胜战号令，是实战要求，也是强军导向。

战士一心为人民

“我是一个兵，来自老百姓。作为一名战士，战场上要惊天动地、有我无敌，离休了就要甘于平淡、无私奉献。”从领导岗位退下来后，李延年把自己获得的各类奖章全部捐给中国人民革命军事博物馆、丹东抗美援朝纪念馆、广西军区军史馆，他从不主动提过去的荣誉，也从不以英雄自居。

生活中，李延年坚持不给组织添麻烦，还力所能及地帮助别人。1998 年特大洪水、2008 年汶川特大地震、2008 年南方雨雪冰冻灾害等自然灾害发生后，李延年每次都会捐款捐物。前些年，在电视里看到广西大石山区孩子们的上学条件艰苦，李延年就和其他老同志一起，每月拿出一笔钱来资助这些孩子。

不忘初心使命，永葆英雄本色

李延年说：“我感觉我们这些老同志现在比工程师还忙，为啥呢？因为我们这些活着的老同志享受着流血牺牲的同志所带来的荣誉，而且习近平总书记又亲手将‘共和国勋章’佩戴在我身上，我总感觉过意不去。我身上承载着流血牺牲的同志们的遗志，我必须得好好地宣传他们，宣传革命精神，不然我们这些老同志活着就没意义了。”

务实、低调，是身边的人对李延年的评价。“在战场上牺牲的战友那么多，我们还要老是提这个要求、那个要求，给国家找那么多麻烦，合适吗？不合适！我什么都不要求。”李延年从不把自己当英雄，更没把荣誉挂在嘴边，就连和他接触最多的警卫员都不知道他的英勇战绩。李忠南说：“父亲从没提过自己立过什么功、受过什么奖，就连他的最后一位警卫员，也是在得知父亲被授予国家最高荣誉奖之后，才知道他是这样的一位英雄。”

李延年说：“所有荣誉不是给我个人的，都是国家对所有烈士的褒奖，我们要永远铭记这些为新中国牺牲的英雄们。”为了使革命精神得到更好的传承，李延年经常为青少年讲述战斗故事，积极宣传爱国主义思想，引导青少年弘扬优良革命传统。

广西军区南宁第三离职干部休养所政委肖兮说：“学生对于历史的认识很多时候停留在书本上，作为战争亲历者讲述历史，更具说服力和感染力。”他说，只要有学校邀请李延年讲课，李延年都会欣然前往。

为了讲好历史，李延年多年来坚持读书、看报、听广播，刻苦学习党的理论。他卧室的书桌上摆满了各类政治学习书籍，书和笔记本上密密麻麻地记满了理论要点和心得体会。上面的一笔一画，都体现了一位老兵对党的一片赤诚。

传承战斗精神，忆往昔峥嵘岁月

李延年把关心、教育下一代作为自己为党工作的新使命。他先后担任多所中小学的校外辅导员，给多所中小学做爱国教育讲座。只有在和学生交流时，他才会把亲身经历的战事，还原给只在影视中见过战争的年轻一代。

南宁市许多中小学邀请他为学生做红色教育讲座，他也从不提及自己的功劳。如今，李延年住的还是20世纪80年代修建的小楼，他爱穿军绿色的单衣，有时还喜欢拉着推车去菜市场转一转。从外表看，这位耄耋老人并没有什么特别之处，直到去年被授予“共和国勋章”，他的名字才被人熟知。

李延年讲革命故事

每次讲课，李延年都军容严整、腰板笔挺、声音洪亮，把激烈战斗的场景和牺牲战友的事迹，一幕幕如实还原给孩子们，告诉他们红色江山来之不易，是千千万万革命先辈用鲜血和生命换来的，教育他们珍惜幸福生活，当好新时代接班人。

南宁市红星小学教师梁卉卉说，李延年多次来到红星小学为学生做爱国教育讲座。关于战争年代的历史，书本上有，老师也讲，但从李延年嘴里讲出来更有说服力，年轻人都爱听。

“印象最深的是李老讲到抗美援朝时说，敌人的弹片还残留在他身上，身边战友一个个牺牲的情景萦绕在他脑海里至今无法忘却。他说着说着就眼睛通红，在场的师生也流下了眼泪。”梁卉卉说。

门诊部护师张莹2007年来到李延年所在的干休所工作。李延年给她的印象是身体硬朗、表情严肃。老人家买菜回来时拉着手推车上坡很吃力，工作人员上前帮忙他都会拒绝，说这点事情自己能做，不麻烦别人。

更让工作人员感动的是李延年对妻子齐振凤无微不至的照顾。李延年的儿女不在身边，家里也没有请保姆。妻子齐振凤患病10多年，从买菜、做饭到添衣、喂药，大部分生活起居都由李延年来照顾。在陪妻子聊天时，李延年会说一些冷笑话，这时工作人员才会看到他脸上的笑容。

战功赫赫，从不居功自傲

尽管李延年战功赫赫，但他从不居功自傲，不为生活待遇向组织提额外要求。他说："我现在生活一切都好，感谢组织，感谢党。"李延年家中收藏着一张几十年前的朝鲜地图，上面清楚地标记着当年他战斗过的地方。闲暇时，他总会把地图拿出来看一看。那些熟悉的地名、粗细不一的线条，总能把他拉回那段激情燃烧的岁月。每当这个时候，他就像回到了在枪林弹雨中冲锋陷阵的年代，脸上显现出少有的光彩。

李延年指着地图中的一个点说："这是我们第一次和敌军交手的地方，他们自称实力最强，我们就不信这个邪，狠狠教训了他们一番。"干休所干事苏筱负责所里老干部的思想工作，她曾经问过李延年为什么不提当年战斗的事。李延年对她说，一回想起战争的惨烈场面，想起牺牲的战友，他就会好几天睡不着觉。现在和平安宁的生活，是烈士用鲜血换来的，看到祖国更加繁荣昌盛，是他最大的欣慰。

李延年家中一直挂着南宁市红星小学黄麒珲小朋友送给他的一幅手工画，画面上，两名小学生向鲜红的国旗敬礼。每当有客人来家里的时候，李延年都会把这幅画拿出来给大家看。"这是孩子们对我的褒奖，也是我获得的另一枚'勋章'。它一直激励着我：只要还走得动、讲得清，就要继续讲下去，为国家和人民多做贡献。”

军人的信念就是听党话，打胜仗，英雄的底色就是淡泊与坚守。

近年来，李延年被广西军区先后评为“先进离休干部”“优秀共产党员”“践行当代革命军人核心价值观先进个人”，他始终保持老党员、老军人、老英雄的革命本色，用实际行动践行共产党员的初心和使命。

何谓英雄？有凌云壮志，有铮铮铁骨，但也是血肉之躯；有喜怒哀乐，也重生死，也恋亲故。虽然人生的长度有限，但李延年用热血情怀提升了人生的高度，用英勇斗志拓宽了人生的广度。抗战虽艰，却总有星光悬于头顶，恒久璀璨。

任何崇高的价值，只有践行才有意义。李延年老英雄奋勇杀敌的事迹，无所畏惧、英勇顽强的战斗精神是人民军队无形的财富。从中汲取精神营养、感悟精神力量，进而将其转化为砥砺胜战本领的奋斗动力，练精练强打赢本领，是新时代革命军人对英模、对老兵最好的致敬。

向老兵致敬，是他们，留下了一片蔚蓝的天空，让我们能呼吸到没有硝烟的空气；向老兵致敬，是他们，让我们能够幸福地和家人生活；向老兵致敬，是他们，让我们能燃烧青春、创造未来；向老兵致敬，是他们，为我们奉献了一生！

稻菽千重　禾下留梦

——记“共和国勋章”获得者、中国工程院院士袁隆平

2021年5月22日，我在办公室撰写建党100周年主题出版图书《沿着民族复兴的足迹》，其中有一篇文章是《记杂交水稻之父——袁隆平》。14时许，多家媒体发布新闻：“杂交水稻之父”、中国工程院院士、“共和国勋章”获得者袁隆平因多器官功能衰竭，于5月22日13时07分在湖南长沙逝世，享年91岁。袁隆平是我国研究与发展杂交水稻的开创者，也是世界上第一个成功利用水稻杂种优势的科学家，被誉为“杂交水稻之父”。直到2021年初，

袁隆平在研究稻穗

他还坚持在海南三亚南繁基地开展科研工作。这是一位让中国人“端牢饭碗”的英雄。我回忆与袁隆平院士的三次交往，特撰此文，谨致沉痛的哀悼与纪念。

初识袁隆平

20 世纪 80 年代，我在广西农学院工作，当时正值国家开发海南岛，还未建立海南省。时任广西农学院农学系主任的张先程教授到海南大学任副校长，主管科研和教学工作。临行前，我到张先程教授家，问及海南的优势。他说，海南是我国的国家级水稻栽培基地，20 世纪 70 年代袁隆平在海南发现了“野败”，现在海南研究杂交水稻，为三系杂交水稻配套育种打开了突破口。在海南搞水稻研究，有得天独厚的自然条件和科研条件。

1988 年，我调到广西科技出版社工作后，就开始关注袁隆平先生的工作。同年，湖南科学技术出版社农业编辑室主任熊穆阁先生送我一部由他编辑的袁隆平学术著作《杂交水稻育种栽培学》，这部书荣获首届国家图书奖，并已被翻译成了英文对外出版发行。1989 年，熊先生邀请我到长沙，一同去拜访“杂交水稻之父”，我在湖南农科院水稻研究所第一次见到了袁隆平。袁隆平说，他 36 岁那年，也就是 1966 年 2 月 28 日，他在《科学通报》上发表了第一篇论文《水稻的雄性不孕性》；1973 年发表论文《利用“野败”选育三系的进展》，标志着我国三系籼型水稻已经配套成功；1988 年，湖南科学技术出版社出版了他的第一本学术著作《杂交水稻育种栽培学》，有眼光、有魄力。袁隆平的话对我影响很大。

1988 年，我在北京组织编写《当代中华科学英才》丛书，在与中国科学院周发勤教授确定首批入选的现代科学家后，我与编辑部的同志直接担任了丛书系列中的《杂交水稻之父——袁隆平传》这本书的组稿、审稿工作。1990 年，《杂交水稻之父——袁隆平传》正式出版，时任中国科学院院长的周光召为这本书撰写了序言。1991 年 1 月，《当代中华科学英才》丛书出版座谈会在

1.1986 年，袁隆平接受国际水稻研究所赠匾
2.1981 年，袁隆平获第一个“国家特等发明奖”
3.1986 年，国际水稻研究所赠给湖南杂交水稻研究中心的匾额

北京召开，钱三强、周光召、金善宝、钱临照等科学家出席座谈会。这部丛书获中央宣传部首届“五个一工程”奖和第六届中国图书奖一等奖。

1999 年国庆前夕，正当大江南北的农民沉浸在丰收的喜悦中，举国上下一片欢腾之时，袁隆平在古城长沙的马坡岭农业高科技园国家杂交水稻研究中心向新闻界披露，两年内由他主持研究的“超级杂交水稻”计划将有重大突破。

这样一位举世瞩目的科学家是怎么成长起来的？他是如何走

向国际大舞台的？这些问题一直为世人所关注。

20世纪60年代，在地球的东方的一个文明古国的广阔土地上，爆发了震撼世界的第二次“绿色革命”。在这场“绿色革命”中，袁隆平摘下了“绿色王国”中“杂交水稻”这颗瑰丽的绿宝石。然而，袁隆平并不是从天而降的科学大圣，而是一位名不见经传的教师。他从湘西偏远的安江农校里走来。因袁隆平在杂交水稻研究领域的杰出成就，国际同行誉之为“杂交水稻之父”。有人甚至将他的杂交水稻发明誉为中国继火药、指南针、造纸术、印刷术之后的第五大发明。袁隆平因此获得了迄今为止独一无二的“国家特等发明奖”，并获联合国粮农组织颁发的“拯救饥饿奖”等8项顶尖级国际大奖。1998年，一家权威的知识产权评估机构认定“袁隆平”这个名字的无形资产品牌价值高达1000多亿元。

在中国这样一个有14亿人口的大国，在耕地面积不断缩小的情况下，能用占全世界7%的耕地，养活约占全世界22%的人口，而且人民还能够丰衣足食，在很大程度上归功于袁隆平。近年来，

袁隆平在观察水稻长势

袁隆平院士及其创新团队在先后实现了中国超级稻百亩连片平均亩产700公斤、800公斤、900公斤、1000公斤的四期育种目标之后，于2015年开展超级杂交稻超高产攻关研究，并于2017年10月在河北省的百亩超级杂交稻攻关试验田创下了亩产超1049公斤的世界纪录。水稻产量从亩产500多公斤增长到1000多公斤是世界性的难题，世界上有成千上万的科学家在孜孜不倦地奋斗，这被人们誉为又一次新的“绿色革命”。而这场“绿色革命”的旗手——袁隆平，自幼到成名走过了一条艰辛而曲折的道路。直到2021年初，他还坚持在海南三亚南繁基地开展科研工作。世人记住了这位让中国人“端牢饭碗”的英雄。

光荣与梦想

中华人民共和国成立70周年之际，刚满90岁、被誉为“杂交水稻之父”的袁隆平院士，荣获“共和国勋章”。颁奖词这样描述袁隆平：他一生致力于杂交水稻技术的研究、应用与推广，发明三系法籼型杂交水稻，成功研究出两系法杂交水稻，创建了超级杂交稻技术体系，为我国粮食安全、农业科学发展和世界粮食供给做出杰出贡献。

袁隆平常说他有两个梦想——“禾下乘凉梦”和“杂交水稻覆盖全球梦”。每一次挑战，都是对初心的坚守；每一次攀登，都是对意志的考验。他不畏艰辛，执着追求，大胆创新，勇攀高峰，带领团队所取得的科研成果使我国在杂交水稻研究及应用领域处于世界领先水平，不仅解决了中国粮食自给难题，也为世界粮食安全做出了杰出贡献。他已然圆了这两个美梦。

沉甸甸的勋章，注定是载入新中国史册浓墨重彩的一笔。崭新的勋章穿越了时光，浸透了汗水。勋章背后，是袁隆平院士对杂交水稻研究的执着，对国家粮食安全的守护，对“愿天下人都有饱饭吃”初心的坚守。

袁隆平说："我一直有个'禾下乘凉梦'，高产、更高产是我们永恒的追求。"袁隆平把吃饭问题看得比天重。杂交水稻育种从三系法发展到两系法，再推进到第三代杂交水稻，一次次不断创造高产纪录。兼具三系法和两系法优点的第三代杂交水稻另辟蹊径，通过遗传工程不育系研究，为水稻大幅度增产提供了巨大的潜力空间。数据显示，杂交稻比常规稻增产20%左右。近年来，我国杂交水稻年种植面积超过2.4亿亩（1亩约等于0.0667公顷），占水稻总种植面积的57%，而产量约占水稻总产量的65%，年增产水稻可多养活7000万人口。袁隆平说："粮食是关乎国计民生的重要战略物资，没饭吃的味道不好受。"

让杂交水稻造福世界，是袁隆平院士的另一个梦想。杂交水稻技术输出几乎跟上了中国对外开放的脚步。1979年，农业部向美国西方石油公司赠送了1.5公斤杂交水稻种子。这些种子在美国种植后，比当地良种增产33%以上。接下来，中美间的杂交水稻技术合作持续至今。

袁隆平在实验室工作场景

曾经5次应邀赴美国传授技术的袁隆平院士还记得，由于杂交水稻在美国增产明显，美国西方石油公司曾在1981年专程来中国拍摄了一部纪录片《在中华人民共和国的花园里——中国杂交水稻的故事》。这部纪录片除了在美国放映，日本也播放了，还引起了轰动。40年来，杂交水稻技术的传授范围不断扩展。湖南杂交水稻研究中心与隆平高科水稻创新团队共为亚非拉约80个发展中国家培育了一万余名技术人员，杂交水稻技术在许多国家“生根开花”。随着“一带一路”倡议的深入推进，袁隆平更加忙碌，接待了越来越多前来“求道（稻）”的外国嘉宾。

在非洲，马达加斯加的杂交水稻种植面积最大，产量也最高，单产比当地品种高出1倍以上。马达加斯加的几位官员来长沙拜见袁隆平院士时，特意带来了印有水稻图案的新版货币，表达马达加斯加人民的谢意。

袁隆平说：“如今，杂交水稻在国外种植面积达700万公顷，种植面积最大的印度有350多万公顷。”他还说：“全世界如果有一半即8000万公顷稻田种上杂交水稻，按每公顷增产两吨估算，每年增长的稻谷可以多养活5亿人口。我们要让最好的杂交水稻品种走出去，争取将种植面积尽快提高到800万公顷。”

苦难的少年

1930年9月7日，袁隆平出生在北京（平）协和医院。袁隆平的父亲袁兴烈，当时任平汉铁路局秘书。1937年7月7日，卢沟桥事变发生，袁隆平一家和全国千千万万个家庭一样，向后方逃难。1938年底，8岁的袁隆平随父母一家七口从汉口动身，逆江而上至湖南。逃难途中，他们历尽艰难，时刻担心敌机轰炸，饥饿和死亡在威胁着全家。1938年冬，他们抵达宜昌，这年的除夕，全家挤在北风呼啸的木船上。1939年春，在滚滚的长江上经过长途颠簸之后，他们到达重庆。仲夏的一天上午，袁隆平和弟弟来到重庆朝天门的坝滩上，看见沙滩上摆满了几百具被敌机炸得血肉模糊的尸体。面对国难深重、百姓家破人亡的种种情景，每一个具有爱国心的中国人，无不痛心疾首，满腔义愤。袁隆平和20世纪30年代出生的许多人一样，童年时受尽了磨难。在动荡年代残酷而痛苦的现实面前，袁隆平学到了许多在和平年代学不到的知识，他逐渐成熟起来。袁隆平从小就立志，长大要做一个使中国富强，不再受外国列强欺侮的人。

求学时期

1942年秋季，袁隆平从重庆市龙门浩中心小学毕业，进入复兴中学就读。学校的规模大了，老师同学多了，所开设的课程也增多了，增加了代数、几何和物理，这一切都使袁隆平感到十分新奇，他的视野一下子开阔了很多。袁隆平在学习中最大的特点是喜欢思考，善于提问，刨根问底，尤其是在学习基本原理时。他不仅学业成绩十分优异，而且兴趣广泛，求知欲强，学到了很多书本上没有的知识。1946年，袁隆平随父亲回到汉口，并在汉口博学中学读高中，后又因父亲工作变动搬到南京，进入南京中央大学附属中学读书，并学完了高中的全部课程。高中毕业，报考大学成为袁隆平一家十分关心的焦点问题。袁隆平有他自己独到的见解：一是赴重庆求学，因为重庆的文化积淀对他有强烈的吸引力；二是要研究农学，他对大自然尤其是植物生长规律有极大的兴趣。这样，袁隆平报考了重庆相辉学院的农学系。1949年8月，袁隆平来到了重庆相辉学院。尽管学生来自北京、上海、南京等地，但他们都有一个共同的目标，那就是科学救国。

1950年11月，全国高等院校院系进行调整，西南农业大学成立，重庆相辉学院农学系并入西南农业大学。大学4年里，袁隆平在知识的太空中翱翔。袁隆平的英语和俄语基础十分扎实，在图书馆，他阅读了国内外各种学术杂志和著作，开始接触当时世

袁隆平在田间指导工作

界上著名的生物学家如米丘林、李森科、孟德尔、摩尔根等的不同的学术观点和科学思想。通过阅读大量的学术资料，袁隆平开阔了视野，增长了知识，对研究生物学领域一些重大问题的兴趣日益增加。

走向社会

1953 年夏天，袁隆平从西南农业大学毕业，他和所在班级的 30 多名同学一样愉快地服从分配。袁隆平被分配到位于湖南黔阳县（今洪江市）的安江农校教书。袁隆平从重庆风尘仆仆地来到唐代诗人王昌龄任县令时被称为“醉别江楼橘柚香”的黔阳县，开始了他长达 19 载的教学生涯。

第一学期，因缺少俄语教师，袁隆平被分配到文史教研室教俄语，他把教俄语看成一次学习的好机会。第二年，他又被调到遗传育种教研组，讲授植物学、作物栽培、遗传育种等基础课和专业课。在此期间，他深入地研究了植物生物学、遗传学。

20 世纪 50 年代，中国向苏联学习，当时生物学的课程主要向学生讲授米丘林、李森科的遗传学。袁隆平按照其理论进行无性杂交、环境影响、营养教养等方面的试验，如把月光花嫁接在红薯上，把西红柿嫁接在马铃薯上，把西瓜嫁接在南瓜上，谋求经济性状优良的无性杂种，但都未能获得成功。20 世纪 60 年代，他从外文杂志中获悉，欧美学派的孟德尔、摩尔根创立的染色体、基因遗传学对良种繁育有重大指导作用，就开始大胆地向学生传授染色体、基因遗传学，讲杂种优势利用在作物育种中的广阔前景，同时开始向水稻的杂种优势利用方向探索，一边从事教学工作，一边从事科研工作。

光阴荏苒，袁隆平大学毕业一晃就好几年了，已成为大龄青年的他仍然是孑然一身。同事和朋友们纷纷热心地给袁隆平张罗对象。但是，总是介绍一个吹一个，姑娘们对袁隆平敬而远之。有一次，一位男同事陪袁隆平去相亲，袁隆平与女方见面后，女方没有相中袁隆平，反而相中了介绍人，让人啼笑皆非。为什么呢？因为年轻时的袁隆平生活不太讲究，他衣着朴素，不修边幅，衬衣穿脏了，把衣领翻个边又继续穿；上课时找不到黑板刷子，他就用衣袖擦黑板，所以他穿的衣服总是脏兮兮的。

正因为袁隆平有这些特点，那些以貌取人的姑娘们见了他总是敬而远之。此后，朋友和同事们又给他介绍了好几个对象，也都没有结果。

正当袁隆平为婚姻问题而苦恼的时候，爱神却悄无声息地向他走来。1956 年，袁隆平被派到邻近一所中学去代课，一位慧眼识珠的年轻女教师被袁隆平的才华和抱负所倾倒，他们很快就坠入爱河。多次受挫的袁隆平终于找到了知音，那位女教师不仅才貌出众，心地还善良宽厚，对袁隆平体贴入微。他们经常在一起切磋教案，促膝谈心。花前月下，沅水河畔，留下了许多他们相知相爱的欢声笑语。在长达 3 年的热恋中，他们都把爱情毫无保留地献给了对方。袁隆平陶醉在爱河里。

同事和朋友们都为袁隆平感到高兴，都催他趁热打铁，快点结婚。不料，一场意想不到的政治运动打断了他的好梦。在反右派斗争中，安江农校出现了批判袁隆平的大字报。消息传开，学校领导找那位女教师谈话，问她“要爱情还是要进步”。在强大的政治压力面前，这位姑娘退却了。30 岁的袁隆平顷刻陷入了失恋的痛苦之中。

经过这次打击，袁隆平对爱情和婚姻有点心灰意冷了，但他很快就让自己从痛苦中解脱出来，把全部的精力投入到教学和科研中去。1960 年 7 月，一次偶然的机会，他在一块实验田里发现了一株天然杂交稻，便萌生了要搞杂交水稻研究的大胆设想。当

袁隆平与同事们

时杂交水稻研究属于世界性难题，因为传统理论认为，水稻为自花授粉植物，没有杂交优势。袁隆平立志要攻克这道世界难题。

后来，一心扑在教学和科研事业上的袁隆平，终于感动了一位贤淑的姑娘，这就是后来成为他妻子的邓则。邓则本来是袁隆平的学生，1957 年从安江农校毕业之后，被分配在黔阳县（今洪江市）农业局当技术员，特殊的家庭原因致使邓则到 25 岁还没有结婚。经老师和同学牵线，本来就对袁隆平满怀敬意的邓则满口答应了。他们没有过多的花前月下，也没有置办任何结婚物品，两个相爱恨晚的大龄青年，利用邓则来安江农校参加职工运动会的机会（邓则是业余篮球运动员），举行了一场很简朴的婚礼。结婚时，袁隆平 33 岁，邓则 25 岁。

“绿色革命”

1960 年，袁隆平从《参考消息》上看到一条新闻：英、美遗传学家克里克和沃森根据孟德尔、摩尔根遗传学，已于 1953 年研制出遗传物质的分子结构模型，使遗传学研究进入分子水平，此项研究获得了诺贝尔奖。遗传学不仅在理论上取得重大突破，在实践上也被广泛应用于种植杂交高粱、杂交玉米、无籽西瓜等。这些事实表明，孟德尔、摩尔根的遗传学对作物育种有着非常重要的意义。20 世纪 50 年代，袁隆平开始学习米丘林遗传学、李森科的学说。20 世纪 60 年代，袁隆平开始学习孟德尔、摩尔根的学说，并成为孟德尔、摩尔根遗传学的忠实宣传者和自觉实践者。袁隆平下决心发挥自己的聪明才智，用学过的专业知识，尽快培育出亩产过 400 公斤、500 公斤的水稻新品种，让粮食产量大幅增长，用农业科学技术战胜饥饿。

1960 年 7 月，下课之后，袁隆平匆匆来到校园外的早稻试验田，他那敏锐的目光，停留在一蔸“鹤立鸡群”的水稻植株上。他仔细数了数穗数和粒数，足有 10 余穗，每穗有壮谷 160—170 粒，比其他稻穗要多。对孟德尔、摩尔根遗传学有了较深研究的袁隆平，对这一无意的发现兴奋异常，他来不及多想，立即进行研究，从理论上进一步论证了“鹤立鸡群”的水稻植株是地地道道的天然杂交稻。而且，杂交稻存在明显的优势，他由此预见，搞杂交水稻研究有十分光明的前景，于是开始了研究杂交水稻的探索之路。

袁隆平设想了利用水稻的雄性不育性，通过培育不育系、保持系、恢复系三系配套方法来代替人工去雄杂交，生产杂交种子的路子，并在中国科学院出版的英文版的《科学通报》1966 年第 4 期上发表了《水稻的雄性不孕性》一文。由于发表了这篇对杂交水稻而言具有划时代意义的文章，在动荡环境中，袁隆平的杂交水稻研究受到了国家科学技术委员会和湖南省有关部门的“特殊保护”。

1968 年，为了加快育种的步伐，袁隆平把杂交水稻科研的战线向南延长到云南和海南岛。每年 10 月，当寒风席卷洞庭湖畔时，他带领助手到南国育种。在那里，他们经历了地震的考验，经受了酷热的煎熬。烈日下，他们带上干粮来到田间，常常在水田中一泡就是几小时，顾不上中暑的危险，耐心地观察，忘我地工作，渴了，就坐在田埂上喝几口水，饿了，就啃几口馒头……1970 年的一天，他们在海南岛上一片沼泽地的小池塘边发现了雄性败育的野生水稻——“野败”，为杂交水稻科研打开了突破口，成为杂交水稻材料探索中的一个重要转折。1973 年，第一个具有较强优势的杂交组合“南优 2 号”获得了成功。

杂交水稻在实践中立刻展现了它的增产效应，单产比常规稻增产 20% 左右。1975 年，全国多点示范杂交水稻面积 5600 多亩，1976年迅速扩大到208万亩，并在全国范围开始大面积应用于生产。目前，全国杂交水稻年种植面积超过了 2 亿亩，占水稻总种植面积的 51%，而产量约占水稻总产的 60%。

为把理想变为现实，袁隆平又继续奋斗了 10 多个春秋。1977 年，他在《中国农业科学》上发表了《杂交水稻培养的实践和理论》。这篇论文认真总结了他 10 多年来杂交水稻育种的丰富实践经验，从理论和实践的结合上，深刻阐述了杂交水稻育种中的几个重大的实践和理论问题，同时，再一次预言杂交水稻“具有广阔的发展前途，蕴藏着巨大的增产潜力”。这篇论文的发表，对杂交水稻的进一步发展，扩大三系杂交水稻的成果起着巨大的推动作用。

先驱科学家

杂交水稻的成功带来了巨大效益，为解决中国的粮食需求问题发挥了极其重要的作用。1981 年，这项成果获得了“国家特等发明奖”。1981 年 6 月 6 日，国家科委、国家农委联合在北京隆重召开籼型杂交水稻特别发明奖授奖大会。党和国家领导人王震、方毅、万里出席授奖大会，并先后在会上讲话。国务院副总理方毅说：“籼型杂交水稻的培育成功，丰富了水稻遗传育种的理论和实践，在国际上遥遥领先，为中国争得了荣誉。美国、日本、印度、意大利、苏联等十几个国家的科学家，开展杂交水稻的研究已有十几年的历史，但都还处在实验阶段，而我们是走在前面了。”这是中华人民共和国成立以来第一次授予“国家特等发明奖”

袁隆平出席桂林灌阳的“袁隆平院士工作站”揭牌仪式

的大会。1981 年 6 月 7 日，《人民日报》头版头条报道了这一消息，当天还同时发表了题为《争当攀登科学技术高峰的勇士》的社论。

杂交水稻受到了全世界的关注，袁隆平作为世界上第一位成功利用水稻杂种优势的科学家，先后获得了联合国知识产权组织授予的“杰出发明家”金质奖、联合国教科文组织授予的“科学奖”、英国让克基金会授予的“让克奖”、美国费因斯特基金会授予的“拯救世界饥饿奖”、何梁何利基金奖、联合国粮农组织授予的“粮食安全保障奖”以及日本的“日经亚洲大奖”和“越光国际水稻奖”等荣誉，并被授予国际农作物杂种优势利用“先驱科学家”称号。

走向世界

1979 年 4 月，国际水稻研究所在菲律宾召开了一次重要的水稻科研会议，共有来自 20 多个国家的 200 多名科学家参加了会议。中国的袁隆平因在杂交水稻研究方面有突出贡献，是应邀在会上宣读论文的科学家之一。

1980 年 5 月，袁隆平应邀到美国洛杉矶加利福尼亚州立大学农业实验站讲学。

1986 年 4 月，袁隆平在意大利米兰出席“利用无融合生殖进行作物改良的潜力”讨论会。

1986 年 10 月，袁隆平参加了在湖南长沙召开的世界首届杂交水稻国际学术会议，来自美国、日本、菲律宾、比利时、意大利、英国等 20 多个国家的著名专家共 200 多人出席了会议。

新的起点

荣耀与光环并没有使这位科学家止步。1986 年，他站在更高的起点上，提出杂交水稻的育种战略，将杂交水稻的育种从选育方法上分为三系法、两系法和一系法 3 个发展阶段，即育种程序朝着由繁至简且效率越来越高的方向发展。从杂种优势水平的利用上分为品种间、亚种间和远缘杂种优势的利用 3 个发展阶段，即优势利用朝着越来越强的方向发展。根据这一设想，杂交水稻每进入一个新阶段都是一次新突破，都将把水稻产量推向一个更高的水平。

1987年，国家“863”计划将两系法杂交水稻研究立为专题，袁隆平挂帅成立了两系法杂交水稻研究协作组。

1995年8月，在湖南怀化召开的“863”计划两系法杂交水稻现场会上，袁隆平郑重宣布：我国历经9年的两系法杂交水稻研究已取得突破性进展，可以在生产上大面积推广。

正如袁隆平在育种战略中所设想的，两系法杂交水稻确实表现出更好的增产效果，普遍比同期的三系法杂交水稻每公顷增产750—1500公斤，且米质有了较大的提高。2000年，在生产示范中，全国已累计种植两系法杂交水稻1800余万亩，比1996年扩大近5倍。后来，国家“863”计划已将培矮64S系列组合作为两系法杂交水稻先锋组合加大力度在全国推广。

据说，在湖南农民中流传着这样的顺口溜：“吃饭靠‘两平’，一靠搞责任制的邓小平，二靠培育出杂交稻的袁隆平。”这是一靠改革、二靠科学的形象说法。

再攀高峰

1998年8月，袁隆平向朱镕基总理打了一个报告，请求支援。他要向新的目标、新的高峰——选育超级杂交水稻发起冲击，这是一个世界级难题。培育超高产水稻品种一直是国内外水稻研究的重点、难点和热点。日本率先在1980年制订了水稻超高育种计划，目标是15年内育成比原有品种增产50%的超高产品种，这项计划至今尚未实现。1989年国际水稻研究所提出培育“超级稻”，目标是到2000年育成单产潜力比当时的纯系品种高20%—25%的品种，但因技术原因已宣布推迟5年完成。

超级杂交稻课题是由袁隆平在1997年正式提出来的。2000年，袁隆平的超级杂交稻已获得小面积试种成功，亩产达到800公斤。

朱镕基总理闻讯后非常高兴，立即从总理基金中划拨1000万元予以支持，并请人转告袁隆平：“国务院将全力支持他的研究。”在湖南杂交水稻研究中心大厅内，有一幅袁隆平的亲笔题词：发展杂交水稻，造福世界人民。为了让杂交水稻造福人类，袁隆平立下心愿，要让杂交水稻走向世界。正如他所说的，杂交水稻这一科研成果不仅属于中国，也属于世界。他衷心希望这项成果不仅能增强我国依靠自己的力量解决吃饭问题的能力，还能为解决人类仍然面临的饥饿问题做出更大的贡献。

十几年前，国外曾有人公开撰文说，到21世纪20年代，中国人口将达到16亿，那时，谁来养活中国？谁来拯救由此引发的全球性粮食短缺和动荡危机？

当时，袁隆平就站了起来，他挥动着长满茧的双手向全世界宣布：“中国完全能解决自己的吃饭问题，中国还能帮助世界人民解决吃饭问题！”

中国大地有一半的稻田种上了由这位科学家培育出来的杂交水稻，产量占全国水稻总产量的60%，水稻平均亩产从1950年的140公斤提高到了1998年的450公斤，1975—1998年因此累计增产粮食3.5亿吨，相当于每年解决了3500万人的吃饭问题。

目前，世界上有20多个国家和地区正在研究杂交水稻，联合国粮农组织也把在全球范围内推广杂交水稻技术作为自己的一项战略计划。受联合国粮农组织之聘，袁隆平担当首席顾问，多次赴印度、越南、缅甸、孟加拉国等国家指导杂交水稻育种和繁殖制种技术。同时，他还为这些国家培训杂交水稻技术骨干。1981—1998年，湖南杂交水稻研究中心共举办了12期国际杂交水稻培训班，培训了来自20个国家的200多名科技人员。

杂交水稻在解决世界的饥饿问题上正日益显示出强大的生命力。正如美国著名的经济学家唐·帕尔伯格所说的：“随着农业科学的发展，饥饿的威胁在退出。袁（隆平）正引导我们走向一个营养充足的世界。”

2009 年 10 月，作者与袁隆平院士在广西农业科学院合影

基于袁隆平对科学事业做出的突出贡献，党和政府给予他许多荣誉。他先后被推选为全国人大代表、全国先进科研工作者、全国劳动模范、湖南省政协副主席、全国政协常委、中国工程院院士、全国杂交水稻专家顾问组组长。袁隆平没有在荣誉和鲜花面前陶醉，他仍然潜心于他的杂交水稻研究，仍在孜孜不倦地献身于科学。

我用袁隆平的一件往事和一句寓意深刻的话作为本文的结语：

20 世纪 70 年代初期，杂交水稻处于攻关阶段，每逢春节，袁隆平都坚持在海南岛育种基地工作。1974 年新春佳节，袁隆平的夫人邓则赶到广东出席生物防治会议，便趁此机会顺道到海南看望丈夫。大年初一那天，袁隆平带着妻子来到三亚的天涯海角游览区。只见茫茫的大海上，一只只海鸥张开强劲的翅膀，搏击狂风巨浪，向前奋飞。袁隆平触景生情，对身旁的妻子说：“我们过去只不过是洞庭湖边的麻雀，现在却要做太平洋上的海鸥了！”

现在，袁隆平那句富于激情和诗意的话已经变成现实，袁隆平及其培育出来的杂交水稻，展开腾飞的翅膀，飞过黄海、东海、渤海和南海，横跨太平洋、大西洋和印度洋，从中国飞向全世界。

2019 年 9 月 29 日，在北京获授“共和国勋章”后，当天下午袁隆平院士又出现在中国工程院举行的座谈会上。他表示，这次获授勋章，对自己既是鼓励，更是鞭策。他说：“我现在是‘90 后’，要在百岁之前努力完成杂交水稻每公顷产量 20 吨的目标。”

只要健康允许或者不出差，下田是袁隆平必做的功课。多年坚持下田的袁隆平，早早披上了“下田黑”，那是紫外线照射后的“作品”。有人感叹：袁隆平长得比农民还农民。

在启程来北京的前一天，袁隆平还去田里观看了水稻长势；在参加完“共和国勋章”颁授仪式后，他当天就返回湖南，因为“明天还要到田里去”“第一个动作就是要到田里去”。他心心念念他的那些宝贝“超级稻”，每天都惦记着有没有新的发现、有没有病虫害发生。他说：“关在屋子里手脚发痒，下田搞试验才有乐趣。”连他考察研究生科研素质的标准之一，也是能够顶着太阳、蹚着泥水、下田实干。

“中国人的饭碗，要牢牢端在自己手上。”在这份至关重要的事业中，“90 后”的袁隆平信心满满，初心不改，以满腔热情持续为国家和世界粮食安全贡献力量。“对历史最好的纪念，就是开创新的历史。”杂交水稻，正在为保障世界的粮食安全发挥更大的作用。

袁隆平，这个闪耀星空的名字，将永载共和国史册。

从将军之子到“草原之子”的人生跨越

——访“七一勋章”获得者廷·巴特尔

2021年6月29日，“七一勋章”颁授仪式在人民大会堂隆重举行，习近平总书记为廷·巴特尔等人颁授“七一勋章”，这是党内的最高荣誉。

廷·巴特尔，1955年6月出生，1976年11月入党。40多年前，他离开繁华的城市，到遥远的内蒙古锡林郭勒盟阿巴嘎旗萨如拉图雅嘎查插队，跟草原和牧民打了大半辈子交道。作为知青，廷·巴特尔多次有回城的机会。然而，面对严重退化的草场、贫穷的牧民和自己规划好的蓝图，他毅然决定留下来，带领群众共同致富。当年和他一起插队的同伴一个个都回去了，唯独他在草原扎下了根。凭着“让牧民过上好日子”的信念，他扎根牧区近50年，探索出保护生态、发展经济、促进增收的新路子，带领牧民走上了一条保护生态、建设牧区的致富路，使当地牧民生产生活发生翻天覆地的变化，成为扎根牧区、苦干实干的楷模。他先后荣获“全国优秀共产党员”“全国劳动模范”“全国民族团结进步模范个人”“改革先锋”等称号。

看到中央电视台《新闻联播》的这条报道后，我感到非常振奋，立刻想起了2002年7月中宣部组织的“廷·巴特尔先进事迹报告团”宁夏巡回报告活动，当时我恰好在宁夏，并与廷·巴特尔长聊了整整一天。同年12月，我写下了长篇通讯《从将军之

廷·巴特尔和他养殖的牛

子到“草原之子”的人生跨越》，这篇通讯后来被收入长征出版社出版的《掠燕湖札记》一书。

2002 年 7 月中旬，我随中央党校第 18 期中青班暑期社会实践调研组到宁夏、甘肃进行社会调查，在宁夏银川受到宁夏回族自治区党委宣传部的接待，正巧与参加中宣部组织的“廷·巴特尔先进事迹报告团”宁夏巡回报告活动的同志们住在一起。7 月 8 日，我们又一同游览了水天一色、苇丛若画的沙湖，参观了位于银川西北 30 公里的号称“东方好莱坞”的西部影视城。在一整天的参观游览活动中，我和内蒙古锡林郭勒盟阿巴嘎旗萨如拉图雅嘎查党支部书记、牧民廷·巴特尔在一起，我们边看边聊。通过交谈，我被这位草原人民的儿子的精神所深深感动，为他的言行所折服。

廷·巴特尔和我是同龄人，同在一个年代到了农村插队。不同的是，至今他仍扎根在距离呼和浩特市几百公里之远的锡林郭勒盟阿巴嘎旗萨如拉图雅嘎查，当一名牧民。

廷·巴特尔出生在内蒙古呼和浩特市，他的父亲延懋是共和国第一批被授予少将军衔的将军之一，曾任内蒙古军区政委、自治区党委第二书记。1974年，廷·巴特尔高中毕业后，和40多名知识青年一起，插队去到了千里之外的锡林郭勒盟阿巴嘎旗萨如拉图雅嘎查。1976年，他加入中国共产党，1983年任嘎查长，从1993年开始任党支部书记。他就这样从一个城市青年变成一个普通牧民，从一名刚出校门的学生成长为一名优秀的基层党支部书记，从将军之子变成“草原之子”，他把全部心血、汗水和人生中最宝贵的青春年华奉献给了草原和当地牧民。廷·巴特尔的先进事迹早些年就在内蒙古各地广为传诵。他曾先后获得“内蒙古自治区优秀共产党员”“内蒙古自治区劳动模范”“内蒙古自治区农村牧区优秀人才”等光荣称号。然而，在荣誉面前，廷·巴特尔没有止步，他奋发进取，持之以恒，带领牧民群众脱贫致富奔小康，在千里草原树起了一座新时期共产党员的丰碑。广大牧民群众亲切地称赞廷·巴特尔是“草原之子”。

1. “七一勋章”获得者廷·巴特尔
2. 作者与廷·巴特尔等人在宁夏合影
3. 2002 年，作者与廷·巴特尔在宁夏西部电影城

20 世纪 70 年代，廷·巴特尔插队的锡林郭勒盟阿巴嘎旗萨如拉图雅嘎查有山丘，有河流，有草场，还有淳厚的民风人情，就是太偏僻、太贫穷了。廷·巴特尔所在的队离旗里有约 300 公里，骑一匹好马也要跑整整一天。由于地理位置偏远、交通不便、信息闭塞，牧民们的生产生活方式还非常落后，日子过得也十分艰难。这里没有砖房，就是土房也不多见，牧民们都住在蒙古包里。当时也没有电灯，城里人常用的东西这儿几乎一样也看不到。睡觉的时候就盖一件大皮袄，或者干脆把蒙古袍裹在身上。牧区的文化生活也很贫乏，牧民的家里很少能见到纸和笔，更不用说书报杂志了。看到这一幕幕的情景，廷·巴特尔的心里有一股说不出的滋味儿，觉得草原牧区的生活实在是太单调太清苦了。

廷·巴特尔和所有的同龄人一样，有过快乐幸福的童年和少年时代。但是，“文革”期间，随着父辈的起起落落，他心灵受到了很大的创伤。来到草原后，在牧区长期的艰苦生活中，他体会到了人间最纯净的情感，在牧民身上学到了最好的品质。

有一年的冬天，廷·巴特尔和3个知青在草原上寻找失散的马群。奔波了一天，马群没找到，知青们却累垮了。天渐渐黑了下来，他们又累又饿又冷，好不容易找到了一户牧民家，正赶上牧民家吃晚饭。牧民看到他们这个样子，急忙给他们盛上了热腾腾的面条。由于当时口粮不足和牧区特殊的生活习惯，牧民们每天除了在早晨喝顿奶茶外，只有晚上这一顿饭。廷·巴特尔和3个知青狼吞虎咽，一会儿就把一盆面条吃光了。在他们吃面条的时候，牧民家的几个孩子始终眼巴巴地盯着他们。原以为大概是他家不常来客人的缘故吧，可当他们放下碗筷时，几个孩子却抢着喝起了剩下的面汤……草原牧民是多么纯朴善良！这些真切朴实的一言一行，一点一滴地渗透到廷·巴特尔的心灵深处。

几十年来，廷·巴特尔扎根草原，带领牧民走出了一条保护生态、养畜致富的成功之路。牧区草场、牲畜承包到户后，很多牧民盲目追求牲畜头数，加剧了草原退化、沙化的程度。早在30多年前，廷·巴特尔就敏锐地意识到，畜牧业生产方式不变革，就永远摆脱不掉生态恶化和贫困的恶性循环。他带头转变传统的生产经营方式，围封草场、划区轮牧，打井上电，种植高产饲草料，压缩牲畜头数，改良牲畜品种，事事给牧民群众树立榜样。他学科学，动脑筋，创新了牧区沙地打井的方法；他从外地引入多种乔木、灌木，反复试种比较，终于找到了适合当地栽植的树种。经过十几年的努力，萨如拉图雅嘎查的好些地方又重现了昔日“风吹草低见牛羊”的景象，牧民人均收入也有了大幅度的提高。

廷·巴特尔引导牧民群众逐步过上现代文明生活。牧区没有路，他组织党员、群众义务修路，形成制度，一干就是几年；萨如拉图雅嘎查没有电，他引进技术，利用风能和太阳能发电，给牧民群众带来了光明和希望，全嘎查告别了祖祖辈辈使用油灯的历史；他推广ETS无线电话，架起了牧民与外界联系的桥梁；他发展小型卫星接收器，牧民坐在家里，可以看十几个频道的电视节目。

廷·巴特尔与家人

廷·巴特尔是一个淡泊名利、甘于奉献的人。1978 年，正是知青们返城的高峰期，廷·巴特尔把一次次的回城机会让给了同伴。最后，嘎查只剩下他一个知青。这时，他却坚定地留在草原。这些年来，廷·巴特尔也有过多次机会能被提拔到苏木和旗工作，可他都放弃了。他当了支部书记后，建章立制，加强管理，定期向牧民公开账目，从不乱花集体的一分钱。他从没有向公家报销过一笔差旅费、招待费。为帮助萨如拉图雅嘎查和牧民张罗事情，他开着自己的汽车到处奔波，加油、维修都是自己花钱。通过一桩桩、一件件具体事例，牧民们切身感受到，廷·巴特尔在全心全意为大家谋利益，丝毫没有个人的私心杂念。在他的领导下，萨如拉图雅嘎查集体经济在逐年发展壮大，他赢得了牧民的衷心拥戴。

廷·巴特尔留在草原当牧民，几十年无怨无悔。将军的儿子当个牧民，过着老百姓的生活。90 高龄的延懋将军曾说："将军

廷・巴特尔向牧民传授经验

的儿子可以当将军，也可以当老百姓，牧民的需要，就是他的价值。”

父亲的言传身教，让廷・巴特尔从小就养成了艰苦朴素、热爱劳动的良好习惯，也培养了他热爱群众、淡泊名利的高尚品质。在偏远的牧区，廷・巴特尔从艰苦的生活中找到了快乐和幸福，他有了朋友，受到了尊重，心灵获得了完全的解放。他忘不了在最困难的时候，淳朴的牧民让自己的孩子饿着肚子，却把面条留给知青们吃；他忘不了慈祥的阿妈用自己珍藏多年的布料，一针一线为他缝制蒙古袍；他忘不了憨厚的蒙古族伙伴们，手把手教他学习割草、骑马、放羊；他更忘不了善良的草原牧民百般呵护和哺育上海孤儿的博大胸怀。廷・巴特尔舍不得离开这些牧民了，他觉得牧民是他遇到的最朴实、最好的人。当看到牧区因缺少文化而贫困和落后时，他觉得用自己的知识在牧区大干一番事业，在和牧民群众共同创造美好生活的奋斗中，能够实现自己的人生价值。廷·巴特尔留在了草原，娶了当地的牧民姑娘，成为一个地地道道的草原牧人。

从走进草原到热爱草原，从认识牧民到热爱牧区，从朴素地对牧民感恩报恩，到自觉承担起改变牧区落后面貌的历史责任，廷·巴特尔完成了由将军之子到“草原之子”的人生跨越。

如今，萨如拉图雅嘎查牧草过膝，绿波荡漾，黄柳、红柳、沙棘、爬地柏层层叠叠，这里已成为一个迷人的旅游胜地。在湖水如海、烟波浩渺、穿沙似绸、色彩绚烂的沙湖边，我读到了廷·巴特尔的一首诗：“我不愿做都市花园里供人观赏的花朵，只愿做浑善达克沙地上的一株小草，为勤劳善良的牧人遮挡一丝风寒，为漫漫荒漠增添一点绿色，为祖国大地减少一些沙尘暴的袭扰。”

“保护草原生态，减轻草原负荷，还得从养殖上做文章。”1993年，廷·巴特尔担任萨如拉图雅嘎查党支部书记后，用更多心力解决草原生态与牧业生产之间的矛盾。1998年，他把家里200多只羊全都卖掉，改养肉牛，还琢磨出一套“蹄腿理论”。“一头牛的收入顶不顶5只羊？”“一头牛4条腿，5只羊20只蹄子，哪个对草场的破坏大？”他耐心地向牧民们介绍、解释、示范，学他“减羊增牛”的牧民越来越多，草原渐渐恢复“元气”。他还鼓励牧民发展奶食品加工和生态旅游业……坚持草畜平衡、绿色发展。廷·巴特尔的这些理念和做法，产生了以点带面的示范效应，被推广到内蒙古不少牧区，既保护了生态环境，又保障了牧民收入。

廷·巴特尔与老伴儿居住的房屋附近，有一座蓝顶白墙的彩钢房，里面摆着桌椅，还有一块块图文并茂的展板，展示他发展畜牧业的智慧和成果。这是2010年由当地政府支持建成的一处农牧民培训基地，年均接待2万余人次。在这个大讲堂里，廷·巴特尔现身说法，无偿传授生态保护、科学养畜、算账理财等经验。尽管忙碌，但只要有牧民来访，廷·巴特尔都会放下手头的活儿，毫无保留地与他们交流经验。“只要我的做法对大伙儿有用，我就有责任和义务全部传授给他们。”

“现在大伙儿想增收，可以朝‘四点平衡’努力，也就是收入最高、支出最低、劳动强度最小、生态最好。”在一块块图文并茂的展板前，廷·巴特尔正在给到访的牧民们讲解增收的好办法。牧民们若有所思地点点头，不时向他提问。“把牛控制在多少头比较好？”“过冬掉膘太多怎么办？”……廷·巴特尔都会一一耐心解答。

有一天，锡林郭勒盟苏尼特左旗20多名想回乡创业的大学毕业生来向廷·巴特尔学习。年轻人回乡创业的这股热情深深打动了廷·巴特尔，他越讲越起劲，从自己设计的棚圈设施，到自建生态鱼塘，再到家里的循环节水网络，都详细演示、讲解。年轻人学得十分投入，在他家待了一整天。

40多年前，廷·巴特尔做了扎根草原的人生抉择，风雨砥砺，昂首奋进。如今，廷·巴特尔虽然将萨如拉图雅嘎查的工作交给了年轻人，但依然无偿向牧民传授自己养畜、种草、种树的经验。“草原生态建设没有完成时，要更好地保护草原，让牧民尽快富起来，把牧区建设得更美好。”步入晚年的他依旧发挥余热，初心不改。

廷·巴特尔的心比金子还明亮，他的爱比草原还宽广，他用真情与草原牧民建立起深深的感情。萨如拉图雅嘎查有了廷·巴特尔，才更加生机勃勃，充满诗情画意。

天空紫烟

——记“两弹一星功勋奖章”获得者、中国科学院院士陈能宽

2016年5月27日，我国核武器事业的奠基人之一、“两弹一星功勋奖章”获得者陈能宽院士平静地走完了他为国家富强、民族振兴而不懈奋斗的一生。20世纪50年代，面对超级大国的核威胁、核讹诈，党和国家领导人做出了“发展中国核事业”的战略决策。1960年6月，37岁的陈能宽由中央选调到二机部北京九所（中国工程物理研究院前身），担任爆轰物理研究室主任。他这一生，为我国核武器事业发展而“隐身”戈壁荒原、深山峡谷，以身许国，俯仰无愧。从出国求学、扬名海外到毅然回国、科技报国，从青年科技栋梁到铸造核盾的支柱，他是中国一个多世纪以来传统爱国知识分子的典范。看到新华社发布的新闻通稿，我陷入深沉的回忆。

我与陈能宽院士相交，缘于我到北京邀请他参加《当代中华科学英才》丛书首发式。1991年春节前夕，陈能宽与严济慈、卢嘉锡、钱三强、周光召、王选、吴阶平、梁栋材等中国科学院院士欢聚北京民族文化宫，围绕《当代中华科学英才》丛书出版进行座谈，并与首批入选丛书的中青年科学家见面。作为会议的组织者之一，我有幸坐在陈能宽院士和钱三强院士旁边。中午我还与他们同桌共进午餐，席间与陈能宽院士亲切交谈，聆听他描述当年参加核武器试验的情景。

1991 年 1 月，作者（中）与陈能宽（左）、钱三强（右）在北京共进午餐

1998 年，中共中央、国务院、中央军委在人民大会堂隆重举行“两弹一星功勋奖章”获得者表彰大会，我从电视和网上看到陈能宽被授予“两弹一星功勋奖章”，回忆起陈能宽院士献身国防事业的事迹。

科技创新强国梦

1960 年 6 月，陈能宽担任爆轰物理研究室主任。当时，我国急需通过爆轰物理实验，对原子弹理论方案加以验证。

陈能宽感到既光荣又有些底气不足，因为他原来是学物理冶金和金属物理的，对造原子弹所需要的核物理知识，以及有关炸药、爆轰方面的知识不了解。

与同时代的众多科学家一样，陈能宽对“落后就要挨打”有着切身感受，爱国之心、强国之志深深地融入他对科学的追求之中。他常说：“科学没有国界，但科学家是有祖国的。”正如他谈到前辈时说的“他们大多是从事基础研究的，很有造诣，世界知名。如果完全从个人兴趣选择出发，研制武器的吸引力就不一定处于首位。但是，他们毅然决然地以身许国，把国家安全利益视为最高价值标准”，这也正是陈能宽本人的真实写照。

陈能宽带领团队从“零”做起，仅用两年时间就手工造出上千枚炸药部件，做了上千次试验，初步建立起核武器爆轰物理理论和试验体系，完成了相关设计和测量研究工作，并带动了炸药以及光、电测试的技术攻关。

之后，在陈能宽和王淦昌等人的组织领导下，大型爆轰试验节节突破，为原子弹、氢弹突破奠定了重要基础。

1964 年 10 月 16 日，我国第一颗原子弹爆炸成功；1967 年 6 月 17 日，我国第一颗氢弹爆炸成功。随后，空投核航弹和导弹核武器先后试验成功，原子弹实现武器化，打破了超级大国的核垄断。

在我国核武器加紧攻关的时候，超级大国为保持核优势，以其达到的技术水平设置门槛和限制，于 1963 年签署了《部分禁止核试验条约》，妄图把中国核武器扼杀在摇篮里。如何尽快掌握地下核试验测试技术，成为摆在攻关人员面前的新挑战。

陈能宽和朱光亚、王淦昌一起提早筹谋，并亲自参与大部分核试验的方案制定，带领团队攻克了面临的测试技术难题，使试验方式实现了从空爆、地爆向地下平洞和竖井试验的转变，大大提高了试验的效费比。

之后，陈能宽带领团队成功完成了从全当量到减当量的试验，再一次粉碎了超级大国的图谋。

对于中国核武器人而言，“争气弹”的成功只是辉煌的起步。此后数十年间，以陈能宽为代表的科学家们转战草原、戈壁、深山，艰苦卓绝地探索世界尖端科技，走出了一条中国特色的核武器科技事业发展道路。

我国第一颗原子弹爆炸

灵台无计逃神矢

1923 年 5 月 13 日，陈能宽出生在湖南省慈利县江垭镇。他的祖父陈吉甫是清末慈利五举人之一，父亲陈秉一是一位颇有见解的教育家，母亲吴寿年是本地贤惠淳朴的土家族妇女。在这样一个良好的家庭环境中，陈能宽从小养成了勤奋好学的习惯。陈能宽有三兄一妹，由于家道中落，他一直靠优异成绩争取奖学金来维持学业。初中毕业时，他以最高总分获取奖学金，进入由长沙内迁沅陵的雅礼高级中学读书。经过 3 年寒窗苦读，他以优异的学习成绩被保送到唐山交通大学矿冶系读书。

1946 年，陈能宽从唐山交通大学毕业后，到资源委员会下属的天津炼钢厂从事钢的化学分析工作。同年，他与大学同学裴明丽结婚。

天津炼钢厂是一家从日本侵略者手中收回的有名气的炼钢大厂，陈能宽报到后才发现工厂的烟囱已不再冒烟，全靠从东北买来的铁丝加工成的各种钉子维持。面对这样萧条落后的工业，陈能宽无力回天，不免黯然神伤。

正当陈能宽彷徨不定之时，留学考试制度恢复了。陈能宽与妻子裴明丽通过了留学考试。当时，陈能宽考取了美国的科罗拉多大学、华盛顿大学、耶鲁大学，他选择就读耶鲁大学，立志攻读物理冶金专业。

1947 年 8 月，陈能宽与妻子一起启程赴美。当陈能宽和妻子在美国洛杉矶海关大楼办理入境手续，正准备在证件上签字时，美国警察忽然大摇其头，轻蔑地晃着手指说："请按手印！""为什么这样呢？他们都是签字的呀！"陈能宽表示不解。"你是你，他们是他们！明白吗？你们没有这个条件！"陈能宽立刻明白了一切。一个贫弱的民族，在世界上至多只能是个"二等公民"！民族的屈辱感深深地刺痛了他的心，更激发了他强国的愿望。

在耶鲁大学，陈能宽靠着在国内打下的坚实的自然科学基础，仅用了 1 年时间就取得了硕士学位，两年以后，他又取得了博士学位。他研究的课题是金属单晶体的结构和力学行为。

1950 年毕业后，陈能宽接受了约翰斯·霍普金斯大学的聘书，前往这所大学进行金属物理和冶金物理的基础研究。1954 年，他又在葛庭燧先生的推荐下，来到西屋（West House）电气公司任研究员，直到 1955 年回国。

陈能宽之所以能在 3 年之内连续取得硕士和博士学位，一方面是由于他的勤奋和天资，另一方面也与他急于学成回国报效国家有关。新中国的成立，极大地鼓舞了海外学子。正当陈能宽学成准备回国时，美国发动了侵朝战争，中国派兵支援朝鲜。中美之间的战争状态使他有国难回，他只得静观待变，做好返回祖国的长远打算。

留在美国工作的 5 年，陈能宽一共写了 20 多篇论文，在学术上逐步成熟起来，从一位博士成长为一位万众瞩目的年轻科学家。他有良好的科研环境，有一辆漂亮的小轿车和一个温暖的家。在许多人看来，这足以成为陈能宽扎根美国的坚实基础。

然而，陈能宽却忘不了求学报国的志向，更忘不了民族的屈辱和对祖国许下的诺言。1955 年秋，中美两国在日内瓦达成交换平民及留学人员的协议。陈能宽与妻子担心夜长梦多，决定立刻回国。

星期五下班后，陈能宽直奔匹兹堡火车站，登上去纽约的火车，买了回国的船票。有些美国朋友对他急于回到贫穷落后的中国大惑不解，他坚定地回答道：“新中国是我的祖

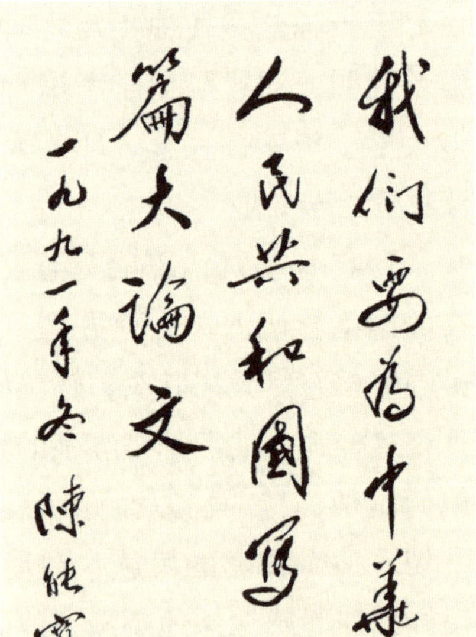

陈能宽的题词

国，我不能不爱她。这种诚挚的爱，就像是被爱神之箭射中了一样，是非爱不可的。正如鲁迅的诗句所说，我是‘灵台无计逃神矢’呀！”

这一年冬，陈能宽携妻子及3个孩子乘开禁后的第二班轮船“威尔逊总统”号，回到了阔别8年的祖国。

回国后，陈能宽在中国科学院应用物理研究所从事我国金属单晶体开创性的科学研究，他深深地感受到了“给自己做事的幸福”。

甘献年华逐紫烟

1960年，陈能宽奉调到了二机部。

“陈能宽同志，调你到二机部来是想请你参加一项国家重要的机密工作，我们国家要研制一种‘新产品’，我们想让你负责爆轰物理工作……”听了二机部副部长钱三强和九局局长李觉将军的一席话，陈能宽这位聪慧的科学家立刻猜中了“新产品”的含义。

“是不是让我参加原子弹的研制工作？”陈能宽疑惑地问道，“你们是不是调错人了？我是搞金属物理的，我搞过单晶体，可从来没有搞过原子弹。”

在场的人都禁不住笑了起来：“调你来没有弄错。我们中国人谁也没有研制过原子弹。人家说离开外国人的帮助，我们中国人10年、20年也休想把原子弹造出来，我们应当有志气。”

临危受命，大义凛然，为了新生的中华人民共和国的安危，陈能宽毅然放弃了自己原本的科研课题，走进了一个全新的神秘领域。从此他隐姓埋名长达四分之一个世纪。

在新中国向原子王国艰难而悲壮的进军中，陈能宽任二机部核武器研究所第二研究室主任，率领100多人的攻关队伍，开始了最危险、最艰辛的原子弹爆轰物理的艰难探索。

当时，正值苏联专家撤走之际，陈能宽摸着石头过河，一步一个脚印地前进。为了开拓研制原子弹所需的爆轰技术，在长城脚下、烽火台边等风沙呼啸、人烟稀少的工地，他们在一些废弃的旧桶中，像当年居里夫人搅拌含镭沥青一样，一次次地改变配方，一次次地试爆。陈能宽和他平均年龄只有20多岁的攻关队伍，日夜奋战，用当时手头仅有的计算尺、手摇计算机、算盘这类简陋的计算工具，进行艰苦卓绝的攻坚战。

当时，正值我国三年经济困难时期。陈能宽，这位曾在美国高等学府和大公司享有优厚待遇的科学家，和大家一样，主动向党组织请求："为了与全国人民共渡难关，我们诚恳地希望降低粮食定量，减少工资收入，并保证不影响科技攻关步伐。"他同广大职工一样，喝稀面片汤，勒紧裤腰带，不论酷暑严寒，奋战"沙场"，白天做爆轰试验，晚上分析、处理数据。

经过上千次试验，陈能宽和他的攻关队伍终于在1962年9月初步完成了任务：原子弹的起爆元件获得重大突破，基本上验证了研制原子弹爆轰的"内爆法"的可行性。

1963年初，为开展大规模试验，陈能宽又奉命率领一支更大的攻关队伍第一批进军青海高原新崛起的原子城。此时，他已担任实验委员会副主任委员。

1—2. 我国第一颗原子弹爆炸试验场

1|2

临行前一天的晚上，陈能宽回到家里，对妻子裴明丽说：“我要走了。”

“你到哪里去？”妻子关切地问。

“你看过《昆仑山上一棵草》这部电影吗？我要到那里去，那里有美丽的蓝天和草原。”

沉吟片刻，他又试探着对妻子说道：“如果我要到一个你找不到我，我也不能和外面联系的地方工作，你有什么想法吗？”

裴明丽能有什么想法呢，她太了解丈夫了。她毫不犹豫地回答道：“如果国家需要你这样做，你就按国家的要求去做吧！我没有问题。”

由于他严守保密条例，以至妻子对他的工作性质和具体地址一无所知。直到第一颗原子弹爆炸成功的公报发表后，才有人悄悄地告诉了他的妻子：“你知道吗？能宽也参加试验了。”裴明丽听了十分惊讶，心里仍是半信半疑。

世界屋脊，海拔三四千米的高原，空气稀薄，使人胸闷气短……所有的困难都不能阻挡这支执着的科研大军。在陈能宽的领导下，他们头顶蓝天，脚踏草原，进行原子弹爆炸前的大型爆轰试验，并于 1963 年 11 月 20 日和 1964 年 6 月 6 日相继取得了我国第一颗原子弹爆轰试验具有决定性意义的胜利。

1964 年 10 月 16 日，陈能宽参加了中国第一颗原子弹爆炸的试验，他对原子弹的安全及技术状况做了最后的检查，并最后离开这颗原子弹以及那座著名的 120 米高的铁塔。

1964 年 2 月，陈能宽被任命为二机部九院副院长，这既意味着对他工作成就的肯定，也意味着他身上的担子更重了。第一颗原子弹爆炸成功后，他马上又投身于原子弹的武器化和氢弹的研制中。中国第一颗氢弹试验时，他仍是试验现场的总负责人之一。

20 多年来，陈能宽一直是核装置技术负责人之一，参加了中国大部分核试验的方案论证和实施。1982 年，由王淦昌和陈能宽领导进行的“聚合爆轰波人工热核反应研究”，获得国家自然科学奖一等奖，他是主要获奖人之一。1986年他同邓稼先一起，作为国家科技进步特等奖的领奖代表，登上领奖台，接受国家的最高奖励。

自从进入高度机密的核计划研究后，陈能宽不但准备好不再发表论文，而且准备好隐姓埋名，默默无闻。他经常提起的一句话是："我们要共同写一篇大文章。"是的，作为科学家的他，已经把自己的科研生命全部投入到这篇"大文章"的写作之中。他在1984年纪念中国第一颗原子弹爆炸成功20周年时即兴赋诗，其中"不辞沉默铸金甲，甘献年华逐紫烟"两句，正是他和他的同事们献身于国防科技事业的共同写照！

东方巨响壮神州

1964年10月16日，中国爆炸了第一颗原子弹，全世界为之震惊。陈能宽在现场参加试验，听到春雷般的响声，看到急剧升腾的蘑菇云，所有参试人员纵情鼓掌，热泪盈眶。他情不自禁地拿出怀中的笔记本，记下"东方巨响"几个字和一句"神州日月增光"的感想。当时的感情是朴素的。他想，这一举世瞩目的事件究竟给了中国人民什么启示呢？有一段时间他曾听人说："国防科研花了那么多钱，没有搞出什么东西。""似乎中国有没有原子弹，关系不大。""它不能吃，不能穿，不能用，还拖了国民经济的后腿。"这些话倒促使陈能宽在回忆过去时，不能只是抒发怀旧之情，而要思考更多的问题了。

中国为什么下决心搞原子弹？

陈能宽认为最根本的理由是国家利益，特别是国家安全利益的需要。虽然新中国在政治上站起来了，但军事上还受人欺侮，经济上被人封锁，外交上不被某些大国承认，甚至有人以核讹诈威胁我们，形势是异常严峻的。为了自立于世界民族之林，我们被迫下决心解决没有原子弹的问题。

值得提到的是像陈能宽这样的老一辈科学家的献身精神，他们给我们树立了光辉榜样。他们大多是从事基础研究的，很有造诣，世界知名。如果完全从个人兴趣选择出发，研制武器的吸引力就不一定处于首位。但是，他们毅然决定以身许国，把国家安全利益视为最高价值标准，这更是国家决策深得民心的历史见证。

中国第一个核武器研制基地

中国为什么能很快地造出原子弹？

陈能宽有四点个人体会：

一是目标选择对了，也就是国家的需要和实际的可能性结合得非常好。说需要，中国需要和平，但和平不能没有武器。说可能，美、俄、英、法先走了一步，证明原子弹的可行性已经解决。中国卓有远见的领导人同德才兼备的科技专家相结合制订的发展科学技术和研制核武器规划，加上已探明的铀矿资源，人才的准备，以及一定的工业与技术基础，都表明我们完全有可能很快造出原子弹。

二是组织领导集中。1962 年 11 月，中央成立以周恩来为主任的专门委员会（简称“中央专委”）。在中央专委强有力的领导下，全国为此事“开绿灯”，全国“一盘棋”。

三是自力更生为主。原子弹的研制技术高度保密，所以掌握技术诀窍必须靠自力更生。自力更生的方式是非常生动活泼的。理论与实验相结合，一步一个脚印，对国外走过的路力求知其然，且知其所以然，因而敢于攻关探险，能够少走弯路。因为注意在基础预研、单项技术和元件上下功夫，所以能够做出自己的发明创造来，而所花的人力、物力比国外却少很多。

四是全国大力协同。毛泽东为了推动原子弹的研制工作，亲笔写过一句话：“要大力协同做好这件工作。”当时，全国各个单位都以承担国防任务为荣，努力协同作战。例如，高速转镜相机和高能炸药，就是中国科学院等单位协同完成的。诸如此类的例子很多。

中国造出原子弹究竟有什么效益?

陈能宽认为：原子弹确实是一种能用但用不得、确有国家安全“后效”但不应多造的“特殊商品”。这些“后效”可以概括为：

第一，军事上不怕核讹诈了。中国原子弹起到了遏制大国核威胁的作用，哪怕只有一颗原子弹，也不应该小看这一点东西的所谓“非线性”威慑效应所起到的自卫作用。所以，中国原子弹的研制成功对和平的贡献是不可低估的。

第二，外交上更加独立自主了。时至今天，世界形势发生了很大变化，转向缓和，开始以对话代替对抗，同时也进入了裁军和核禁试的征途，尖端技术走上了外交舞台。四川成都武侯祠前有一副对联，上面有一句话是“从古知兵非好战”，由此联想到，执行独立自主和平外交政策的中国，是不可不“知兵”的。

陈能宽在实验室里

第三，国际地位提高了。泱泱中华不再被排挤在联合国大门之外就是明证。中华民族也更加自信、自尊、自豪了，并且能够在安定、和平的环境中进行社会主义建设。在这“桃符万象更新”的时候，全国各族人民是不会忘记“爆竹一声除旧”的。

陈能宽深深地感到，在新的历史时期，较早地掌握世界尖端技术具有以下两点“后效”：一是它使我国在推动国防科技成果转向为国家“四化”建设服务方面处于有利地位。这里当然包括核能、核技术的和平应用。二是它使我国在高新技术竞争等方面有了一个较高的跟踪起点。今后国防的根本出路，应放在提高国防科技水平上。国防科技水平的提高同国家科学技术整体水平的提高是不可分割的。

第四，培养了一支精干队伍，他们是国家的宝贵财富，是无名英雄。

研制第一颗原子弹时，全国先后有 26 个部委，20 个省、自治区和直辖市的 900 多家单位参加攻关会战。陈能宽曾总结道：“我们的科研组织没有‘内耗’，攻关人员有献身精神和集体主义精神。我们的理论、实验、设计和生产 4 个部门的结合是成功的，有效地体现了不同学科、不同专业和任务的结合。”所以，“为了很快地搞好尖端科研与大型经济建设，必须提倡集体主义精神”。

在陈能宽看来，“万般科技皆高新，四海潮流唯人才”，既要抓科研，又要培育人才。陈能宽重视给年轻科研人员搭建平台，为他们指出增进修养和努力的方向，引导他们养成良好的学习方法，鼓励他们从应用研究中提炼出基础问题深入研究，支持他们进行新方向、新思想和新方案的探索。陈能宽还常常叮嘱他们，要与同事团结协作，倡导技术民主，协同创新。

在陈能宽等老一辈科学家的言传身教下，一批批核武器科技人才在历练中成长起来，为我国核武器科技事业实现新的跨越积蓄起强大的发展后劲。

陈能宽说，第一颗原子弹研制成功以后，又有第二步棋和第三步棋的成功，中国国防科技工业战线所取得的重大成就，党中央、国务院、中央军委多次给予高度评价。他个人有幸和国家需要的这项工作联系在一起，虽然只是沧海一粟，但也聊以自慰。

陈能宽希望国家和社会继续理解、关心和支持这支精干的队伍，充分发挥这支队伍潜在的“光”和“热”。这样做，可以稳定、巩固和培养人才，对国防和国家未来的科技事业发展均具有长远的意义。

直挂云帆济沧海

陈能宽作风扎实、虚怀若谷。有的发明创造和科技成果在报奖时，大家公认陈能宽应该排名第一，他却“利用职权”把自己的名字划掉，谦逊地让给一起攻关的年轻人。最后公布名单时，他甚至比列名的人更感到欣慰和欢悦。

陈能宽和李政道、王淦昌等人合影

1980年，陈能宽当选为中国科学院院士（学部委员）。1986年，陈能宽被任命为核工业部科技委员会副主任，并出任国家“863”高科技计划强激光技术的首席科学家，为国家再开拓一个新的领域，组织研究队伍，确定研究方向，培养年轻一代科技工作者，继续做出不懈的努力。1988年，他兼任国防科工委科技委副主任。1996年，他当选为中国科学院学部主席团成员。在众多的荣誉面前，陈能宽仍保持着一颗淡泊的心。

陈能宽年逾七旬，仍然严谨、认真，一丝不苟地肩负着祖国赋予的神圣事业。他经常陪伴年轻同志一起为新的课题加班到深夜，第二天仍精神焕发。

别看陈能宽是一位科学家，他体育运动也样样在行：排球、乒乓球、爬山、游泳、围棋、桥牌……他的书法遒劲豪放，他常常兴趣盎然地临摹古人的碑帖，抄录古人的诗句借以抒情言志。最值得一提的是他的文学造诣。他非常喜欢中国古典文学，读过不少中国古典名著，能整首整首地背诵古诗词、歌赋中的名篇，尤其在写诗和填词上颇见功力，一生写下了为数不少的诗词，抒发情怀。

结语

当前，我们面临的科学技术问题更加艰深，对战略科技支撑发展的需求更加迫切。在深刻缅怀陈能宽等老一辈科学家的同时，我们更要学习他们的创新经验和精神作风，为建设世界科技强国、实现中华民族伟大复兴的中国梦不懈奋斗。

青春永远万岁

——记“人民艺术家”国家荣誉称号获得者王蒙

在新中国成立70周年之际，85岁的作家王蒙获得“人民艺术家”国家荣誉称号。我回忆与王蒙聊天的点点滴滴，写下此文章。他作为与共和国共同成长的文学创作者，用深情的笔触描绘了中国社会的发展进步和文化的繁荣兴盛，见证并推动了中国当代文学的发展。

2007年5月，作者与王蒙在重庆会面

我能有幸遇到王蒙是缘于2007年4月，第十七届全国书市在山城重庆举办。当时来自全国的作家和出版社云集重庆。著名作家王蒙也如期来到重庆，参加名家讲坛和图书签名活动，成为重庆书市的一大亮点。我参加了王蒙读书分享活动，4月的重庆百花争艳，草长莺飞。我有幸与王蒙先生入住同一宾馆，每天同时前往图书博览会会场，一同出席重庆市人民政府举行的欢迎宴会。其间，我与王蒙先生同坐一桌，席间聊起他文学创作的往事与经历，我聆听了王蒙先生关于文学创作的经历和对人生的看法，并与他合影留念。

少年立志

1934年，王蒙出生在北平，出生3年就赶上卢沟桥事变。在幼年，王蒙亲历了日本侵华战争的苦难，爱国的种子便深深埋藏在他的心里。1940年，他进入北京师范学校附属小学就读。1945年，他进入平民中学学习。在这一年，日本宣布投降，王蒙看到班上的老师、同学兴奋的那种程度，便萌生了一个想法，就是“中国是我的国家，我要为中国死”。

正如小说《青春万岁》中充满理想和信念的年轻人一样，11岁那年他遇到共产党人李新、何平，怀着对共产主义的坚定信仰，王蒙与北京的地下党建立了组织联系。

这个生活在北平的初一男孩，此时正在读的书，是巴金的《灭亡》、曹禺的《日出》、茅盾的《腐蚀》和《子夜》、鲁迅的《祝福》和《故乡》。他刚刚跳级考上平民中学，因讨论时事政治话题在全市中学生演讲比赛中获奖。1948年，差5天就满14岁的王蒙在北京河北中学被破例吸收为党员，而且是地下党员。他在北京河北中学学习时还成为共青团北京市工委干事、中央团校二期学员，并且也开始了文学创作。王蒙将文学和革命视为他要为之奋斗一生的事业。

1953年，新中国百废待兴，19岁的王蒙开始创作《青春万岁》。1953年11月，刚刚过完19岁生日的王蒙，买来几个16开的大笔记本，开始写下一页页小说草稿，这就是他的文学处女作——20多万字的长篇小说《青春万岁》的初稿。他说：“我靠的是对新中国成立的感动，靠的是新中国开始时的‘所有的日子’。”“当时那个年龄，我又没有受过正规的文学教育，靠的就是对那个时候的日子的感动，要是没有那么充实、那么激情、那么丰满的日子在我少年、青年时期的记忆里，我写什么啊？所以我那个书留下了这么一份小青年的记录。”从1953年创作到1983年被改编成电影搬上银幕，这部记录了新中国第一批知识青年投入祖国建设洪流、树立共产主义远大人生理想的作品，深深感染和影响了几代青年人。

1955年，王蒙发表短篇小说《小豆儿》，描写一位少先队员发现其舅舅是国民党特务而告发的故事。

逐梦坎坷

1956年，时任共青团北京市东四区区委副书记的王蒙，长期在基层工作，看到工作与生活中的一些社会消极现象，创作了短篇小说《组织部新来的青年人》，并在《人民文学》发表，因小说中对官僚主义的批判描写，引发社会争鸣和文化大讨论。很多年后，王蒙承认这篇小说给自己“带来了一些困扰”，但是他说自己并没有留下什么悲观的记忆。批判会第二天，他拍下了整个青年时代最帅的一张照片。照片上，他将小棉袄甩在肩上，抿嘴乐着，一脸的阳光。他说：“我并没有灰溜溜的记忆，相反，我觉得这也是共和国的命运和我息息相关。我分享了革命的胜利、共和国的建立所带给我的这种快乐、荣耀、机会和各种可能性，同时我也接受了共和国的发展带给我的考验，带给我的一些各种各样的课题。所以我老说，我这人这一辈子有一个光明的底色。”1957年，《文汇报》

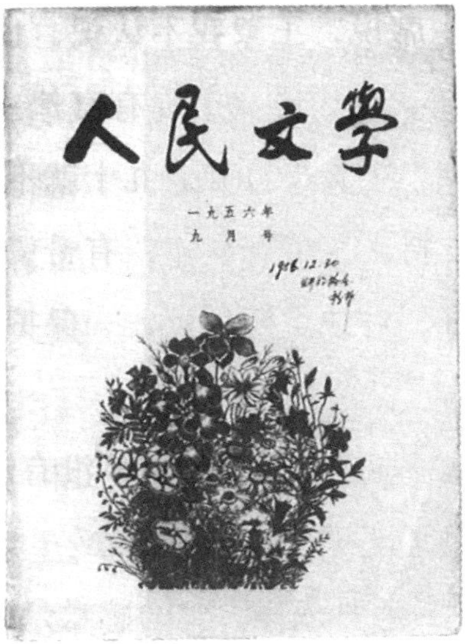

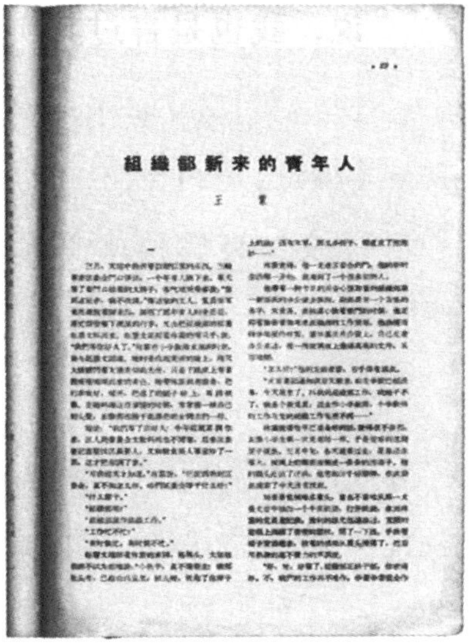

組織部新来的青年人

王 蒙

1956 年，《组织部新来的青年人》发表于《人民文学》

连载刊登《青春万岁》部分章节，王蒙以这种方式永久地记录下共和国创建初期最为激情和浪漫的岁月。

从旧中国到新中国，王蒙觉得需要记录下在这个社会的大变动中一代青少年的经验、体验和激情，正像他在《青春万岁》序诗里写的：“所有的日子都来吧，我所珍惜的这些日子，我所感动的这些日子，我所咀嚼的这些日子，这就是我写作的源泉，就是我写作的依靠。”

1963 年底，王蒙举家迁往新疆。1963—1978 年，王蒙在伊宁县巴彦岱镇巴彦岱公社二大队生活工作，他努力地学习维吾尔语，与少数民族同胞同吃、同住、同劳动。他在学习维吾尔语之后任汉语翻译，后任二大队副大队长。

1978 年，他把在新疆的 16 年生活经历写成了长篇小说《这边风景》，记录新疆伊犁地区少数民族的日常生活，展现了新疆独特的风土人情，并通过小说中的众多人物形象，表达了对于个人与国家的命运、个人与历史关系的思考。这部小说也是《青春万岁》的一个延伸。小说尘封近 40 年后重修问世，2015 年获得茅盾文学奖。王蒙把新疆当作自己的第二故乡，他认为，在新疆的十多年光景让他“开了眼，懂了人生”。他说：“我始终感觉到，不管走到哪儿，我得到的都是善良和友谊，所以我很感激他们。我始终说，新疆各族人民对我恩重如山。”

强烈的政治意识和倾向

在 20 世纪 80 年代前的创作中，王蒙写日常生活的作品数量上远远少于政治生活叙事，在影响上也小于政治化了的文本。例如，

1981 年回到巴彦岱的王蒙（右二）与维吾尔族乡亲们

他的第一部长篇小说《青春万岁》，既是一部郑波和杨蔷云等先进青年知识分子成长历程的史诗，也是充满生机与活力的新中国的颂歌，政治意识十分强烈，政治倾向非常鲜明。他的短篇小说《组织部新来的青年人》有着鲜明的政治主题：反官僚主义。小说的主人公林震是新社会培养起来的新人，他爱生活，爱党，爱同志，爱美，并为了他所爱的而斗争，这些特质自然地融入他的血肉之中。

重回北京

随着中国步入改革开放新时期，日新月异的社会变化和外来文化思潮的涌入，再次激发了王蒙积蓄已久的创作热情，他进入了创作的“井喷”时期，在几年的时间里先后发表了《夜的眼》《活动变人形》和散文评论集等产生巨大社会反响的作品。

1978年王蒙调回中国作家协会北京分会。王蒙回京后创作的第一篇短篇小说叫《说客盈门》，描写一位厂长处罚了一个不努力工作的工人之后，这位工人的许多亲友去游说厂长的故事，讽刺了当时的“走后门”现象。其后，王蒙撰写了多部小说、杂文，一时成为中国文坛意识流文学的代表人物之一。

1979年6月，王蒙担任北京市文联专业作家，中国作家协会北京分会副主席、分党组成员、副秘书长。同年，他发表中篇小说《布礼》，以及短篇小说《夜的眼》和《表姐》。

1986年，王蒙当选中共中央委员，任中国作家协会副主席、书记处书记。同年6月，王蒙被委以重任，出任文化部部长。其实无论在任职《人民文学》主编、中国作家协会副主席，还是文化部部长期间，他都始终关注文学发展、鼓励艺术创新，发掘和扶助了一大批优秀的青年作家。担任文化部部长期间，他邀请帕瓦罗蒂访华演出，开放了营业性舞厅，由此影响到当时的文化，使时装、模特表演、选美这些新生事物迅速“合法化”。

理想主义精神的体现

王蒙的作品一直贯穿着理想主义的主题，理想主义精神特色在王蒙的作品里体现得最为鲜明突出，他在创作中对理想的反思和执着也在同代人中最具典型性。曾经是“少年布尔什维克”的王蒙，在屡经劫难之后，依然没有抛弃早年的理想主义精神，平反复出的遭际让他更加坚定对历史理想主义的认同，王蒙相信，不管实现理想的道路有多么曲折，前途都是光明的。也正因为这样，王蒙在对他心中的理想主义精神进行讴歌的同时，也冷峻地指出了实现理想的艰难性与反复性。正如王蒙小说《蝴蝶》中的主人公张思远，他一直渴望实现自己的理想生活，却不得不在“文革”的夹缝中小心翼翼地处理着各种问题，从省委高官到所谓的被打倒的“反革命”，再被下放到农村改造，看上去张思远似乎离他的理想越来越远，他也不明白为什么那么努力却依然触碰不到自己的理想，但是“文革”结束后，他重新得到了党和人民的信任与尊敬，那些远在天边的理想又再次回到指尖。小说中的张思远多少有些王蒙自己的影子，也影射了王蒙在实现理想时所经历的曲折与反复。

王蒙在讴歌理想主义精神的同时，也对一切不符合理想状态的现象进行批判与揭露，但也从中流露出隐约的“谅解”与同情。这种“中庸”的态度早在他青年时代的作品中就有所表现，如《组织部新来的青年人》里林震与刘世吾的关系。“文革”以后长期的灾难性生活阅历又坚固了他的这种“中庸”的人生观，所以他的作品既不偏激也不放弃自身的责任，处处显出圆融贯通。

这样的思想倾向在《布礼》《蝴蝶》《海的梦》中都有体现。在《布礼》中，小说主人公钟亦成身上就明显表现出那种对理想、对信仰的执着和对青春激情的赞美。在王蒙笔下，经历了坎坷困苦的逆境赤子，怀有的不是对政治信念的幻灭、悲观，而是对政治信念更加的执着与坚定。同样，《蝴蝶》的主人公张思远在“文革”时的惨痛遭遇也并未让他对党和政治失去信仰，他更加坚定

1986—1989年，王蒙任文化部部长期间在孑民堂办公场景

自己的政治追求。张思远是悲剧的制造者，也是悲剧的承受者。王蒙在文中批判了像张思远这样的盲从的为官者，批判了“文革”对知识分子的残害和对社会的摧残，表达了对受害知识青年的同情，但是也不自觉地流露出对社会现实不可改变的无奈和“谅解”。从字里行间看，尖酸刻薄的后面有作者的温情，冷嘲热讽的后面有作者的“谅解”，痛心疾首后面仍然有作者满怀热忱的期待。在《海的梦》的最后，当缪可言在夜晚的海滩上看到一对年轻恋人的身影时，当他把个体的生命融入历史整体中去思考时，才又在理性主义的逻辑里找到答案和精神归宿，劫难过后，最终又回到王蒙构建的理想主义精神中来。

对民族历史和未来的冷静思考

王蒙在20世纪80年代的小说创作中不仅有对理想主义精神的追求，还有对民族历史和未来的冷静思考，面对“文革”带来的劫难的反思，王蒙将个人的苦难与民族的苦难联系起来，从而使个人的苦难具备了超越个人的普遍的启蒙意义。王蒙自然而然地把历史——“昨天”和“今天”连接了起来，即便是在伊犁的流放生活（《在伊犁》），他也以自己特有的宽容与幽默寻找到了平衡点，以文学方式来“反思性”地叙述“文革”，其实在“文革”还未被宣布结束时就已开始。“文革”结束后，文学界掀起了一股“反思文学”的思潮，王蒙作为对民族历史和未来的反思者必然成为“反思文学”创作的主力军之一。

小说《海的梦》弥漫着浓郁的反思和感伤情调，王蒙在给小说主人公取名时，似乎颇费心思，缪可言身上包含了作者对生命一去不复返的无奈感叹，历史谬误对生命的摧折就个体来说毕竟是无法挽回的。小说通过缪可言一段情绪活动的描述，浓缩了一代人的惨痛经历和沧桑体验，同时，这又是对他们这代人的理想主义及其实践过程的反思。通过《海的梦》，王蒙自然而然地把个人的坎坷遭遇和国家民族的历史灾难联系在一起。也可以说，

2006 年 12 月 12 日，王蒙在伊朗会见倡导“不同文明间对话”的伊朗前总统哈塔米

他在自身的遭遇中看到了历史的曲折进程和未来发展，在理性主义和理想主义的前提下，个人生命价值在这一结合中显示了超越性的意义。这也正体现了王蒙这一代人反思历史的特有方式，不是从个人的立场，而是以民众的代言人身份发言，个人的所有情感体验和精神矛盾最终都在汇入群体和历史的过程中才能得以解决，才会获得意义。

王蒙在对民族历史的反思中，也包含了对历史的宽容大度，其实这种宽容是人类精神世界对社会和人自身的缺欠、过失、罪过的妥协、谅解，是对不合理现状的“合理性”承认；对王蒙来说，是“故国八千里，风云三十年，该哭的哭够了，该恨的恨过了，我懂得了存在就是合理的，懂得了要讲费厄泼赖、讲宽容”。也正因为这样，《布礼》中的钟亦成最后说：“二十年的时光没有白费，二十年的学费没有白交，当我们再次向党的战士致以布尔什维克的敬礼时，我们已不是孩子了，我们深沉得多，老练得多了。我们懂得忧患、艰难，更懂得战胜忧患艰难的喜悦。”这也正是王蒙对历史的独特的反思方式。

晚年贡献

步入晚年，王蒙专注研究中华传统文化思想，出版了《老子十八讲》《与庄共舞》等文集。2017 年，《王蒙谈文化自信》出版，这本书收录了王蒙近十年来，就“文化自信”相关主题所做的 20 余篇文章、讲演和访谈，从“历史的经验与责任”“对传统文化的自信”“面向世界的文化自信”等视角，对文化自信的时代意义与实践启示进行理论探讨。

中国文化，它优秀的地方是什么，对这个问题的探讨今天仍然有积极的意义。党的十九大对中国特色社会主义文化有一个提法，即其融入于中国革命的时间、建设的时间和改革开放的时间，扎根于中国特色社会主义的现实，这个提法是对文化自信的一个比较全面的概括。

王蒙

作为一个作家，王蒙说他“有写不尽的东西”，“对大事小事都感兴趣”。卸任文化部部长后，他又成为那个“最活跃、最有创造力的作家”。他的创作进入加速期，尤其最近几年，几乎每年都有两三部新作问世，内容和形式也常有新意。这一切，他都归功于时代和生活的日新月异。他在多个场合说过这样一句话：“新中国的命运，就是我的创作源泉。”他认为：“我有幸参与、见证了整个历史的变化。这变化很快，而且不断地引起新的关注、新的趣味，也受到新的考验，所以对我来说是天生的机遇。共和国的命运、共和国的经验，正是我的写作源泉。”

晚年的王蒙仍然每天早上五时起床，戴着运动手环，在小区里散步。他规定自己每天要走满七千步，每个星期游两次泳。他笔耕不辍，不断有新作品问世。尤其是2019年，他发表了《生死恋》《地中海幻想曲》《笑的风》等作品，如此高产，他说在自己年轻时也不多见。

王蒙说："我最牛的感觉是什么呢？就是我还是劳动力！我85岁了，我不是一个享受以往成绩的人，也不是这分析两句话、那制造格言的人。我是一个劳动力，我可以写小说，我可以写各种故事，我可以写一千字，可以写一万字，可以写八万字。所以，我对于自己还是劳动力这件事感到非常高兴。我是一个当代文学的劳动者，我还是一头'牛'，还在那'耕地'。"

作为与共和国共同成长的文学创作者，王蒙见证并推动了中国当代文学的发展。王蒙始终敏锐捕捉着时代脉搏，他的作品清晰描绘了新中国半个多世纪的社会生活变迁，深刻剖析人们的内心世界。在将近70年的创作历程中，王蒙写了1800多万字的作品，出版近百部小说、散文、诗歌和学术著作，获过多项国际性文学大奖，显示了中国当代文学的创作高度。王蒙发掘培养了一大批优秀青年作家，为中国当代文学繁荣发展做出了突出贡献。

新中国的成立、建设、发展，王蒙是见证者也是参与者，这也是他一生创作的主题。新中国的命运也是王蒙的命运。纯真、执着、理想，是王蒙人生的关键词。2019年，恰逢新中国70华诞，迎来85岁生日的王蒙依然忙碌地奔波在各地参与普及推广传统文化的各种社会活动，对于此次获得"人民艺术家"国家荣誉称号，他说，能被人民记住，被共和国肯定，这对一个艺术家来说，是至高无上的荣誉。王蒙认为："我们这个国家是中国共产党领导的，中国共产党的一个最根本的宗旨，就是为人民服务，人民的幸福在于共和国的稳定和繁荣发展，所以用'人民'来冠名，这是最大的一个肯定。我们需要的人民艺术家是各种各样的，应该是受到人民欢迎的、喜爱的，而且本身也是关注人民，尤其是爱人民的。"

天行健　君子以自强不息

——记中国现代语言学的奠基人王力

2014年，广西政协建立广西政协文史馆并设立永久性的大型综合性展览——广西政协发展历程展，我作为总审稿人和撰稿人，对每一个部分的重要人物都要进行深入的研究。其中，第八个单元是尾厅，展出了广西籍的杰出全国政协委员，中国语言学大师王力先生位列其中。说到王力先生，从读小学开始，我就很崇拜这位自强不息、学贯古今、会通中外的语言大师。为筹建展览，我尽力收集王力先生的文献、资料、证书和照片。2013年12月，我借出差北京之际，去了北京大学，这是王力先生工作了30多年的地方。

事情说来也巧，我与王力先生的家人居然有多次相识机会。回想起来是在1983年，我在广西大学工作时，就住在王力的长子秦似（王缉和）家前面的一栋楼。秦似是著名的左联作家、杂文家，曾任广西壮族自治区政协副主席等职务。当时我在大学校园里能经常遇到秦似老师，我们一起散步。后来他邀请我到他家里做客，还给我题写了两幅书法：一幅是王之涣的《登鹳雀楼》，另一幅是李白的《黄鹤楼送孟浩然之广陵》。我把这两幅书法装裱好后，挂在家里的客厅，不少同学看到后很羡慕。

2004年，我女儿到北京大学国际关系学院上学，当时的院长是王力的次子——王缉思。王缉思是我国著名的美国问题专家，曾

1980 年，王力在燕南园 60 号书房工作场景（照片由王缉慈提供）

任中国社会科学院美国研究所的所长。在女儿的本科毕业典礼上，我还帮女儿与王缉思院长拍摄了一张合影。后来，女儿又考上了北京大学国际关系学院的硕士研究生，从事美国方面的研究，有机会向王缉思院长学习。

北京大学的燕南园住着王力等一批我国著名的教授。这里是我最喜欢去的地方。此次北京之行，我在燕南园见到了王缉思院长。王缉思院长说，关于他父亲资料的收集、保存、采访都是由他哥哥王缉志统一负责。王缉志毕业于北京大学，1984 年率先下海创办著名的民营企业四通公司，成功主持开发 MS 中英文打字机，在改革开放之初开风气之先，令全社会瞩目，也是那个时代的科学名人。王缉思院长把他哥哥王缉志的联系方式和家庭住址告诉了我。通过电话后，我于 12 月 13 日下午来了王缉志家中采访，取得了很多关于王力先生鲜为人知的第一手资料。对于家乡来的客人，王缉志非常热情，与我侃侃而谈，不知不觉谈了两个半小时。我们聊起了家乡的情结，回忆了北大往事，欣赏了王力先生的书法，浏览了王力先生的著作，谈论了王力先生的诗句。王力先生的家风，给我留下难忘的印象。

少年发奋

1900 年 8 月 10 日，一个婴儿在祖国南疆广西博白县岐山坡降生了。这个婴儿就是后来我国著名的语言学家王力。王力的故乡岐山坡是个普通的小村落，村子周围是一片平原，村庄稠密，人多田少，村人多以务农为主，家庭多属清寒。

王力幼受庭训，五六岁时，父亲就教他读书认字。王力的祖父写得一笔好字，留下一本手抄唐诗，父亲就用它给王力当作字帖。王力从小就对古诗有浓厚兴趣。他 7 岁破蒙，11 岁考上县里唯一的一所高小。王力原来的名字叫王祥瑛，快毕业时，自己改名为王力。

王力从小是个勤奋的孩子，自学起来，总是全神贯注，废寝忘食。有一年端午节，母亲给王力送来了几个小凉粽和小半碗蜜糖，特地摆在书桌的砚台旁，让他不要忘记吃。王力全神贯注地看书，过了一会儿，他想起要吃粽子了，便边看书，边用手去拿粽子，竟把粽子蘸到了砚台上。

王力与夫人在北大燕南园

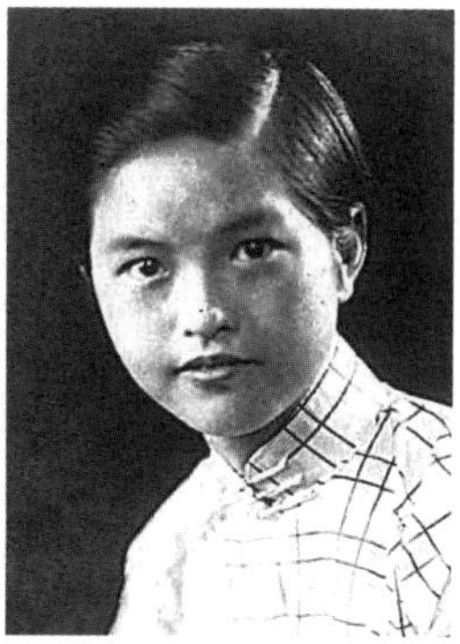

王力的夫人

自学成才

王力刚满 16 岁，就由父母包办，和一个同龄的农村姑娘结了婚，17 岁就生下了大儿子秦似。这时由于父亲去了一个边远的县份当小科员，年轻的王力开始挑起了养家的担子。他最小的弟弟比他小 10 岁，村里没有私塾，王力就一面理家，一面当小弟弟的小先生。因此，王力在家中办起了小私塾。不久，有个名叫李荫田的乡绅，听说王力教书教得很好，特地去听王力讲课。他听后，很欣赏王力的才华，便邀请王力去他的村子教书。就这样，王力到李荫田的家乡大车坪当家塾教师。

王力执教的教材都是自己选的，杜甫的《石壕吏》、白居易的《咏凌霄花》都在他的选择范围内。他在讲《礼记》中的《苛政猛于虎》一文时，讲到杜甫《石壕吏》中的“有吏夜捉人”时，绘声绘色，剖析入微，学生都听得津津有味。

一天，王力到一个李姓学生家，偶然发现这家的一个空房里堆了 14 箱书，箱面上有厚厚的灰尘。他好奇地打开了其中的两箱，发现箱内的书都是他没有见过的。箱中经史子集齐全，天文地理医卜星相并陈，还有很好的注疏本和书主人的读书笔记。王力迫不及待地开口向学生家长李子初借书。几天后他就请了挑夫，把书运回了岐山坡。

后来，博白的大平坡李氏家族办起了一所李氏开国学校，请王力去当教师。王力在李氏开国学校教了3年书，一面教书，一面自学。校长李慎西是个爱才的人，他送给王力100元小洋作为路费，让王力到上海去考大学，李春馨老师也资助了王力20元小洋。王力得了这两笔钱，热泪盈眶，不久便来到上海考大学。

如愿清华

王力风尘仆仆地来到上海。经打听，凡是考大学本科的，都必须考数理化和外语。王力是高小生，自然不能报考。当时只有私立南方大学要招一个国学专修班，他就去报考这个专修班。王力失学10年，但也读书10年，最终他考上了。

这个专修班，开有英语课。王力没学过英语，为跟上课程，晚上宿舍灯灭后，他就到路灯下背英语单词，学英语语法。期终考试，他的英语竟考了个100分。

王力在私立南方大学刚读满一年，便转去国民大学读本科。在国民大学读满一年的时候，正好清华国学研究院在上海招生，王力跃跃欲试。然而，清华国学研究院的招生简章规定，考生必须具备三个条件之一方能报考，即在中学任教5年的教学人员、大学本科毕业生、从名师研究有心得者。这三个条件，王力均不具备。他想了又想，便想起了章太炎。章太炎是国民大学的挂名校长，王力并不认识他，只不过学校刚创办时，王力参加过一次开学典礼，远远地见过章太炎一次。于是，王力便以从名师章太炎为名，果然获准报考。

清华国学研究院入学考试的试题出得很奇特，要答好就必须博古通今，具有丰富的汉语知识。王力靠借来的14箱书，自学了4年多，交了一份好答卷，在录取的32名研究生中，他名列第26名。

金色的秋天，王力如愿来到了北京。3年间，他从一个高小毕业生一跃上了大学，再一跃成了研究生，这弥补了他失学10年的时光。王力是清华国学研究院的第二届学生。当时，清华国学研究院的任课老师有梁启超、王国维、赵元任和陈寅恪四大知名教授。

对王力影响最深的老师是赵元任。赵元任是中国现代语言学的主要奠基人。他精通英、法、日、德等多种外语，国学根底深厚。王力选学语言学，从师赵元任，是班上唯一跟赵元任学语言学的学生。王力笃学勤钻，甚得赵元任的喜爱。

1927 年，王力从清华国学研究院毕业了。赵元任鼓励王力去法国留学，于是王力下决心自费到巴黎留学。

巴黎留学

王力向一个在银行工作的同乡借了 40 英镑，就去了巴黎。在巴黎期间，他住在法国人居住的地方，因为这种地方有学法语的好环境。王力在巴黎读书的头两年，费用全由父亲供给。两年后，父亲就不能按时给他寄钱了，还为他欠了债。此时，王力的老师李石岑教授来到巴黎，他建议王力翻译些法国文学名著寄给商务印书馆的叶圣陶，由他负责推荐。叶圣陶收到了王力的第一部译著，给王力去信说："信达二字，钧不敢言，雅之一字，实无遗憾。"王力留法期间翻译了 20 多本法国文学名著，叶圣陶总是及时出版他的译著或给他预支稿费，这使得王力依靠自己的劳动完成了留学。王力在巴黎大学学的是实验语言学，他还听了著名语言学家房特里耶斯讲的普通语言学，系统学习了西方现代语言学理论，进一步掌握了历史比较的科学方法，为他在语言学的研究中继承、发展中国传统语言学，建立现代中国语言学体系打下了良好的基础。

王力留法 4 年，身在异邦，心系祖国。他写信给清华大学，表示愿回清华大学任教，清华大学很快就给他寄去聘书和路费。

1 | 2

1. 王力与同事在国立西南联合大学合影
2. 王力与友人在北京大学合影

学术巅峰

王力回到清华大学，任中文系的专任讲师（相当于副教授）。同时，他还受聘于燕京大学，讲授中国音韵学、汉语诗法和逻辑概论。他讲课讲得很好，深受学生欢迎。

卢沟桥事变后，清华大学、北京大学、南开大学都迁到了长沙，联合成立临时大学——国立长沙临时大学。这期间，王力开始动手撰写《中国现代语法》。不久，临时大学又迁到昆明，更名为“国立西南联合大学”。

在国立西南联合大学，王力完成了《中国现代语法》初稿，闻一多劝他将讲义整理成两部专著，一部是《中国语法理论》，另一部是《中国现代语法》。他接受了闻一多的建议，三易其稿，这两部著作于1943年11月、1944年8月先后在上海商务印书馆出版。王力在完成上述的两部专著后，又写了《中国语法纲要》。这三部语法著作，相辅相成，在我国语法史上揭开了新的一页。

抗战胜利后，王力接到中山大学的邀请，希望他在清华大学复课前到中山大学讲学两个月，王力回信表示同意。王力被聘任为中山大学文学院院长。

新中国成立后，王力从中山大学奉调到北京大学。他先住在北大朗润园，两年后迁居燕南园60号，一住就是30年。在他家里，一楼是宽敞的客厅，他曾在此接待过无数来访的中外学者。客厅右侧是王力的书房，面积不过六七平方米，堆满了他从事语言学教学和研究所需的古今中外典籍。30 年来，王力每天的课余时间几乎都是在这间书房里度过。他在此先后写作了《汉语史稿》《中国语言学史》《同源字典》《诗词格律》等大量著作和论文。1954 年，王力任中国文字改革委员会委员、副主任，在文字改革方面花了许多心血，一直是文字改革的主将。

精神感召

1985 年 8 月 10 日，王力 85 岁生日，山东教育出版社与北京大学的一些领导和专家、教授为王力祝寿，同时庆祝《王力文集》的出版。王力在生日宴会上宣布，《王力文集》的全部稿费将捐给北京大学作为王力语言学奖金。

王力愉快地度过了 85 岁生日，又将精力投进了编写《古代汉语字典》上。头几个月，他每天工作七八个小时，写两三千字。

1986 年 5 月 3 日上午 9 点，王力与世长辞。他的夫人夏蔚霞按照王力生前的嘱咐，将王力的 4000 多册古今中外的语言藏书捐给北京大学中文系。王力经历了 20 世纪的风风雨雨，走完了他的人生旅程。他的一生，是为弘扬祖国文化奋斗的一生。他承先启后，融合中西，龙虫并雕，著作等身，桃李三千，无私奉献，风范永传。他虽与世长辞，但他的学术和人品却有无穷的精神感召力。

王力和夫人（照片由王缉慈提供）

香港著名作家梁羽生回忆王力说："曾来香港讲学的语言学家王力教授，1949年前曾任广州岭南大学文学院院长，当时我在岭南大学读书，但没有上过他的课，不过因为喜爱文学，也常到他的家中向他请教。他有一门'绝技'，和新来的学生谈了几分钟，往往就能一口说出那个学生是哪个地方的人，可见他对语言学的造诣之深。"

梁羽生说："他是广西博白人，法国留学生。他有一部语言学方面的著作是用法文写的，研究的专题就是'博白方音'，书名为《博白方音实验录》（1931年巴黎出版）。广西一个小县的方言，因他的著作而为国际学术界所知，也可说是罕有的佳话了。"

梁羽生说："他对乡土感情甚深，桂林发现芦笛岩时（20世纪50年代中期），他是首批游客之一，曾有《游桂林芦笛岩》七律一首：

喜从地下得天宫，洞府幽深曲径通；
玉柱雕楹资鬼斧，碧文圆顶见神工；
天教名胜装新国，地以灵奇飨健翁；
山洞莫嗟人境热，披襟犹可挹雄风。"

王力先生是我国当代杰出的语言学家和中国现代语言学的奠基人之一，一代当之无愧的学术大师。他学贯古今，会通中外，在继承我国2000多年语言学优良传统的基础上吸收现代语言学的理论和方法，为建立中国现代语言学的科学体系做出了卓越的贡献。王力是第一个以西方诗律学为参照系、用技术定量分析手段总结现代汉语诗歌写作的人，他为中国现代汉语诗歌的写作提供了比较宽泛的基本范式。

回顾20世纪中国科学发展的历史便会发现，这是一个群星璀璨、大师辈出的时期。20世纪前半期，经历了五四运动的洗礼，"科学"与"民主"的种子开始在古老而多难的中华大地上生根、发芽。一批富于爱国思想、深深根植于中国传统文化厚壤之中的青年学子在接受了时代的洗礼之后，开始了他们全新的求索。他们远渡重洋，如饥似渴地汲取西方一切先进的文明成果。而当他们学成之后，返回当时积贫积弱的祖国，用他们从西方取回的"真经"，精心构建中国人自己的现代科学殿堂。他们的探索历程、人格精神、学术成就是20世纪留给我们民族的宝贵精神遗产。

我伫立在北京大学的燕南园院子中沉思，脑海中浮现出一个只有小学文化程度的少年，他靠着十载刻苦自学，终于走出了山村，走出了中国，走向了世界，成为世纪学人。王力先生走过的是一条光荣的荆棘路，从中我们感受到的是人类自强不息、自力更生、自尊自重的精神。

天行健，君子以自强不息；地势坤，君子以厚德载物。王力先生对于普通人的最大启示便是厚德载物、自强不息。

芳馨沁人间　巨笔绣中华

——忆艺术家阎肃老师

2016年2月12日凌晨3点，我在观看中央电视台综合频道播放的1986年版电视连续剧《西游记》。当第一集结束播映片尾时，《西游记》主题歌《敢问路在何方》让人心潮澎湃。在歌声中，刷微博的我，突然看到一则消息："我国著名艺术家、空政文工团创作员阎肃同志，因病在北京逝世，享年86岁。一代艺术大师忠魂陨落，12个大字敬挽这位德艺双馨的老人：一片丹心、一腔热血、一身正气。他给世人留下1000多部（首）有筋骨、有道德、有温度的文艺精品佳作，鼓舞和激励了一代代中国人。"这是中国空军官方微博在阎老逝世后第一时间做出的深切缅怀和沉痛哀悼。斯人已逝，音容犹在。每一位与阎肃老师有过接触的人都有着说不尽的缅怀、道不尽的想念。

回忆往事　凝思良久

阎肃是我们"50后"这代人心中的"男神"。从小到大，我们听过、唱过许多阎肃作词的歌。他写的歌引领着我们一步步走向广阔的世界。20世纪60年代的中国，出版和公演的文艺作品不多。1962年，小说《红岩》刚刚出版，我们争相阅读。这部作品以惊心动魄的斗争画面和崇高的革命精神，深深地震撼了我们年轻一代的心，《红岩》被称为具有共产主义精神和革命气节的教科书。

阎肃

歌剧《江姐》是阎肃根据小说《红岩》的人物原型创作的一部作品。记得1965年，我读初中一年级，观看了祖国大江南北公演的歌剧《江姐》。那时在学校的文艺演出中，《红梅赞》和《绣红旗》是经典的演出节目。这两首歌曲风靡一时，俘获了无数少男少女的心。阎肃老师的作品给我们的思想和心灵打下了深深的烙印，在当时的时代背景下，我们这代人通过这些文艺作品的鼓舞，树立起了纯朴的革命精神和远大理想。1966年11月“大串联”活动，我们选择的第一站就是重庆。我们乘坐两天两夜的火车，来到慕名已久的历史名城重庆。我们怀着崇敬的心情，参观红岩村、白公馆和渣滓洞，接受爱国主义的心灵洗礼。《江姐》中所描述的革命先烈的遗迹就在眼前。

歌剧《江姐》描述的是从三大战役的胜利到重庆解放前夕这段历史，当时国民党节节败退，却还在做最后的挣扎。它的词作家阎肃当时是重庆大学的学生，经历了这段最黑暗的时期。作为进步的大学生，他在学校曾排演了许多进步的歌剧，揭露国民党反动统治的腐败。有了这段生活经历，加上对小说《红岩》的成功借鉴，阎肃创作歌剧《江姐》可以说是得心应手，他仅仅用 18 天就完成了《江姐》的初稿。1962 年，看过剧本后，中国人民解放军空军政治部的领导非常重视，在剧本得到认可后，作曲任务便落到了年轻的作曲家羊鸣、姜春阳、金砂身上。当时的总参谋长罗瑞卿和空军司令刘亚楼多次对歌剧《江姐》提出修改意见。经过两年的打磨，1964 年，中国人民解放军空军政治部文工团将小说《红岩》中有关江姐的故事搬上歌剧舞台。歌剧《江姐》正式演出后立即引起了轰动，阎肃一举成名，并得到毛主席的亲自接见。

20 世纪 60 年代末，我们响应党的号召到农村插队时，我从家里带了一本《革命歌曲大家唱》。其中，那首《我爱祖国的蓝天》中“我爱祖国的蓝天，晴空万里阳光灿烂”的歌词，让我拨开了当时的漫天阴霾，对未来充满了信心和希望。当时知青最喜爱唱的歌曲就是《我爱祖国的蓝天》，演唱这首歌曲也是文艺演出中的必备节目，文艺作品是那个时代人们重要的精神食粮。

阎肃创作的歌词意境深邃，主题突出，韵味浓烈，富有哲理。他的歌词是作者心底之音的释放。而那豪迈之情、豪侠之意、豪爽之品，至今还在感染着人们，激励着人们，督促着人们披荆斩棘、昂扬登攀。由阎肃作词的《敢问路在何方》是 1986 年版电视连续剧《西游记》的主题歌，这首歌 1988 年荣获首届中国十佳影视金曲奖，2001 年在美国纽约被评选为最受华人喜爱的歌曲。

阎肃的文艺作品传播的世界观、人生观、价值观影响了我们这一代人的一生。正如 2015 年“感动中国人物”颁奖词所言：“铁马秋风、战地黄花，楼船夜雪，边关冷月，这是一个战士的风花雪月。

唱红岩，唱蓝天，你一生都在唱，你的心一直和人民相连。是一滴水，你要把自己融入大海；是一树梅，你要让自己开在悬崖。一个兵，一条路，一颗心，一面旗。”从这个意义上说，阎肃的一生是战士的一生，是“严肃”的一生。

阎肃是著名的词作家、剧作家，他身跨各界，策划、撰稿、作词，他样样在行；舞蹈、曲艺、戏曲，他也是专家。《岳阳楼记》在他的口中抑扬顿挫，解说透彻，什么历史典故他都可以脱口而出。

青歌相遇　终生难忘

我和家人特别喜爱看CCTV青年歌手电视大奖赛(以下简称“青歌赛”)，这个赛事于1984年开始举办，每两年一届。经过多年的实践和不断创新，青歌赛已成为弘扬民族艺术、普及音乐知识、发现和推出声乐人才、引领和推动中国声乐事业发展繁荣的重要平台，极大满足了广大人民群众的艺术生活需求，为中国歌坛输

2010年1月，阎肃在第十四届青歌赛广西赛区决赛担任评委

送了许多优秀音乐人才。青歌赛的许多优秀选手现已成为中国著名的歌唱家。青歌赛被公认为国内声乐界的一大权威赛事，在全国观众心中已建立较高知名度。

2010年1月18日，第十四届青歌赛广西赛区决赛在南宁举行。阎肃、金铁霖、吴雁泽和徐沛东等13位我国著名的词、曲作家，还有美声、民族、流行唱法的歌唱家到场担任评委。经广西的音乐家引荐，我在广西电视台的贵宾室见到了阎肃老师。他身躯微胖，头发花白，眯缝着眼睛。当时有很多艺术家都在贵宾室休息，坐在正中间的是徐沛东，两侧是金铁霖、吴雁泽等著名的艺术家。当时我提出给艺术家们拍摄肖像照的建议，徐沛东指着坐在休息室一侧的阎肃对我说："应该先给阎肃老师拍照，他德高望重，还是将军呢。"我快步地走到阎肃面前说："阎老师，我帮您拍摄一张照片。"身穿褐色唐装的阎肃一脸和蔼，没有一点架子，笑眯眯地从沙发上站起来。他伸出手，和我握手，笑微微与我合影，还让我用单反相机多角度地拍摄。之后，我在休息室里帮每一位艺术家都拍摄了照片。由于离开幕式的时间还有一会儿，我就坐在阎肃旁边聊了起来。阎肃说，他对青歌赛有着特殊的情感，从第三届青歌赛开始就一直参与其中。他是看着青歌赛成长的，也可以称得上是青歌赛的元老了。阎肃感叹青歌赛"幼苗已成参天大树"。

他还说，这是他第一次到广西南宁参加青歌赛。广西是"歌海"，诞生了《刘三姐》这部优秀的文艺作品。广西的民歌资源丰富，他对此次青歌赛原生态歌手的歌声充满期待，渴望听到来自壮乡民间最美丽的歌声。

阎肃说，此次来广西参加青歌赛，发现广西的民族唱法选手中应该会涌现出一些好的歌唱苗子，他们的声音、形象、艺术整体水平应该会有所提升。但民族唱法属学院派演唱方式，全国高水平歌手主要集中在北京几大院校和部队，面对全国民族唱法高手如林的现状，广西歌手要想冲出重围，还得在特色方面狠下功夫。

阎肃还说，青歌赛的特色在于没有过度的娱乐化炒作和包装，更强调比赛的权威性和专业性。对于参赛歌手而言，无需费力去挖掘所谓的“背后的故事”，只要专注于展示自己的演唱水平和声乐素养，而这绝非依靠煽情、八卦等所谓捷径所能够做到的。阎肃还以军旅歌唱家李斌为例，说李斌8年参加了4届青歌赛，才最终获得金奖，他所演唱的《当兵的人》也成了经典。

在青歌赛实况转播的现场，评委对所有参赛对象进行认真的评审。每当一位歌手表演结束之后，阎肃都会用洪亮的声音、抑扬顿挫的语调进行现场点评，让观众和歌手听得热血沸腾。最终，评选出的流行唱法、民族唱法、美声唱法、原生态唱法和合唱的获奖歌手将代表广西参加全国比赛。

责任担当　理想追求

放眼当下文艺界，浮躁之风盛行。一些文艺家尤其是个别青年文艺工作者，不潜心打磨作品质量，反而醉心于用各种手段谋取荣誉，被金钱遮蔽了双眼。光想要成绩，却不愿接地气。这些都是阎肃老师生前所痛心疾首的问题。

在物欲横流、诱惑多多的当下，在低俗、庸俗、媚俗作品比比皆是的情况下，阎肃老师的作品不是喊口号、比声高、“秀肌肉”，而是流淌于心、发乎于情、气韵充沛、旋律激昂、便于传唱，是思想性与艺术性高度统一、深度融合的佳作，为亿万人民所喜爱。他的作品凝聚了强大的正能量，体现了责任与担当，经受了历史的检验，被人们传颂至今。阎肃老师的作品体现了责任担当，彰显了他的理想追求。

在打开国门之后，我国东西方文化激烈冲撞交会。曾几何时，“校园歌曲”红极一时，“摇滚音乐”震耳欲聋，“靡靡之音”卷土重来，“色情文化”大行其道。正是阎肃扛起“主旋律”这面大旗，创作出一曲曲脍炙人口、感天动地的主题歌曲，一部部精彩纷呈、动人心魄的歌剧，传承民族的红色记忆，坚守中华的精神家园，高扬爱国主义的伟大旗帜。

2014年10月15日，习近平总书记在北京主持召开文艺工作座谈会。阎肃在会上说：“我称得上是中国人民解放军文艺战线的一名老兵，到现在依然在心里经常哼唱着‘追上去追上去不让敌人喘气’那些歌。我们也有风花雪月，但那风是‘铁马秋风’，花是‘战地黄花’，雪是‘楼船夜雪’，月是‘边关冷月’。就是这种肝胆、这种魂魄教会我跟着走、往前行，我愿意为兵服务一辈子！所以，我、我们心中常念叨的就是6个字——‘正能量、接地气’，在部队来说就是有兵味、战味！”阎肃还饶有兴趣地说：“我觉得，我们每一位以文艺为终身职业的从业者，我的同行们，都应该做到‘四有’，那就是胸有大业，腹有诗书，肩有担当，术有专攻。”“风花雪夜”“四有四艺”“正能量、接地气”等，这些就是阎肃拥有德艺双馨美誉，一生永葆艺术青春的核心保证；一生不脱军装，一生一尘不染，一生笑口常开，这就是阎肃保持的人民艺术家的本色。

文艺创作要俯下身子接地气，说百姓听得懂、喜欢听的大实话。“我艺术的根和魂，只有深深扎进军营这片沃土，扎进老百姓的喜怒哀乐，才能写出真情、唱出大爱。”阎老是这么说的，也是这么做的：为创作京剧《红岩》，他曾亲自到渣滓洞牢房里“坐牢”7天；《我爱祖国的蓝天》唱响军营内外六十载，离不开他深入部队，与士兵们同吃、同住、同工作的长期体验。而这种接地气的方式伴随着阎肃一生的文艺创作之旅。分享完打假主题歌曲《雾里看花》的创作故事之后，阎肃意犹未尽地感叹：“如今我每天依旧坚持读书数小时，现在很多年轻人已经放弃了阅读，成天对着屏幕。如果我书没看够，是想不出这些词来的。艺术创作，要做个有心人。”

有数量缺质量，有“高原”缺“高峰”，抄袭模仿、千篇一律，都是当下文艺创作所存在的问题。反观阎肃60多年的创作生涯，从红歌军歌到流行歌曲，他不断出新出彩，精品力作层出不穷，

作者与阎肃在南宁合影

几乎在每个时代都留下了代表作。阎肃老师曾自曝其窍门，一是“学习”，二是“认真”。

阎肃践行“以人民为中心”的创作导向。他把对党、对军队和对人民的忠诚，化作了他身后的1000多部作品。他总是能在革命、主旋律、主流价值中，发掘出最感人的内容。对我们而言，阎肃老师像一座高峰，令世人高山仰止；似一面旗帜，引领后辈迈步前进；如一面明镜，留与后人观照内心。

中国馆之父

——访中国工程院院士何镜堂

他，是上海世博会中国馆的总设计者；

他，是侵华日军南京大屠杀遇难同胞纪念馆的总设计者；

他，是海战博物馆的总设计者……

他，就是我国建筑事业的泰斗人物之一，中国工程院院士、中国工程设计大师，被誉为“中国馆之父”“校园建筑设计掌门人”的何镜堂。

2012 年 7 月，作者在华南理工大学采访何镜堂

2012 年 7 月，我应邀到华南理工大学新闻传播学院做题为“互联网时代的文化与传播”的演讲。其间，因我的著作《情系科学家》拟在华南理工大学出版社编辑出版，遂前往该出版社，见到了出版社的总编辑潘宜玲和《华南理工大学学报》编辑部的主编周莉华。她们建议我去采访中国工程院院士、华南理工大学建筑学院院长、建筑设计研究院院长、岭南建筑界的旗帜性人物何镜堂，并把有关采访内容收录进《情系科学家》一书，对此，我欣然答应。

在潘宜玲、周莉华二人的帮助和约请下，2012 年 7 月 19 日上午 9 时，我前往华南理工大学建筑设计研究院拜访何镜堂教授。何镜堂教授站在大门迎接我的到来。只见他双目炯炯有神，走起路来健步如飞。在他的会客厅，我们开始聊天，从学习心路到工作经历，再到出国时都喜爱拍摄世界建筑和拍摄世界文化遗产遗址的兴趣爱好；从中国城市发展到国外建筑的保护；从上海世博会中国馆的规划构思到侵华日军南京大屠杀遇难同胞纪念馆的规划设计……不知不觉中，我们竟聊了 3 个多小时。临别时，何镜堂教授送了我 3 本他个人的专著。

何镜堂教授给我留下了深刻印象。回来后，我怀着崇敬之心，写下这篇文章，以飨读者。

人生之旅

何镜堂，1938 年 4 月出生在珠江三角洲著名的鱼米之乡——广东省东莞市。小时候，他最喜欢的事莫过于背上干粮和画板跟着哥哥去野外写生。家乡那玲珑的小桥、潺潺的溪流、郁郁葱葱的树木构成一道道迤逦的岭南风景。在绘画中，他体会到无穷的快乐。而他又渴望当工程师，听老师说建筑师是半个艺术家、半个科学家，这职业正合他意，后来他便报考了华南工学院（华南理工大学的前身）建筑系。用他自己的话说：“从那时起，我就与建筑结下了不解之缘。我爱这个专业，特别爱。”源于对技术与艺术相结合的建筑专业的浓厚兴趣，何镜堂大学毕业时又报考了研究生，师从岭南建筑大师夏昌世教授，成为华南工学院第一批正式报考的研究生。他把对建筑专业的酷爱全部倾注在刻苦学习上，每天速写本不离手，无论走到哪里，都会抓住空闲认真练笔。举一个小例子，就可将他的好学与勤奋表现得淋漓尽致。1964年，他到北京为毕业论文搜集资料，当时他找到一份很切题的英文资料，便决定全文抄录。没有桌子怎么办？他就靠在床边，花了整整3天把一份58页的英文资料图文并茂地全部抄了下来。

研究生毕业时，何镜堂27岁，正是意气风发的青年。“海阔凭鱼跃，天高任鸟飞”，多年的潜心深造，为他准备好了一双飞翔的翅膀，他期待着振翅远飏，在高天阔地里施展自己的才智。可“文革”不期而至，被分配到湖北省建筑设计院的他转眼开始了插队落户的生涯。在插队的日子里，他偷偷地看一些建筑理论的书，并悄悄买来4分钱一张的白纸，深夜独自在房间里练习画设计图。至今他仍感激那段艰难岁月，没有厚积就没有薄发。

1973年，何镜堂调到北京轻工业部设计院工作。“文革”结束后，国家提出了有关研究生归队的政策要求，而此时的广东率先实行改革开放，开始建设经济特区。参观过深圳之后，何镜堂被改革开放最前沿那生机勃勃、热火朝天的建设氛围深深感染，他感到这是一个非常难得的机遇。征得夫人的同意后，他们举家南迁，回到了广州，回到了母校华南工学院。那一年，他已45岁。人们常说“三十而立”，何镜堂说“我要五十而立”，他相信自己，相信未来。

何镜堂刚刚回到母校，还没安顿下来，院长陈开庆就告诉他，深圳科学馆要举行设计竞赛，这是一个很有影响的工程项目，但时间只剩下短短的3个星期，不知他能否参加。

当时托运的行李还未到，全家都还住在潮湿闷热的招待所，何镜堂马上与夫人商量参加设计竞赛的事。夫人李绮霞是一位有着多年工作经验的设计师，她毅然支持丈夫迎接回归后的第一个挑战。经过近20天的日夜奋战，何镜堂和夫人全力以赴，把10多年来的热情，以及当时吸收的国外先进理念全用到了设计之中。方案送到深圳，市政府当晚就决定采用。建筑事业的头炮由此打响了！从此，他经由漫长逼仄的通道，进入豁亮的厅堂。

“我这个人，人生关键的每一步，都有计划，有定位。”从这个项目开始，何镜堂给自己定了一个目标：任何一个重要设计，都要进行专题设计，都要出精品，都要写学术论文，在中国最好的建筑杂志上发表。不久，深圳科学馆的项目论文被《建筑学报》刊出，这是何镜堂发表的第一篇科学论文，从此一发不可收。他凭借着自己的坚韧、勤奋和卓识，走出了一条将设计、研究、建筑三者相结合的道路。

从1989年开始，何镜堂被学校任命为建筑设计研究院副院长兼总建筑师。1992年任院长，1994年被建设部授予“中国工程设计大师”的荣誉称号。1999年，何镜堂成为中国工程院院士，迎来了人生的第三次转折。那个时候，他已经年届花甲，但他的身影依然活跃在全国各大设计招标现场，仍然活跃在建筑施工现场。

东方之冠

场馆设计历来是世博会的重头戏，每一届世博会的主办国都希望通过建筑来展示自己当时文化与科技的最高成果，并希望这种永久性建筑能够代表自己国家的形象。伦敦的水晶宫、巴黎的埃菲尔铁塔、布鲁塞尔的原子球馆、西雅图的太空针塔……一个又一个传世建筑为世博会主办国赢得了无数荣耀与自豪。黄浦江畔2010年上海世博会，是中国政府主办的全球盛会。作为上海世博会“一轴两馆”的永久建筑之一，中国馆无疑是世博会向世界递出的一张“国家名片”。

2007年4月25日，上海向全球华人设计师发出邀请，希望为中国馆征集评选出一个能够体现“城市发展中的中华智慧”，并且体现中国传统文化内涵的设计方案。何镜堂出席了那天的新闻

上海世博会中国馆

发布会。何镜堂内心深处有一个遗憾：改革开放 30 年以来，我国许多重要场馆，特别是像奥运会国家体育馆这样的大型建筑，都是由外国人设计的。他不愿放弃通过世博会向世界展示中国建筑师才华和智慧的机遇。这时的何镜堂年近七旬，本该静下来享受天伦之乐，但他却披挂上阵，角逐世博会中国馆设计。

最初，何镜堂与他团队的人员提交了 3 个初步方案：一是“东方之冠”，二是“江南园林”，三是“万事如意”。有道是“好事多磨”，团队日夜苦战两个月后，这 3 个设计方案被送到上海世博会组委会参加初选，结果在参加角逐的 344 个方案中名落孙山，连前 20 名都没有进去。万幸的是，后来评委们对初选出的前 20 个方案都不满意，干脆将所有的参赛方案重新审阅了一遍。正是这次复审，让“东方之冠”脱颖而出，成为 8 个入围方案之一。

2007 年 9 月，“东方之冠”的设计方案通过评审组严格评审，最终成为参赛方案第一名。

何镜堂中标并担纲总设计师主持了 2010 年上海世博会中国馆的设计工作，为自己的职业生涯添上了浓墨重彩的一笔。

中国馆必须是中国的！而中国五千年的历史文化源远流长，博大精深，究竟用什么才能既表现中国的历史特色又具有时代特征呢？中国红！何镜堂抓住了三点：体现城市发展中的中华智慧、体现中华文化的包容性和民族特色、体现当今中国的气质与气度。他和团队拿出的方案是一个令人惊艳的大红色斗拱——国家馆居中升起，形如冠盖，层叠出挑，形成“东方之冠”的主体造型；地区馆水平展开，形成华冠庇护之下层次丰富的立体公共活动空间，并以基座平台的舒展形态映衬国家馆。国家馆整体以大气的建筑造型整合丰富多元的中国元素，传承经纬网格的传统建造文化；地区馆建筑外壁镌刻叠篆文字，传达中华人文历史地理信息。整个中国馆成功诠释了中国文化的时代精神，展示了盛世中华的形象，成为凝聚中华文明的丰碑，引领了中国建筑文化发展的方向，在全社会有深远的影响。

在黄浦江边眺望世博会中国馆，有人认为它的外形酷似中国古代的斗拱，也有人认为它像一顶官帽，而何镜堂院士认为它像一个粮仓，寓意“天下粮仓，富庶百姓”。

学术成就

何镜堂长期奋斗在建筑设计领域，是岭南建筑学派的旗帜性人物，主要从事建筑设计实践及理论工作，对建筑设计的地域性、文化性和时代性的有机结合做出了开创性的探索，设计出大量具有国际影响力的优秀作品，引领当代中国建筑设计的发展方向。何镜堂的学术成就可总结如下：

其一，何镜堂创造性地提出“两观三性”的建筑理论体系，具有重要的理论学术价值和实践指导意义。

“两观三性”是一个整体的概念。其中，“两观”，即整体观、可持续发展观；“三性”，即地域性、文化性、时代性。地域性是建筑赖以生存的根基，文化性决定建筑的内涵和品位，时代性体现建筑的精神和发展。三者相辅相成，不可分割。

“两观三性”理论成功指导了华南理工大学设计团队在国内不同地区的建筑创作和规划设计实践，并屡获佳绩，得到建筑界的广泛认可。何镜堂以这个理论为基础，发表学术论文 55 篇，出版专著 5 部。

其二，何镜堂作为建筑大师在设计实践领域取得突出成果，主持设计了一批具有影响力的国家级标志性建筑。

何镜堂教授多年来从事建筑设计实践，先后主持和负责设计的重大工程有 200 多项，获奖数量众多，是新中国成立以来获奖最多的建筑师。何镜堂教授还获得了首届“梁思成建筑奖”，这是中国建筑师的最高荣誉。

其三，何镜堂作为当代岭南建筑学界的旗帜性人物，为广东省主持设计了一大批具有突出社会影响力的公共建筑，其中包括珠江新城西塔、广州国际会议展览中心、广东奥林匹克体育中心、佛山世纪莲体育中心、佛山电力大厦等，对广东省的建设和建筑科技的发展做出了重要贡献。

其四，何镜堂长期致力于当代大学校园规划与设计的研究，其成果达到国际先进水平。他在全国超过 100 所校园规划设计竞赛中中标，其中包括浙江大学、武汉大学、中国矿业大学、北京航空航天大学、华中科技大学、重庆大学、国防科技大学、上海大学等著名院校。许多校园已建成并获国家级和省部级优秀设计奖。

改革开放 40 多年来，何镜堂始终走中国特色的建筑创作道路，经历了一个研究创作的“井喷”期，在国内不同地区承担了一大批标志性建筑项目，创作了具有较高难度的设计作品。

何镜堂的代表作品有东莞西城文化中心、华南理工大学西湖苑宾馆、西汉南越王墓博物馆、五邑大学教学主楼、广西桂林博物馆、东莞市民广场、广州大学城、天津博物馆新馆、上海交通大学钱学森图书馆、泰州民俗文化展示中心、佛山电力大厦、深圳科学馆、海战博物馆、2008 年北京奥运会羽毛球馆、2008 年北

海战博物馆

1 | 2

1. 侵华日军南京大屠杀遇难同胞纪念馆
2. 作者与何镜堂在会客厅交谈

京奥运会摔跤馆、2010 年上海世博会中国馆、2010 年广州亚运会会馆、侵华日军南京大屠杀遇难同胞纪念馆、华南理工大学逸夫人文馆、映秀震中纪念地、长春烈士陵园、洛阳博物馆、广东奥林匹克体育中心、珠江新城西塔等。

为师之乐

师德与师能是衡量教师素质的两大元素。何镜堂重视以身为范的楷模作用，同时，他也不断吸取新知识、新理念，给学生尽可能丰富和新颖的专业教育。他认为，对建筑师的培养，也包括德与能两方面。他重视培养学生正确的思维方法，并视之为基本功。他引导每个学生在从事创作的同时认真思考：我们是怎样从事建筑创作的？每个项目，从开始定位、中间取舍，到最后构思成形是怎样一个思维过程？他让学生和他一起投入到建筑设计创作中，在实践中感受真谛。

1996 年，华南理工大学设立了建筑设计专业博士点，何镜堂成为这个专业的首批博士生导师。他开始招收和培养博士研究生，重点研究民用建筑创作，特别是岭南地区新建筑创作，发挥“产学研”三结合的优势，走建筑设计与培养学生相结合的道路。在何镜堂看来，集中培养人才与不断地出成果，这两个方面是不矛盾的。

何镜堂认为：“大学生有共性的一面，同时不同专业也有各自的特点。”每年新生入学，何镜堂致辞，第一句便是：“要做设计，首先要学会做人。”他认为，现在是人才之争、教育之争的时代，社会要求大学培养开拓型、复合型、创新型的人才，而具体到建筑学，人才培养方式又在共性的基础上有着自己的专业特点。“建筑是文化的载体，要给人以熏陶，社会、经济、文化、技术等方方面面都会影响设计师。面对各种因素的影响，设计师要培养建筑‘哲理’，知道先抓什么，后抓什么，怎么定位。”

在教学中，何镜堂十分强调对学生创新精神的培养，并视之为最可贵的专业素质。他的学生黄沛宁说：“何教授总是给我们很多机会去大胆创新，然后再一起讨论。”对于学生的创意，他总是十分呵护。他认为，学生提出的每个创意都有理由，不能断然否定，应启发他们去探讨是否合理。

与学生讨论的时候，何镜堂有一句口头禅：“这是我的想法，并不局限你们，你们可以放开想。”他警惕自己成为拦截创新思维的堤坝，所以在他的团队里，学生可以畅所欲言，可以推翻导师的意见。正因为他成功营造了这种“头脑风暴环境”，学生们的创造性思维才会不断被激发。

何镜堂认为，建筑设计师是艺术家、工程师素质兼备的综合性人才，要善于从各种矛盾中抓住主要矛盾，还要善于抓住矛盾的主要方面。“没有一个建筑是100分的，即使是大师的作品，

作者与何镜堂在华南理工大学合影

也很难达到100分。因为每个人的经历、文化底蕴、心境、看法不同。建筑和纯科学不同，不是简单的‘1+1=2’，所以要培养学生的思维能力和分析问题、解决问题的能力。”在进行大学校园的建筑设计时，由于南方、北方不同，水边和山边不同，何镜堂要求学生拿到设计项目时不要先忙于设计，而是首先找准定位——先解题，找出有共性的东西。通过长期的教学实践，何镜堂确立了独具一格的“两观三性”建筑观。“这种观念是通过多年的团队创作总结出来的，现在我们也用这样的理念指导学生。”

在何镜堂看来，建筑是以人为本的学问，学建筑要先学做人，再学做事。现代建筑设计涉及面很广，工作量大，工种齐全，而且涉及社会、政治、经济、文化与科技等各个领域，因时间、地点、条件不同，常常是多因素、多层次的综合。从构思到设计完成，从可行性研究到项目建成使用，这中间需要大量人力，决非一人可以独揽的，需要集体的智慧和力量，只有群策群力，才能创作出一个高水平的作品。因此，何镜堂特别注重培养学生的合作精神，强调团队作战。每当面对新的项目，他都会安排两个有经验的教师和2—3个青年学生组成一组。第一次课，先分析建筑的共性，再分析个性，找答案。第二次课，每个人分别拿出自己的设计方案，放开来讲。这时候也许几个人就有几个方案。何镜堂常常以鼓励为主，对学生进行分析、指导，让大家充分交流、讨论，最后发展成学生自己的思想成果。第三次课，让大家把修正过的方案不受任何束缚地拿出来讨论，然后根据大家讲的情况归纳出2—3种组合。第四次课，按照组合的小组意见继续深化方案，予以个别指导。第五次课，老师定下项目设计基调，学生进行下面的设计细化。这样的教学方法培养了学生竞争、严谨和吃苦耐劳的精神。

何镜堂坚持科研与教学相结合、理论与实践相结合，成功实践“产学研”一体化人才培养模式，以团队合作推进创造力的落实，既创作出大量优秀设计成果，又培养了一大批富有创新精神、高素质的建筑英才。何镜堂院士及其工作团队成为国内最团结、最成熟、最活跃的设计集体之一，形成了一个具有特色、充满活力的创作平台和一个具有较高知名度、影响力的设计品牌。他们勇于挑战，敢于创新，用实践作品打破国外大师的垄断，坚持走中华建筑科技繁荣之路。

何镜堂在教书育人方面也取得了丰硕的成果：他领衔的“建筑设计初步”课程获2007年度国家精品课程；建筑设计系列课程教学团队获2008年“国家级教学团队”荣誉称号等。他至今培养博士研究生50名，博士后5名，硕士研究生44名。这些学生中有9名获得全国青年建筑师奖，有的学生现已晋升教授、院长、总建筑师，成为广东省乃至全国建筑设计和教育领域的骨干力量。

何镜堂热爱祖国，品德高尚，遵纪守法，忠诚于党的教育事业和科学事业。他对研究工作严肃认真，学风正派；对学术问题谦虚严谨，一丝不苟；敬业爱岗，善于和同行团结合作，尊重师长和前辈科学家；对待学生和蔼可亲、关怀备至。何镜堂曾获“全国劳动模范”和“全国模范教师”称号，是优秀教师的杰出代表。

如今何镜堂院士仍勤奋工作在教学、科研、生产第一线，以他活跃的学术思想和开拓创新的精神，带领研究团队积极地投入到当代建筑理论创作和实践中，为提升我国建筑设计行业的水平，弘扬中国建筑文化做出新的贡献。

技术员—建筑师—高能建筑师—教授—全国工程设计大师—中国工程院院士，何镜堂一步一个脚印，一步一个跨越，一步一次攀登。由何镜堂主持设计的一幢幢造型别致，形态、神韵各异的高楼大厦，就是他以自己的聪明才智，以及竭诚敬业和永不满足的创作激情，谱写出来的新篇章。

一介书生　一生如是

——追忆国学大师、北京大学教授、
《儒藏》编撰中心主任汤一介先生

记得是在 2014 年 9 月 9 日深夜时分，我躺在床上刷微信、看新闻，突然从微信群里得知汤一介先生驾鹤西去的消息，享年 87 岁。学子们说，还有一天就是 9 月 10 日，第三十个教师节，先生没等到这一天，就离开了他钟情一生的北京大学，离开了朗润园，离开了他坚持编撰了 10 年的《儒藏》。群里满是回忆和哀痛，学子们感念先生的一生，感悟“学为人师，行为世范”的真谛。

汤一介为《儒藏》呕心沥血

灵堂吊唁　缅怀伟人

为了悼念汤一介先生，北京大学在人文学院1号楼108室设置了灵堂。从9月11日上午10点开始，就有不少人陆续前来吊唁。

9月12日下午，我与女儿专程去到北京大学吊唁汤一介先生。我们一进入人文学院便能看到沿途设置的引导讣告。1号楼入口处有留言簿让吊唁者留言，并给每人赠送一本汤一介先生的简介小册子。吊唁大厅入口的哲学系守灵学生给每一位吊唁者佩戴上小白花，吊唁大厅庄严肃穆。

汤一介先生的遗像挂在吊唁大厅正中央，上方挂着“沉痛悼念汤一介先生”的横幅。遗像两旁则挂有北京大学哲学系主任王博题写的挽联：“阐旧邦出入佛道儒典三教人物各有乐地，辅新命会通中西立人极四方圣贤皆同此心。”右侧是习近平、李克强等送的花圈，左侧是北京大学师生、著名学者和社会各界人士送的花圈。在灵堂的两侧，还摆放着汤一介先生编著的书。吊唁大厅播放着古典庄严的乐曲。

我的思绪回到3年前，我去北京参加中国出版政府奖颁奖仪式的时候。汤一介先生出席颁奖仪式，为获奖者颁奖并做了发言，我为他拍摄了照片。

在汤先生的灵堂里，我向他深深地三鞠躬，表达敬意和缅怀。

1. 吊唁大厅
2. 作者沉痛悼念汤一介先生
3. 汤一介在书房看书

身患重病　不忘学术

汤一介先生原本定于2014年9月3日出席北京大学举办的北京国际图书节系列活动“名家国际高峰论坛”，但因身体原因没能到场，为此他临时拍摄了视频。在视频中，他说：“朋友们，由于我身体的原因很久没跟大家见面，我问候大家。”这应该是汤老最后一次在公众面前露面。在视频的末尾汤老还说，一些儒学问题，“我下次有机会再讲”。

良好家风　受益匪浅

汤一介于1927年2月16日生于天津，湖北省黄梅人。1951年毕业于北京大学哲学系。曾任北京大学哲学系教授、博士生导师，中国哲学与文化研究所所长，《儒藏》编撰中心主任，兼任中国文化书院院长、中国东方文化研究会副理事长、中国炎黄文化研究会副会长、中华孔子学会副会长。1983 年任美国哈佛大学访问学者，1986 年任纽约州立大学宗教研究院研究员，1990 年获加拿大麦克马斯特大学荣誉博士学位，2006 年获日本关西大学荣誉博士学位。曾先后在美国俄勒冈大学、麦克马斯特大学、香港科技大学、澳大利亚墨尔本大学等校任客座教授。1996 年任荷兰莱顿大学汉学院胡适讲座主讲教授，1997 年任香港中文大学“钱宾四先生学术文化讲座”主讲教授。

汤一介出身于书香门第，祖父汤霖是清光绪十六年（1890 年）进士，父亲汤用彤是现代中国学术史上少数几位能会通中西、接通华梵、熔铸古今的国学大师之一。汤一介回忆父亲汤用彤时曾写道，1943 年他们全家都在昆明，汤一介只身到重庆的南开中学读书。父亲一生给汤一介写过三封信，都是汤一介在南开中学读书的一年半期间写的。当时汤一介在南开中学读书非常艰苦，吃饭的时候是 8 个人一桌，菜很快就被抢吃一空，然后就只能吃白饭。其他的学生大多家在重庆，他们可以从家中带东西来吃，而汤一介家在昆明，没有办法从家中带东西吃，于是就给家里写信抱怨生活太苦。父亲很快给汤一介写了一封信，信的大意是：现在是抗日战争时期，前方的战士都在流血牺牲，你受的这一点苦跟前方的战士比起来算不了什么。你应该安心学习，不应该把生活的困苦看得太重，生活的困苦对于你的锻炼会有好处。但是在私下里，父亲让母亲弄了一些猪油，在里面加了一些盐给汤一介带到了学校，让他在没有菜的时候可以用猪油拌饭吃。

汤一介曾经有个妹妹，比他小一岁。在汤一介离开昆明的时候，妹妹生了病，等他到了重庆之后，妹妹就去世了，但是父亲没有告诉汤一介这个消息。后来汤一介从堂姐那里知道了，就写信责怪家里不告诉他这个消息。父亲又给汤一介写了一封信，说当时没有告诉汤一介是希望他能够安心读书。汤一介对妹妹的去世感到很难过。

因为汤一介是在联大附中读完初二之后，就直接到了南开中学读高中，没有读初三，所以高一时在功课上有点跟不上。于是他就给父亲写信诉说学习上的困难和苦恼。父亲就给汤一介回信说：“做学问就跟爬山一样，爬得越高看得才能越远。你现在在学习上虽然有很多困难，但是你不要松懈。你的知识越多，对于许多道理就可以弄得越清楚。”汤用彤之所以给汤一介取名为“一介”，正是取“一介书生”之意，希望他能坚守书斋，视读书为本分。

一本好书　影响一生

汤一介爱书，书对他的一生产生了深刻影响。其中有一本书，不仅使年青的汤一介找到了理想、找到了理想化的生活，而且还成就了他和妻子乐黛云的美好爱情。多年后，汤一介这样回忆道：“在我读了《绞索套在脖子上的报告》后，精神境界似乎有一个升华，可以说我有了一个信念，我应做个热爱生活、热爱人类的人。

2011 年 9 月 16 日，汤一介、乐黛云夫妇向北京大学捐赠图书

由于是乐黛云让我读这本书的，因而加深了我对她的了解，后来我们恋爱结婚了。在这几十年的生活中，在各种运动中我整过别人，别人也整过我，犯了不少错误，对这些我都自责过，反省过。但在我内心里，那种伏契克式的热爱生活、热爱人类的情感仍然影响着我。人不应没有理想，人不能不热爱生活。”

1949 年前，汤一介学习哲学，除了家学的影响之外，更多的是想去寻找真理，探讨人生的意义。19 岁时汤一介曾经写出了《论善》《论死》《论人为什么活着》等文章，表达了自己的思想观点，显露了作为哲学家的才华。从此他没有停止过思考，想当一名哲学家的梦想始终不曾改变。在 1947 年写的《月亮的颂歌》一文中，他曾许下这样的愿：“去看那些看不见的事物，去听那些听不到的声音，把灵魂呈现给不存在的东西吧。”

1949 年 5 月，汤一介参加了新民主主义青年团，同年 11 月加入了中国共产党。那时他的希望是“自己能像伏契克那样，热爱生活、热爱人类、热爱自己的理想事业”。

追回时光　著作丰厚

“文革”开始之后，汤一介和冯友兰等北京大学哲学系的教员都遭受批判。“文革”的这十年，汤一介正值“不惑之年”，但事实上这却是他一生中最迷惑的十年。他感觉自己已经失去自我，没有了方向。尽管汤一介和乐黛云夫妇想尽量避开一个接一个的政治斗争，但似乎总也摆脱不了。

1980 年，汤一介终于恢复了在北京大学讲课的资格，此时的他已经不愿再与政治有任何瓜葛。他努力将教学研究与现实政治脱钩，并力求提出一套新的观点来。他率先把中国传统哲学作为认识史来思考，并以真善美概念为基础，综合各家所言，建构出一套中国哲学理论体系。进入 20 世纪 90 年代，汤一介提出了“和而不同”“普遍和谐”“内在超越”“中国解释学”“新轴心时代”等一系列新问题，推动文化界对传统哲学的大讨论。其中，他提出的传统哲学应“走出中西古今之争”，促进了中国传统哲学与现代相结合。

汤一介先生著作丰厚，学术专著有《郭象与魏晋玄学》《早期道教史》《魏晋南北朝时期的道教》《中国传统文化中的儒道释》《儒道释与内在超越问题》《儒教、佛教、道教、基督教与中国文化》等，在国内外哲学界产生很大影响，为哲学研究史上不可不读的著作；学术随笔有《在非有非无之间》《汤一介学术文化随笔》《非实非虚集》《昔不至今》《当代学者自选文库：汤一介卷》《佛教与中国文化》《生死》《和而不同》《我的哲学之路》等，笔墨清新隽永；撰写的学术论文有200余篇。此外，汤一介先生还主编《20世纪西方哲学东渐史》丛书，第一次系统、完整地展示了20世纪西方哲学东渐的百年历程，被张岱年先生称为是“一项贯通中西哲学视野的难得的学术工程”。2003年，汤一介先生发起并主持《儒藏》工程，一年间组织20多所高校、两三百位学者投入此项工程，工程的第一部分是《儒藏》“精华编”，第二部分是《儒藏》大全本。

汤一介编著的书

哲人远去　风范永存

从20世纪80年代创建中华文化书院推动“文化热”，到20世纪90年代最早提倡“国学”，再到发起《儒藏》编纂工程，2008年担任北京奥运会文化总顾问，汤一介先生做事一直追寻着其祖父汤霖留下的训示：“事不避难，义不逃责。”

2014 年 5 月 4 日，在纪念五四运动 95 周年前夕，习近平总书记来到北京大学人文学院，看望了 87 岁高龄的汤一介先生，并牵着他老人家的手，慢步走进文学院 2 号楼汤一介先生的研究室，了解《儒藏》的编纂情况。

2014 年 6 月 19 日，在北京大学举行的《汤一介集》发布会上，汤一介先生到场讲话，但气色并不太好。6 月底，《儒藏》“精华编”的百册出版发布会在北京大学举行，此时的他已重病在身，在家人的搀扶下，坐轮椅出席了发布会。汤一介先生在会上说，他不能讲太久的话，因为他的医生就在旁边，医生要求他尽量少外出活动，少在会议上讲话，但他将继续写文章，“将自己的感受，对人类社会的理解和思考讲出来，供大家参考”。当我看到中央电视台转播这段影像时，有一种震撼心灵的感动。

从编纂《儒藏》那天起，10 年来，汤一介先生常对身边人说：“中华文明之所以没有中断，就是因为有经典存世。编纂《儒藏》，关系到中国人的文化自强、文化自信。将中华文化发扬光大，是知识分子应有的对国家、民族的担当与职责。”

先生的离去，不仅是北京大学的损失、哲学界的损失，也是整个中国思想界与社会科学界的损失。

风骨，文人的风骨；品格，知识分子的品格。两个词，坚守一生，是汤一介先生的真实写照。

黄永玉与万荷堂

我听说黄永玉，缘于几件事：一是“猴票”。1980 年，古老的生肖题材首次被搬上邮票。我国邮电部发行了一枚《庚申年》特种邮票，这枚邮票的图案是一只昂头凝视前方的金丝猴。设计者既注意了题材的民族性和传统特色，又特别着意于出新和体现时代特点。这枚邮票的作者就是黄永玉。二是 20 世纪 80—90 年代新华社主办的《瞭望》周刊上每期都有黄永玉的一幅国画发表。三是到湘西张家界旅游时当地导游和解说词都说，这美丽的仙境从名不见经传到走向世界，黄永玉功不可没。

《庚申年》特种邮票

打开《中国名画博物馆》一书，就看到黄永玉的相关介绍。黄永玉是土家族，湖南凤凰人，生于1924年，现为中央美术学院教授、中国美术家协会副主席。黄永玉自幼喜爱绘画，少年时期就以出色的木刻作品蜚声画坛，被誉为“中国三神童之一”。中华人民共和国成立前他曾任木刻协会常务理事，曾在香港从事木刻创作，造诣颇深，卓有成就，并出任香港《新晚报》画页编辑。1952年黄永玉偕同夫人张梅溪由香港回北京，被安排在中央美术学院工作，先后担任副教授、教授。1956年，他出版《黄永玉木刻集》，其代表作《春潮》《阿诗玛》等曾轰动了中国画坛。他画的荷花在形态、风韵和色彩上独具一格。

2007年春日的一个下午，北京气候温和、杨柳吐青、万象更新，我与《当代中国画》的主编陈履生去著名画家黄永玉在京郊的四合院——万荷堂，参加《当代中国画》创刊号首发式新闻发

1. 黄永玉在万荷堂思考
2—4. 黄永玉的中国画作品

布会。我们沿着京通高速公路走，然后向北转入徐辛庄路，走了大约 5 公里后，路左边出现了一个江南园林式的亭子。亭子旁边矗立着一块米黄色的石头，石头上镌刻着黄永玉题写的“荷亭”二字，这是徐辛庄路转入万荷堂四合院的地理标志。沿着马路左转，绕过亭子，便是一条 10 多米宽的专门通往万荷堂的马路。路边种植了松柏，周围是一片宽阔的草坪，向前走 50 多米便是一座北京传统青灰色大四合院的围墙，这便是万荷堂了。这个四合院大约占地 3000 平方米，围墙约有 3 米高，种满了爬墙虎等植物。四合院的正门在围墙的中间，入内后便是一个巨大的屏风，上面刻有黄永玉的书法。为了适应现代生活的方式和节奏，黄永玉在围墙的右侧修了一个正对马路的、供汽车开入的侧门。

新闻发布会时间定于下午 3 时开始，我们到达万荷堂时是下午两点半。我们在围墙外面散步并稍微休息，待陈履生先生和黄永玉的管家联系好之后，大铁门打开，一下子有 10 多条大大小小的狗冲了出来，有欧洲牧羊犬、波斯犬、瑞士犬、中国土狗等，它们围着我们一行摇头摆尾，表示欢迎，无比亲热。同行的媒体记者拿起相机拍下了不少照片。

1	2 | 3

1. 万荷堂
2. 万荷堂大殿屏风上的书法篆刻
3. 作者在万荷堂与众人合影

我们沿着院内的路向万荷堂大殿走去，大殿门前的院子有一个小花园，里面种植了很多珍贵的树，有梅树、桃树、杏树和松柏等。树丛中还有10多个黄永玉的雕塑作品，这些雕塑惟妙惟肖，让人叹服。其中，最吸引人的是他的自画像式雕塑——赤着上身，一手拿着烟斗，一手拉着遮羞布，一对招风大耳，嘴笑得一直咧到耳根，让人看了开心。

进入万荷堂大殿，映入眼帘的是6根巨型原木做成的屏风。屏风上面是中国著名书画家黄苗子用小篆书写的《诗经》中的一段话："诞置之隘巷，牛羊腓字之。诞置之平林，会伐平林。诞置之寒冰，鸟覆翼之。"意思是说，周人的祖先后稷出生后受到来自各方面的帮助。黄苗子老人写这段话，意为万荷堂在建造过程中得到许多人的帮助，如同后稷一样。屏风正面是一尊年代久远、坐在莲花上的观音，还有一些珍稀野兽的头骨化石。

大殿是黄永玉的画室和会客室。大殿西侧的墙壁有一面巨大的钢板，将宣纸铺在墙上，用磁力纸镇将宣纸四角压住即可作画。墙上的斑斑墨迹，是黄永玉辛勤创作的见证。黄永玉作品多产，业内少见。他画画是在一种没有负担的状况下进行的，没有主义，没有派别，没有是非，没有纷争，纯粹是自己对于艺术的一种精神追求。

大殿的左侧墙壁及前面空地是黄永玉的画室，这是他平日创作的地方。画室里有一幅长 3 米、高 1.5 米，刚刚完成的巨型书法作品，大意是：“一个活了八十四岁的人，身体还过得去，头脑又清楚，如果再不承认是个老奸巨猾的家伙，那未免就太谦虚了。”这是一幅自成一体的狂草书法，下笔凝重洒脱，反映了黄永玉的性格特征。

万荷堂大殿的右侧是黄永玉自行设计的墙炉，后边墙壁上是一排出土的文物，有唐宋元明清各朝代出土的人物雕塑和器皿，大殿右侧中央是一台“星海”立式三角钢琴，反映了主人对西洋音乐的喜爱，钢琴上面摆放了一套刚出版的装帧相当精美的《黄永玉书画集》。

陈履生是黄永玉的兼职学术秘书，他对万荷堂建筑群的情况十分熟悉。趁新闻发布会还未开始，我与他一起从万荷堂大殿的后门走出来，穿过一个种满了桃树的庭院，来到黄永玉的起居室——老子居。他向我介绍，这是黄永玉日常起居会客的地方。关于老子居的取名，这里还有一个故事。黄永玉年轻的时候曾在福建泉州待过一段时间，他所住的地方有座寺庙，寺庙里面的玉兰花正好盛开，他就忍不住进去上树采摘。一个老和尚出来让黄永玉下来，黄永玉开始并不知道这个老和尚就是弘一法师，跟法师谈话的时候满口的“老子”。后来在为他的起居室取名时，吕正操将军就把这段往事招了出来，说干脆叫作“老子居”。

在通往老子居会客厅的过道里，有几只绿色鹦鹉鸣叫表示欢迎。到了老子居会客厅，我们看到84岁的黄永玉坐在摇椅上，他身穿深蓝色的套头厚绒运动衣，外加一件咖啡色马甲，穿着蓝色牛仔裤和黑色厚底中皮鞋，说话声像钟声一样洪亮。他右手拿着烟斗，左手拿着打火机，正在点烟。他笑容满面地对我们说“欢迎！欢迎！”。在老子居，黄永玉先生与我们做了深入的交流。

老子居

1989年，已经在北京生活了30多年的黄永玉移居香港。然而，时间久了，他产生迁回北京的想法。毕竟北京相对于香港来说，历史文化积淀要厚得多。黄永玉在北京住了几十年，对北京的文化氛围有认同感，况且他的老朋友多在北京，回到北京无论在情感上还是在创作灵感上都比在香港要好。所以黄永玉想在北京郊区找一块地，建一座传统的四合院。

1997年春节刚过，黄永玉开始张罗筹建万荷堂。选看了几个地点后，他决定在通州徐辛庄的一片果园里营建他的画室。建筑的样式和布局由黄永玉亲自设计，他把建筑外观设计图画在一张宣纸上。万荷堂的中心是大殿，建成后的万荷堂有东西二院，东院是一个江南园林式的建筑群。院中间有一方荷塘，亭台楼阁环绕在荷塘四周，荷塘里面栽种荷花。春日“鱼戏新荷动”，夏日“芙蓉散其华”，秋日“园中观采莲”，冬日“楼阁望雪飞”。一年四季，景色各异。“欢迎到万荷堂做客。”黄永玉说。这时一只狗和一只猫跑出来，黄永玉连忙说：“这是一只瑞士狗，别看它那么大，其实只有2个月大。那只白猫也很可爱，爬到客人身上亲热表示欢迎。”

在万荷塘，我看到了十几条品种各异、体型大小不一的狗，分别在不同的园子各司其职。我还看到有一只断尾的黑猫，主人介绍说，那是他收养的一只流浪猫，至今已经有几年了。在院子里，我没有看到那只被人们传得神乎其神的被画进猴年邮票的猴子。关于那只猴子，黄永玉说：“当年我养了一只很可爱的猴，不久它就死了。正好邮政局请我设计庚申年特种邮票，我就设计了那枚猴票，让全世界都来纪念它。”黄永玉先生送给我他于2006年出版的《黄永玉八十》一书并签上名字，后来这本书一直珍藏在我的书柜里。

下午3时，我们陪黄永玉从老子居走到万荷堂大殿，开始举行《当代中国画》创刊号首发式新闻发布会。老先生的步伐稳健，丝毫看不出有84岁的高龄。

他先是介绍了对中国画发展历史的个人看法，然后说到了个人的艺术经历和中国画当代历史上的一些著名人物与事件。他最先说到的是20世纪中国美术界的精神领袖、著名的中国画大师林风眠先生。林风眠是广东梅县人，1900年生，他的祖父是雕刻石匠，父亲是画师。1919年林风眠到法国勤工俭学，在欧洲期间，他深受马蒂斯、毕加索和莫得里阿尼等西方画家的影响。1925年，林风眠回国，任北平艺专校长，1928年在杭州创立国立艺专并任校长，1977年出国探亲后归居香港。黄永玉说林风眠的绘画是将西方印象主义的光，表现主义、立体主义的结构，中国汉、唐等古典艺术及民国艺术，三者相结合创新而成。他的艺术追求使其绘画作品极具艺术感染力。

黄永玉还说到了张大千、潘天寿、刘海粟和黄宾虹等国画大师的艺术成就。他说，1971—1974年在“五七”干校劳动那时，他只有40多岁，在干校一起劳动的有刘开渠等。在那段日子里，这批艺术家每天都是列队拿着锄头和镰刀到田里干活，每天在路上相伴的是公社的羊群，他们一路走一路唱革命歌曲，对面的羊群遥相呼应地发出“咩咩”的叫声。

黄永玉特别说到了一件令他终生难忘的事情。“文化大革命”期间，他应朋友的邀请，画了幅水墨画——一只眼开、一只眼闭的猫头鹰，参加牛鬼蛇神画展。在举办国画展览时，主办方不知为何把这张猫头鹰画作放在第一个位子，一下子引起了轩然大波。当时所谓的无产阶级革命派称黄永玉画的“猫头鹰”睁一只眼睛、闭一只眼睛，是仇视社会主义，他们给黄永玉戴上“黑画家”的帽子，因此黄永玉被赶进“五七”干校接受改造。突然有一天，黄永玉接到通知——中央同意不追究他的责任，黄永玉才免遭劫难。

据后来中央办公厅的同志告诉黄永玉，毛主席亲自过问了猫头鹰的事情。有一天下午，毛主席在中南海学习英语，学到猫头鹰时叫人拿来了一幅猫头鹰的画，果真是一只眼开、一只眼闭的。

毛主席说，猫头鹰就是这个样子的，没有什么问题。毛主席的一句话挽救了黄永玉的政治生命。

黄永玉说，1924年他出生于凤凰县沱江镇，由于家里兄弟众多，13岁时便外出当学徒谋生，浪迹福建、安徽等地，受尽人间辛酸。他自幼性格倔强，在颠沛流离的生活中艰苦读书、习文作画，后在香港为报纸设计版画插图，从此闯入了美术宫殿的大门。1947年，他在香港举办了首个画展，一举成名。

黄永玉勤奋好学，不倦地追求艺术的高超技巧。他原来主攻版画，后又攻国画。他喜画梅与荷。有一个时期，他天天带着望远镜去圆明园画荷花，日积月累，竟画得约8000幅墨荷。他画的荷花亭亭玉立，出淤泥而不染，蜻蜓静立叶上，生意盎然。

万荷堂的建筑

黄永玉作画，除使用各种画笔之外，还常用树枝、手指、丝瓜瓤等当笔。他作画神速，无论画幅大小，往往是成竹在胸，一挥而就。他作画题材广泛，松竹梅菊，花鸟草虫，飞禽走兽，山水人物乃至神话、典故等。凡经他手，皆寒暑生于笔端，风云变于腕底，景物形神兼备，成为奇异佳作，令人赞叹不已。

1980 年，我国邮电部第一次发行的十二生肖特种邮票，历经 5 年精心筹划，力邀 100 名民俗专家进行论证。这次十二生肖邮票的发行，突破了以往每年发行当年生肖邮票的惯例。这是我国邮票史上一件里程碑式的大事，在世界邮票史上也是第一次。艺术大师黄永玉创作的名为《庚申猴》的邮票（俗称“猴票”）创造了集邮史上 20 年升值 2 万倍的“金猴”神话。在“猴票”发行后的 20 多年时间里，这张邮票的价值扶摇直上，由当时 8 分钱的面值一路飙升到 1600 元左右，上涨了将近 20000 倍；全张 80 枚“猴票”更是从当时的 6.4 元暴升至 10 多万元，而且往往是有价无货，“一版”难求。“金猴情结”也成了中国集邮爱好者一种特有的情感。不少集邮爱好者把拥有“猴票”作为一种荣耀、一种追求，而黄永玉也被集邮爱好者尊称为“生肖邮票鼻祖”。

造型独特的酒鬼酒，这个中国名贵的酒的酒瓶设计是由黄永玉负责的。当时厂长请黄永玉设计，黄永玉叫人拿来一块麻袋布、一条钢杆，捆绑起来就成了现在酒鬼酒的酒瓶。一只原始的瓷瓶，体现了一种性格、一种生态、一种精神，给国人留下极其深刻的印象。

联合国自然遗产、旅游胜地张家界的美让世人知晓也与黄永玉有莫大关系。黄石寨，金鞭溪，索溪峪，三千六百峰和潺潺的流水……那块土地的美，是黄永玉用他的文字，用他的画作，介绍给人们的。当我在 1997 年第一次来到张家界时，就被张家界美丽的大自然奇观所折服，惊叹于武陵源的神奇、猛洞河飞瀑的磅礴和黄石寨的雄伟。黄永玉的慧眼识珠，让更多的人有机会欣赏到张家界的美丽奇观。

“人称我的粗口话多。不对！我的作品和今天的座谈会没有一句粗口话，只有对不讲真理、不讲道理的人我才讲粗口话。人称我是‘老玩童’。不对！我从来没有用玩的态度对待人生。我是严肃地对待人生的。无论在道义上，还是其他，我都很严肃。我这一辈子的的确确没有认真玩过。”“只要有一点点时间，我就抓紧工作。手头总有一个小本本，想起什么了，就记在小本本上。”

当说到高等院校美术类学生招生时，黄永玉说，前段时间清华大学艺术学院陈丹青教授退出艺术院校的招生，他表示有同感。他说现在艺术类尤其是美术类专业的招生，一个专业的招生人数少则几百人，多则上万人，招收这么大量的学生怎么培养得出好的艺术人才？！这完全是为了创收，出于经济利益的驱动。过去招收美术类学生，一个专业一个班，只有5—6个人，精心培养，悉心指导。例如，1953年毕业于中央美术学院的靳尚宜先生，他所在的班仅招了5个人，后来只有2个人（靳尚宜和另一个学生）成为国内著名的油画家。现在招上万名美术类学生，恐怕是很难培养出像靳尚宜这样一流的优秀学生。

黄永玉酷爱读书。关于读书，他认为读书人有两种：一种是做学问的读书人，读了以后要记读书的心得和书的精华内容、重要的观点和史实；第二种是艺术家，他们注重读书以后的感受、体验和共鸣，为日后的艺术创作打下牢固的基础。

关于快乐，黄永玉强调人生要追求内心世界的快乐，无论在顺境还是逆境都要快乐。所以，他从不郁闷，没有放弃创作思考，这是黄永玉健康长寿和保持心态年轻的原因。

黄永玉平时十分喜欢看电视，尤其是中央台的电视节目，他说中央电视台播出的《鉴宝》节目很好，内容很多，很充实。但是主持人的面部表情太严肃、太紧张了，这种节目可以轻松一些。

黄永玉十分喜欢大自然，他在家乡湖南凤凰古城建有玉氏山房，他喜欢“出淤泥而不染”的荷花，就在万荷堂东面建了江南

1 | 2

1. 作者与黄永玉在老子居合影
2. 黄永玉的书法作品

池塘，种植了大片荷花。他喜欢动物，家中养狗 20 多条，品种繁多。他就是这样，每天与大自然的动物和植物亲密接触，这是他的作品能体现“道法自然”的追求和“天人合一”境界的原因之一。

黄永玉喜欢跟艺术家和新闻媒体朋友聊天，畅谈和发表他对艺术、人生、科学、文学和历史发展的看法。他为人亲切，没有什么大艺术家的架子。

黄永玉有很深厚的文学功底，也是个幽默家，他对文学、历史、宗教、哲学都有涉猎。读完书，他也写文章，有杂文集《罐斋杂记》《力求严肃认真思考的札记》《芥末居杂记》，散文《蜜泪》《老婆呀，不要哭》《大胖子张老闷儿列传》《比我老的老头》。《这些忧郁的碎屑》《沿着塞纳河到翡冷翠》《太阳下的风景》等作品影响较大。而根据他自己人生经历创作的小说《无愁河的浪荡汉子》，他已经完成了 20 多万字。

万荷堂大殿还充当着会客厅的角色，每当万荷堂有大型的酒会等活动，这里就会聚集京城的许多名流。2006 年 3 月 14 日，意大利政府向黄永玉颁发“意大利团结星二级骑士勋章”的授勋仪式就在这里进行。5 个多月后，首届“亚洲美术馆馆长论坛”的闭幕式在东院荷塘举行。

2006 年 12 月 18 日，黄永玉先生将巨幅画作《世界和平》捐献给联合国。在捐赠仪式上，联合国驻华代表马和励先生发表了热情洋溢的讲演：黄永玉先生致力于世界和平，用艺术呼唤和平，其境界和创作堪与毕加索媲美。

我伫立在万荷堂的大院中，感受着黄永玉的画。他的画常以淋漓之墨色为基调，以凝重洒脱之线条为骨骼，以奇特之构思为基础，这是他一生的画派风格。

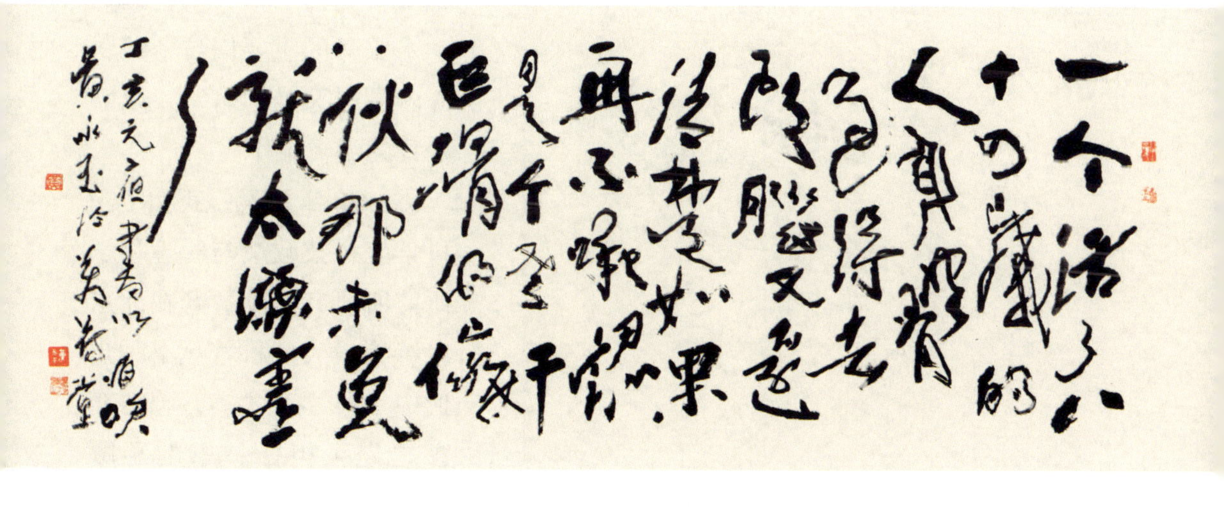

学者风范

——回忆龚育之先生

1989年，我通过中国自然辩证法研究会秘书长申振钰先生的介绍，在北京认识了著名学者龚育之先生。记得那一年，为编辑《自然辩证法通俗读物》一书，我应邀前往采访我国著名的党史研究学者龚育之先生。龚育之先生在家里接待了我，我们一起聊天，他兴致勃勃，海阔天空，从自然科学谈到社会科学，从辩证法谈到中共党史，从编辑谈到学者，不知不觉谈了两个多小时。临别时，龚育之先生在我的笔记本上题了一句话——“编辑是为学术服务的重要岗位，编辑许多同时又是学者”，以勉励我的编辑工作。

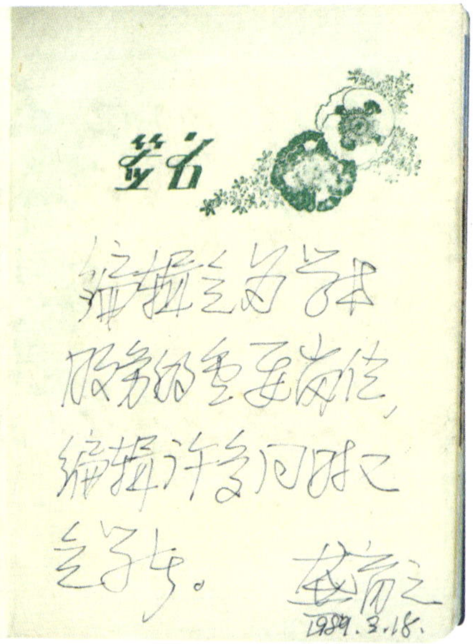

1988年夏天，我和中国科学院科技政策与管理科学研究所研究员陈益升在北京组织编辑大型科普丛书《当代中华科学英才》，聘请龚育之先生担任丛书的总顾问。丛书介绍了包括王选、袁隆平、蒋新松等20位新

1. 龚育之先生给作者的题词
2. 1992 年，龚育之与钱三强、吴阶平、卢嘉锡等科学家在一起

中国培养出来的一流科学家的生平道路、治学经验、科学成就，引起我国科教界和新闻出版界的高度关注和热烈反响。为编辑好这套丛书，我曾多次上门请教龚育之先生。1992 年 1 月，《当代中华科学英才》丛书在北京劳动人民文化宫举行首发式，钱三强、周光召、钱临照，龚育之、朱丽兰、吴阶平等一批学贯中西的知名学者和科学家出席会议，龚育之先生在会上发表了热情洋溢的讲话，他高度评价了弘扬科学家的科学精神和为科学家树碑宣传的出版风气。1992 年秋天，《当代中华科学英才》丛书获中共中央宣传部首届“五个一工程”奖，这些成绩与龚育之先生的关心和支持是分不开的。

2002 年，我在中央党校学习一年。我支部的同班同学，时任中央党校校委委员、进修部主任徐伟新，听说我认识龚育之先生，就送了龚育之先生的《论旗走笔》《在旋涡的边缘》《龚育之论中共党史》《龚育之文存》《党史札记》等书给我读。从这些著作中可以看出，龚育之先生自青少年时代即崇尚科学和民主，向往知识和进步，具有浓厚的求知欲望和强烈的爱国情怀。他治学严谨，思维缜密，在充分占有材料的基础上分析问题，提出见解，做到历史与逻辑相统一、材料与观点相统一，文章有质有文，叙事条分缕析，娓娓道来。20 世纪 60 年代，《自然辩证法研究通讯》刊登了日本坂田昌一教授的一篇文章——《基本粒子的新概念》，引起了毛泽东主席的兴趣。1964 年 8 月 18 日，毛泽东主席在北戴河找几位哲学工作者谈话，就谈到了坂田的文章。龚育之先生参加了那次谈话，还做了详细记录，流传很广。他被誉为“走入中南海的智囊人物”。他不仅是中国科学技术哲学和相关学科的奠基人之一，还从事中国近现代科学思想、马克思主义科学论、毛泽东思想、邓小平理论和当前中国社会主义实践与政策的研究，参与了《毛泽东选集》和《邓小平文选》的编辑工作，参与中共十一大至十五大文件的起草工作。他的道德文章广为人赞，充分表现了一个理论大家的风范。

2007 年 6 月 12 日上午，我收到女儿发来的手机短信，短信中说，“龚育之先生不幸逝世了，北京大学的学生在网上发表了很多帖子，对他表示悼念”。7 月上旬，我又接到龚育之先生的博士研究生、北大方正春元公司总裁丁绍莲先生的电话，说不久将在北京大学承泽园举办龚育之先生的追思会，邀请我参加并发言。龚育之先生关心我国理论界、新闻出版界的往事，点点滴滴立刻涌上我的心头……

2007 年 7 月 14 日，我在北京参加第二届中国数字出版博览会，并应邀参加龚育之先生的追思会。龚育之先生的夫人孙小礼以及理论界、学术界等 50 多人参加了追思会，我在座谈会上做了发言，深情地回忆了龚育之先生深切关怀我和新闻出版界的历历往事以及他严谨的工作作风。

追思会会场上挂着“追思龚育之老师”的横幅，横幅下面是几

1. 参加龚育之先生追思会的人员合影（前排右二为作者）
2. 作者与龚育之的夫人孙小礼在北京大学承泽园

十幅龚育之先生参加学术活动的照片，中央摆放着一个巨大的花篮，左侧摆着多媒体投影仪滚动播放龚育之先生生前的学术活动剪影。

中国社会科学院哲学研究所的刘纲教授、中共中央党校党史研究室的韩钢教授等学者先后发言。来自台湾的学者说："龚育之满头的银发，平时话不多，很沉稳，

这是一种风采。”南开大学的博士生王洋说：“‘做硕士要从最小的问题做起，深入下去’，这是龚育之先生招收我当他硕士研究生时的第一句话。”

龚育之先生对自己的一生有一个总结：“我追求科学、追求革命。科学是革命的力量，革命要根据科学。”这是他在《科学·哲学·社会》一书中自述思想和学术经历的“跋”，是他人生的座右铭。

在追思会上，学生们深情缅怀龚育之先生，说了一些关于他的鲜为人知的事情。周永平说：“上世纪80年代初，有幸考入北大，成为先生的首届哲学硕士生。在先生病重期间，高强度的治疗使得先生食欲不振，饮食困难，维持营养成为促进康复的首要问题。经与孙老师商量，由我爱人所在的工作处给先生提供较为可口的汤类食品，以改善饮食。数日后，孙老师告诉我，先生嘱咐说要给付费用。中国自古以来就有‘一日为师、终身为父’的传统。在他病重期间，作为学生，我仅仅能做如此小事以表孝心，但他却无论如何都不愿意接受。最后，孙老师竟发给我一条‘请尊重我们的做人原则’的短信，并托司机将钱送来。”

任元彪深情地说，龚育之先生是中国自然辩证法事业的主要奠基者和领导人之一，对这个学科的发展建设非常了解，并著有《自然辩证法在中国》等著作。有一次，他写《中国科学技术哲学100年》一文，发现自己的观点同先生“以马克思主义自然辩证法在中国发展为主”的思路有很大的不同。先生审阅初稿后，表示不能完全同意他的看法，但由于论文已无法做较大的改动，因此先生让他只署他一个人的名字。先生说：“再说，这本来就是你写的。”了解龚育之先生在自然辩证法学科方面学术思想的人都能从这件事情中体味到他的学术胸襟。龚育之先生不仅学术风格严谨，还拥有宏大的学术气度。

勤奋学习，终身学习，是龚育之先生的座右铭，他这辈子也确实做到了。21世纪是信息时代，随着互联网和计算机软件操作系统的出现，现代学者都离不开电脑和互联网。作为一名70多岁的古稀老人，他仍孜孜不倦地学习有关电脑的新知识、新技术。1998年前后，龚育之先生迁入新居不久，家里的电脑需要联网，他请了几位互联网技术专业的朋友到家里安装网络。有一次，一位学生来帮他安装电脑系统，发现他正用电话与清华大学的老同学切磋交流用电脑的心得。那时电子邮件刚兴起，龚育之先生的兴致很高，在电脑里详细告诉对方怎样申请新的邮件地址。有好几个晚上，他很晚还突然打电话给学生，告诉学生他遇到了什么问题，问应该怎样处理。等他操作完成后，他一定还会再打电话反馈结果，并且总不会忘记对学生说声“谢谢”。龚育之先生那一代人中，属他运用电脑最熟练，效率也是最高的。他能娴熟地运用五笔字型输入法，打字速度也很快。

学生们还回忆起龚育之先生对承泽园的感情，新学年开学第一周的星期三下午“迎新会”或每年过年时，龚育之先生都会来这个地方看他的学生。每次开会他总会提前半小时到承泽园，在园中散步、漫行思索。如今，斯人已去，湖水仍细，师生相离，永恒怀念。

龚育之先生曾担任一些重要的行政职务，但是，他丝毫没有沾染官场上的陋习，始终保持着中国知识分子的良知和普通人的仁爱之心。2000年7月初，全国基层民主政治建设研讨会在深圳召开，会后我和他一起去番禺看望他的一位老朋友。主人安排他住在池塘边的一栋小楼里。下午，主人邀请龚育之先生到池塘边垂钓。他说“不去！”，并说他很讨厌钓鱼。我问何故，他说，把鱼钩之类的凶器藏在诱饵的后面，专门引诱不知情者上钩，何其歹毒。他还说，丰子恺就是这么看待钓鱼的。后来，我找到丰子恺的漫画集——《护生画集》，其中有一幅《残酷的风雅》，这幅漫画果然有类似的理念。在这幅画的旁边，有一首署名“缘缘堂主”的诗：“垂纶称风雅，鱼向雅人哭，甘饵藏利钩，用心何恶毒，穿颚钻唇皮，用刑何残酷，风雅若如此，我愿为庸俗。”

北京大学承泽园原是皇家御园。2007年盛夏的一个周末，来

1 | 2 | 3

1. 龚育之与夫人
2—3. 龚育之先生的著作

自全国各地的龚育之先生的弟子齐聚在这里，追思先生。7月的承泽园杨柳垂池，荷塘生机盎然，弟子们陆续来到了位于承泽园内的北京大学科学与社会研究中心，这是1986年4月由龚育之先生和夫人孙小礼共同倡导设立的高等学术研究机构。2006年12月，这里还隆重举行了北京大学科学与社会研究中心20周年庆典。当时，国内很多知名的教授和学科带头人参加了庆典，盛况空前，龚育之先生也抱病参加了此次庆典活动。

追思会上，龚育之先生的夫人孙小礼讲述了先生在最后的日子里，回忆自己点点滴滴难忘往事的细节。孙老师还送给我一本书——《我的父辈与北京大学》，并在扉页上签名。这本书收录了她写的一篇文章——《延读一个世纪的血肉联系——我的前辈孙百英与北大》。这本书收录了众多知名“老北大人”的后辈撰写的回忆文章，是后辈对先辈零距离的观察，是一种精神的传递。

翻阅这本书后，我了解了更多关于龚育之先生的情况。龚育之先生的父亲龚饮冰毕业于湖南大学法政专科，曾在《新湖南日报》《民本日报》当过记者、编辑。五四运动后，他逐步接受马克思主义，

1923年加入中国共产党，1928年赴莫斯科参加党的六大，1929年参加百色起义。中华人民共和国成立后，他担任国家轻工业部副部长、党组书记，后任中共中央统战部副部长，是中共八大代表，第一届全国人大代表，第二、第三届全国人大常委会委员，第三届全国政协常委。不难看出，龚育之先生的家风家教是严格、清正的，因此他的人品、文章和风范才会如此充满魅力。

从龚育之先生的言行中，可以领略他对事业的执着追求、博学多才的见识和严谨的学术态度，解读他的宽广胸怀和大家风范。作为学者，他有远见的卓识、扎实的理论素养，严谨的学风；作为官员，他正直不阿，执着于信念和讲真话；作为师长，他博学智慧，有宽厚的胸怀。龚育之先生为学、为官、为人的一生，让人们看到了一个中国知识分子修身、正心、齐家、治国、平天下的高尚情怀。我们纪念和追忆龚育之先生，是因为他参与了改革开放的历史进程，为这个时代做出了贡献。

龚育之先生那银发飘飘、儒雅、慈祥、睿智的形象将永远留在人们的内心深处！

第二辑

国内篇

逐梦路上　百年风华

——中国共产党成立 100 周年有感

2021 年是我加入中国共产党的第 40 个年头，我对党的最初认识，是从两首雄壮的歌曲和几张纪念邮票开始的。

1. 北京大学红楼——马克思主义在中国最早传播的地方
2. 作者在中共一大会议旧址宣誓

20 世纪 60 年代，我还是一个小学生，住在柳州市委统战部绿树掩映的大院里。每天上午放学回家跨进家门的时候，大院广播会准时播放《歌唱祖国》《没有共产党就没有新中国》这两首雄壮的歌曲，我从歌曲旋律和歌词中认识了中国共产党和社会主义。从小学四年级起，我开始集邮，先后收集了《中国人民政治协商会议》《中华人民共和国开国一周年》《井冈山主峰》《遵义会议会址》《延安宝塔山》等纪念邮票。邮票里的党史故事，让小小年纪的我对中国共产党有了深刻的记忆。

1977 年恢复高考后，我在大学里全面系统地学习党的历史。在从事新闻出版工作的 30 多年时间里，我对党的历史进行了深入的研究与思考。

我曾到过中国最早的马克思主义传播地、新文化运动发源地——北大红楼，参观过中共一大会址、南湖红船、井冈山、八七会议会址、南昌起义总指挥部旧址、湘江战役纪念馆、遵义会议会址、延安宝塔山、七届二中全会召开地、香山革命纪念馆……

一处处革命圣地，串起了我对中国共产党的认识和追求。每处地方都令我思绪万千，让我的思想和精神得到一次又一次的洗礼。

1 2 / 3 4	5

1. 中共一大会址
2. 革命圣地——延安宝塔山
3. 七届二中全会召开地——西柏坡
4. 湘江战役纪念馆
5. 革命摇篮——井冈山

梦想起航

党的十九大闭幕不久，我专程去上海市兴业路 76 号参观中共一大会址。这栋兴建于 20 世纪 20 年代的石库门老房子，青砖瓦墙，弧形雕花门楣，红色窗棂，格外显眼。这里是我们党梦想起航的地方，是我们党的根脉。100 年前，中国共产党第一次全国代表大会就是在这里召开的。来自 7 个共产党早期组织的 13 位代表从四面八方秘密地汇聚到这里，他们代表全国 50 多名党员，用青春书写了“开天辟地的大事变”。中共一大正式宣告中国共产党成立，并通过了《中国共产党第一个纲领》。中国共产党的诞生是“开天辟地的大事变”。100 年来，中国共产党上下一心，把中国从落后挨打的贫穷国家建设成为繁荣富强的国家。

寻根之路

2007 年，井冈山革命根据地创建 80 周年。这年秋天我慕名来到巍峨绮丽的井冈山。井冈山是人民军队“三大纪律、八项注意”的诞生地。“天上的北斗星最明亮，茅坪河的水啊闪银光……革命风雷笔下起，五湖四海红旗扬……”寒夜中的毛泽东披着一方薄毯，在八角楼昏暗的油灯下奋笔疾书，他用一根灯芯点亮了八角楼上的夜夜光辉，写出了《中国的红色政权为什么能够存在？》《井冈山的斗争》两篇文章，它们是指导中国革命的光辉著作。八角楼的灯光，照亮了井冈山根据地的前程。走进革命摇篮井冈山，感悟星星之火成燎原之势的井冈山精神，就寻到了中国革命的根。

2006 年，中国工农红军长征胜利 70 周年，我走进贵州参观遵义会议会址。顺着护城河来到古色古香的遵义老街，走进那闪烁着中国革命胜利光芒的遵义会议会址。中国共产党从这里走向成熟，中国的希望从这里开始。在中国革命的危急关头，遵义会议

1—2. 遵义会议会址
3. 遵义战役纪念碑

挽救了党，挽救了红军，挽救了中国革命，是党在历史上的伟大转折。红军四渡赤水的经典之战，娄山关的苍山如海、残阳如血，腊子口的漫天风雪，六盘山的红旗飘逸……无数经典的长征故事，再现长征精神。

中流砥柱

2008 年春天，我来到向往多年的革命圣地延安。在杨家岭中央大礼堂，我仿佛听到当年毛泽东的政治报告被一阵阵如潮的掌声所打断。从凤凰山到清凉山，从杨家岭到枣园，这些红色革命遗址如同一座座丰碑。在枣园简陋的窑洞里，毛泽东写下《论持久战》《为人民服务》《愚公移山》《纪念白求恩》等光辉著作。徜徉在延水河畔，仰望着承载延安精神的宝塔山，张思德的故事立刻浮现在我的脑海中。毛泽东等老一辈无产阶级革命家以雄才大略运筹帷幄、决胜千里，在延安指挥了全国的抗日战争和解放战争，奠定了中华人民共和国的坚固基石。

新中国成立70周年之际，我来到群山蜿蜒、苍松翠柏的革命圣地西柏坡。这平凡而又伟大的小山村，曾是我党由农村转移到城市夺取全国胜利的最后一个农村革命根据地。党中央和毛主席在这个小小指挥所，指挥了辽沈、淮海、平津三大战役，决定了全国解放战争的胜利。栩栩如生的“五大书记”雕塑映入眼帘。“五大书记”的居所古朴典雅，桌椅床凳简陋，陈列朴实无华。“两个务必”的西柏坡精神，是百年大党年轻的真谛奥秘。

奠基立业

2019年国庆节，我来到北京香山双清别墅和香山革命纪念馆。这里是中国共产党领导解放战争走向全国胜利、新民主主义革命取得伟大胜利的总指挥部。毛泽东、朱德在这里发布《向全国进军的命令》，吹响了“打过长江去，解放全中国”的伟大号角。欣闻人民解放军占领南京，毛泽东挥笔写下了“虎踞龙盘今胜昔，天翻地覆慨而慷”。历史的车轮滚滚向前，人间正道是沧桑。

1. 香山革命纪念馆
2. 新中国制造的第一颗原子弹
3. 新中国制造的第一颗氢弹爆炸

接着，我又来到召开过党的八大的全国政协礼堂。党的八大的召开标志着中国进入了全面建设社会主义时期。中国人民在党的领导下创造了一个又一个奇迹，写下了一个又一个辉煌，彰显了社会主义制度强大的生命力。

令我终生难忘的是，我曾采访“两弹一星功勋奖章”获得者钱三强院士，听他讲述1964年我国第一颗原子弹爆炸和1967年第一颗氢弹空爆试验成功的故事；我曾采访“共和国勋章”获得者孙家栋院士，听他讲述从第一颗人造地球卫星首战告捷起，到绕月探测工程圆满成功的故事；我曾采访“共和国勋章”获得者、“杂交水稻之父”袁隆平院士，他说“中国人的饭碗，要牢牢端在自己手上”。老一辈科学家筚路蓝缕地艰辛探索，凝聚成绚丽的光芒，使我心潮澎湃。国家日新月异的发展成就，体现了社会主义制度的优越性。

1 2

1. 北京京西宾馆——中共十一届三中全会召开地
2. 庆祝中华人民共和国成立 70 周年大型成就展

改革潮涌

1977 年，国家恢复了高考，这是中国改革开放的前奏和序曲。我考入广西大学，在校园里参与真理标准讨论，并迎来具有伟大历史意义的党的十一届三中全会的召开，这是新中国成立以来党的伟大历史转折。由此，全国迎来了思想的解放、经济的发展、教育的勃兴、文艺的繁荣、科学的春天，改革春潮出现在中国特色社会主义道路上，呈现出一派欣欣向荣的景象。我目睹了中国改革开放取得的举世瞩目的伟大成就，加入世贸组织、港珠澳大桥建成通车、复兴号高铁动车运行……共和国的航船突破重围，破浪前行，我国的经济实力、科技实力和综合国力上了一个大台阶。事实证明，中国特色社会主义是实现中华民族伟大复兴的必由之路。

逐梦路上

2019 年 9 月，在迎来新中国 70 华诞之际，我在北京大兴国际机场看到了“凤凰展翅”这一具有历史性成就的丰碑建筑。今天的中国，信息畅通，公路成网，铁路密布，高坝矗立，西气东输，南水北调，高铁飞驰，巨轮远航，飞机翱翔，神舟问天。中国已成为世界第二大经济体，“一带一路”倡议深入人心，减贫人口占全球70%以上，建成了养老、医疗、低保、住房等世界上最大的社会保障体系。国家高质量发展、人民高品质生活。我们比历史上任何时期都更接近、更有信心和能力实现中华民族伟大复兴的目标。

党的十八大以后，我有幸成为广西壮族自治区党的十八大、十九大宣讲团成员，向社会各界解读我国经济社会发展取得的历史性成就。在北京参观“伟大的变革——庆祝改革开放40周年大型展览”和“伟大历程 辉煌成就——庆祝中华人民共和国成立70周年大型成就展”时，我看到了中华民族从站起来、富起来到强起来的伟大历史进程，不禁心潮澎湃，振奋不已。

“为有牺牲多壮志，敢教日月换新天。”中国共产党立志于中华民族千秋伟业，百年恰是风华正茂！历经栉风沐雨淬炼的百年政党始终初心不改，团结带领亿万中国人民不断奋斗。全面建成社会主义现代化强国的目标一定能够实现！中华民族伟大复兴的中国梦一定能够实现！

我与人民政协的故事

1949—2019年，人民政协走过了70年辉煌历程。70年栉风沐雨，70年岁月峥嵘，70年沧桑巨变，70年春华秋实。回忆满满，撰写此文，纪念人民政协70周年华诞。

20世纪60年代，我上小学时，住在柳州市景行路的一个大院里。大院的大门两侧上方挂有很多单位的牌子，其中印象最深的是柳州市政协的牌子。

上中学的时候，我从历史教科书上知道人民政协是中国共产党领导的多党合作和政治协商的重要机构。这是我青少年时代对人民政协的最初记忆。

2009年10月，民革中央和广西政协在梧州市举行辛亥革命100周年纪念大会，我有幸参加了大会，见到了来自全国政协和民革中央的领导，还到苍梧县李济深故居参观。多年后我当选为广西政协委员、文史和学习委员会副主任，我与人民政协的工作联系更加密切了，更多地参与了人民政协的文史工作，并为人民政协建言献策。我与人民政协之间的故事，其中有几件事情至今仍记忆犹新。

第一件事是我作为广西壮族自治区政协委员专家代表，受邀参加中央调研组来广西调研的座谈会。2017年1月26日下午，我

1
2

1. 中国政协文史馆序厅
2. 中国政协文史馆展出的国旗、国徽

接到广西壮族自治区党委办公厅的电话，请我当天下午到会议室开会。当时已经临近春节，接到这项光荣的任务，我在高兴之余也感觉到肩上的担子沉甸甸的。在接下来包括春节在内的10多天时间里，我先后到企业、乡镇、机关、学校进行调研，并撰写了调研报告。座谈会上，我就统筹推进“五位一体”总体布局和协调推进“四个全面”战略布局，全面加强经济建设、政治建设、文化建设、社会建设、生态文明建设的目标任务、重点工作及重大举措等做了长达30分钟的发言，得到了中央领导同志和调研组同志的充分肯定。

第二件事是我作为广西壮族自治区政协委员，受邀参加2016年1月16日上午广西壮族自治区政府举办的关于《广西壮族自治区国民经济和社会发展第十三个五年规划纲要》和《政府工作报告》征求意见会。在会上，我提出了“主动适应经济发展新常态”，

1 2|3

1. 全国政协礼堂，1956 年中共八大在此举行
2. 作者出席中国人民政治协商会议第十一届广西壮族自治区委员会第一次会议
3. 作者与延安市宝塔区政协主席高鹰合影

加快推进“法治广西建设”“促进云计算、大数据发展”“实施广播电视节目无线覆盖工程，建成100座台站”，以及增加“推进与周边国家互联互通”等几点意见，均被《政府工作报告》采纳。

第三件事是参与人民政协的文史工作，为人民政协建言献策。在广西壮族自治区政协的组织领导下，我主持编辑出版《广西政协文史丛书》。

其中，《广西政协发展历程》《广西北部湾经济区建设纪实》《珠江西江经济带建设纪实》《回忆西部大开发纪实》等较系统地反映了广西在不同历史时期的历史贡献，人民政协参与广西的经济、政治、文化、社会、生态文明建设的历史贡献。

我组织专家学者编写的《广西传统村落保护纪实》一书，以第一人称的方式，记录广西文化遗产抢救工作，突出文史资料“亲历、亲见、亲闻”特色。

我组织专家学者编写的《柳州汽车工业发展纪实》，系统地论述柳州汽车工业发展的历史、现状和发展趋势，对推动全区创新体系的建设有着重要的战略意义。

我组织编辑的30多万字的纪实文学图书《峥嵘岁月——广西知青史》，面向全区知青征稿，深情叙述了广西知青将热血与生命付诸实践的风雨人生，真实再现这段“不能遗忘的历史”，以最朴素的影像语言，重现了广西知青曾经的风华岁月。

此外，我经常为《广西政协报》和广西壮族自治区政协主办的《文史春秋》杂志撰写文章，还曾经在广西壮族自治区政协办公厅、广西新闻网主办的《政协网络问政》做访谈嘉宾。在政协任职期间，我一共写了12份政协提案、4篇调研报告，在政协会议上发言1次，参与政协地方视察工作6次。其中，《广西新型城镇化的文化建设与发展》《关于加强官方微博、微信新闻发言人培训教育的建议》《互联网舆论环境下政府处置危机事件的媒体应对》《关于加强政府大数据建设打造智慧城市》等提案与调研报告得到自治区领导的批示。

第四件事是直接参与了广西政协文史馆的建设，为“广西政协发展历程展”提供展览内容。

2014年9月，正值人民政协成立65周年之际，广西政协文史馆永久性的大型综合性展览——“广西政协发展历程展”正式展出。从撰稿到展出，历时近两年，我作为总审稿人和撰稿人，对每一个部分的重要人物都做了深入研究。其间，我先后到全国政协、上海政协、天津政协、陕西政协、贵州政协、湖南政协调研考察当地文史资料和文史馆建设。我在中国政协文史馆见到了新中国的第一面国旗、第一枚国徽，中央人民政府的第一个牌子等。

广西政协文史馆建设过程中，发生了很多令人难以忘却的故事。广西政协文史馆第八个单元是尾厅，介绍广西籍的杰出政协委员。为了使史料更权威、资料更丰富、可看性更强、历史沉淀

1 | 2 | 3
4

1—4. 广西政协文史馆“广西政协发展历程展”永久性展览

更厚重，我得想办法拿到历届全国政协委员、广西籍的中国历史名人的手稿、照片、书信与影像资料等。我广泛联系这些历史名人的后代，两年时间里不辞辛劳地登门拜访、虚心请教，终于感动了他们，收获了很多珍贵文物。譬如，为了征集我国著名语言学家、北京大学教授王力的书信及有关实物，2014 年 12 月，我到北京大学找到了王力的儿子王缉思、王缉志教授，在他们家中拍到了国务院任命王力为国家教育学术委员会主任的任命书和王力生前给博白老家写的信。

说到王力先生，从读小学开始，我就很崇拜这位学贯古今、汇通中外的语言大师。1983 年我在广西大学工作时，就住在王力的长子秦似（王缉和）家前面的一栋楼。秦似是著名的左联作家，曾任广西壮族自治区政协副主席。当时在大学校园里经常遇到秦似老师，我们曾在一起散步。后来我到秦似家里做客，他给我题写了两幅书法，一幅是王之涣的《登鹳雀楼》，一幅是李白的《黄

1	2	5
3	4	

1—4. 作者履行政治协商、民主监督、参政议政职能场景
5. 作者接受媒体采访

鹤楼送孟浩然之广陵》。我把这两幅作品装裱好后，挂在家里的客厅，不少同学看到后很羡慕。

王缉思介绍说，对其父亲的资料收集、保存、采访等事宜都是由他哥哥王缉志统一负责。王缉志和王缉思都毕业于北京大学。王缉志于1984年率先下海创办著名的民营企业四通公司，成功主持开发MS中英文打字机。经王缉思介绍，我来到王缉志家中采访，并取得了很多关于王力先生鲜为人知的第一手资料。

在中国政协文史馆，我还拿到了梁漱溟的手稿和书信影印件。在中国国家档案馆，我拿到了广西艺术学院原院长阳太阳1949年设计的国旗图稿。在广西文化大院，我找到桂剧表演艺术家尹羲的女儿，征集到了毛泽东主席在中南海接见尹羲等表演艺术家时拍摄的珍贵照片。

通过国家博物馆，我找到“复兴之路”陈列展主要设计单位的负责同志，拿到了新中国开国大典上和社会主义建设各个时期党和国家主要领导人的珍贵历史照片和手稿影印件，拿到了 1949 年 10 月 1 日毛泽东主席在天安门广场升起的第一面五星红旗的原大复制品、中央人民政府牌匾的原大复制品、中华人民共和国国徽的原大复制品等。这些实物、书信、文稿及影像资料，记录了新中国成立 70 年来人民政协参政议政的光辉历程，也为广西政协文史馆的建设提供了重要的展览内容。

2013 年 5 月，在全国政协，我见到了全国政协文史和学习委员会办公室副主任张燕妮，她是中国共产党早期创始人张申府最小的女儿。我建议张燕妮把她父亲过去没有公开发表的书信、文稿，包括翻译欧洲共产党的资料及她父亲对科学社会主义、中国共产党的思考和研究的资料进行出版。她花了 3 年时间进行全面系统的整理，2017 年 5 月，一部名为《我相信中国》的专著由广西师范大学出版社出版，成为党史学术研究的重要史料。

回首往昔，70 年，弹指一挥间；展望未来，70 年，重整行装再出发。人民政协与新中国一起走过来，还将继续为实现“两个一百年”奋斗目标、实现中华民族伟大复兴的中国梦，发挥着政治协商、民主监督、参政议政的作用，也将继续在“民主与团结”方面发挥着重要作用。

1. 中国政协文史馆展出的有关 1945 年毛泽东在重庆会见过的中国民主人士、爱国人士名单
2. 作者参观广西政协文史馆“广西政协发展历程展”

渼陂村

——二七会议旧址

春天的江西，正值油菜花盛开，从南昌出发，在高速公路向西南行驶两个多小时，便到达了吉安市文陂镇渼陂村。江西吉安，人杰地灵，物华天宝，群星灿烂，养育了欧阳修、文天祥、杨万里等历史名人，仅1平方公里左右的渼陂村就培养了4位共和国的将军，其中有3位开国将军——梁兴初、梁必业、梁仁芥，他们是同属一门的三代人。渼陂村还是电视剧《井冈山》和电影《闪闪的红星》的取景地。

	2	3
1		4

1. 渼陂村的牌坊
2. 渼陂村开国将军纪念馆
3—4. 电影《井冈山》的取景地

喜迎新春
喜居寶地千年旺
渼陂

陂头街

走进渼陂村，遇到一位在村里长大的女镇长，她带着我们沿着青石小路，穿过古建筑群，穿过祠堂，来到陂头街中间。她告诉我们，这里是陂头街的中心地段。陂头街坐落在王江（富水河）西岸，全长900米，原有店铺约150家，现存老店面108家，大小码头10个。陂头街原本在王江的上、下游各设有一座木桥，横跨王江东西两岸，方便人们出行。

陂头街，始建于宋末元初，最初店宇集中在栋头街，一般经营棉纱土布、竹木土产。民间有“先有栋头街，后有陂头街”之说。陂头街水运方便、人口稠密，为陂头街发展商业经济提供了优越条件。元末明初，陂头街发展较快，街道随着发展的需要，按四节段不断延伸；至明朝宣德年间，街市日趋完善，店铺鳞次栉比；至清朝乾隆年间，陂头街十分繁华；时至道光、咸丰年间，陂头

1. 渼陂古街建筑群
2. 电影《闪闪的红星》的取景地

1｜2 3｜4

1. 作者与女镇长一起参观渼陂村
2. 始建于宋末元初的陂头街
3. 开国将军梁兴初故居
4. 二七会议会址

街进入兴旺阶段；至清朝光绪年间，陂头街处于鼎盛时期，不仅有100多家店铺，还建有规模宏大的万寿宫、当铺店、义仓急公祠和福神庙等有代表性的建筑。明清时期，每当夜幕降临，街上路灯通宵常明，人如潮涌，常有戏班登台助兴，好一派繁荣兴旺的景象。万寿宫前院两侧拱门上“天不夜”“月常明”字匾就是对当时陂头街真实而生动的写照。陂头街享有“小南京”之美誉，可见当时江西的文化与商业是何等的繁华与昌盛。

渼陂村

女镇长深情地告诉我们，渼陂村历史非常悠久，始于北宋宣和年间至南宋初年，距今有900余年的历史。渼陂村坐落在王江（富水河）西岸，紧靠陂头古街。村中有28口水塘，正好与二十八星宿相吻合。

渼陂村现有民居约580栋，明清建筑约360栋，530余户，2400余人。历史上有翰林1名，文举多人，武举2人。有古祠5座，其中，梁氏宗祠永慕堂因雄伟壮观，设计精美，工艺精深，文化底蕴深厚而闻名遐迩。还有家祠若干，村子现存古书院4座，书斋1个，古庙宇1座，古楼阁2座，古牌坊3座半，在100多栋古民居中大部分有精美木雕，如雕屏和描金画等一些有代表性的建筑中有大量精美的石刻工艺。

革命旧址

渼陂村不仅是有900余年历史的古村落，还是重要的红色革命根据地，至今仍保留众多的革命旧址。1930年2月6日—9日，毛泽东在此主持召开了红四军前委和赣西、赣南特委及五、六军军委联席会议，史称“二七会议”。毛泽东在会上做了《目前政治形势及党的任务》的报告，经过讨论，解决如下问题：规定了

赣西南的主要任务；确定了攻吉安的行动目标，并做了战略和战役部署；通过了土地法，解决了分配土地的政策问题；决定成立统一领导军队和几块根据地的前委，毛泽东任书记，前委直接接受中央领导。

村落池塘边有两棵百年大树，据说这是活捉国民党将军张辉瓒后，将其砍首示众的地方。

如今村落很多建筑的墙上还留有当年的标语，如“消灭残余白匪，活捉何逆应钦！”“士兵不打士兵，穷人不打穷人！”“白军是军阀的军队，红军是工农的军队！”等。

1. 毛泽东在渼陂村的旧居
2—3. 革命旧址里的简介文字

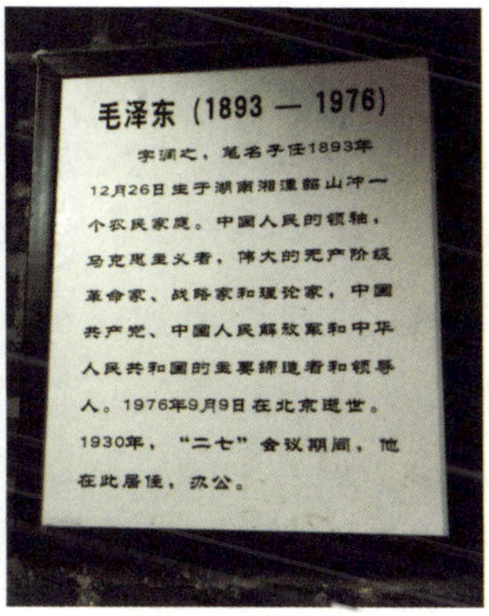

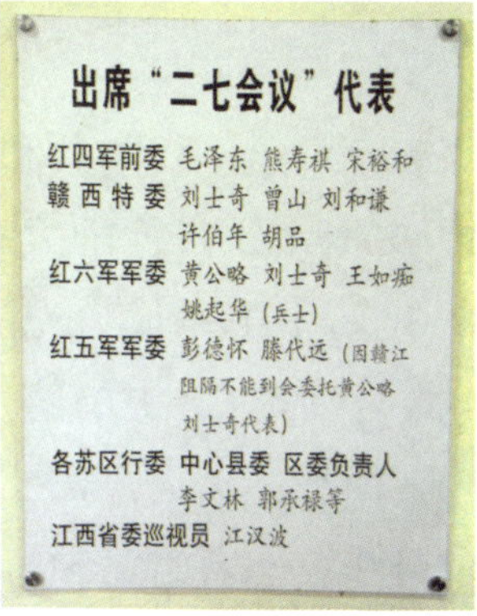

参观革命旧址后，我慢慢地走到富水河边。我沿着河岸踱步，看到两岸柳树已经吐出青芽，小河里流淌着清澈的河水，依河而建的古民居仍有人居住。放眼看去，渼陂村山清水秀，古树参天，潺潺流水，翠竹欲滴，美景如画。渼陂村，富水北流，山抱水环，天然形胜。

渼陂村，这个历史悠久、文化底蕴深厚、人杰地灵、人才辈出的古村落，真让人流连忘返。

我的“长征记忆”与“长征路”

长征，是我们“50后”这一代与共和国一起成长的“老三届”学生的终身记忆和历史情结；长征的故事、长征的电影、长征的书籍、长征的史诗，是新中国一代少先队员的精神食粮和精神丰碑。从少年时代至今，怀着对历史的感悟、对英雄的敬仰，我曾多次走过“长征路”，而每一次走“长征路”，都有不同的感悟、不同的感想、不同的升华，有着自己独特的“长征记忆”。

第一次走“长征路”是1966年的秋天。11岁的我第一次离开家，跟着初中的大哥哥、大姐姐来到贵阳和重庆，经过陕西西安，最后到达首都北京。在中国人民革命军事博物馆，我看到了书本上所描述的“七根火柴”“金色鱼钩”“半截皮带”等经典长征故事场景，心中掀起阵阵波澜。那是我人生第一次沿着长征线路，憧憬着美好的未来。第一次的“长征路”之行给我留下了终生难忘的记忆，促进了我少年人生的世界观和价值观的树立。

第二次走“长征路”是2000年的事情。那年，我担任广西壮族自治区党委驻龙胜各族自治县扶贫工作队队长，多次来到龙胜龙舌岩，走上红军长征以来遇到的第一座险峻高山——老山界，回忆陆定一的《老山界》中描绘的情景。虽然1934年11月红军长征过广西只有28天，却是影响深远的28天。尤其中央红军过广西的19天，是酝酿遵义会议不可缺少的历程，是挽救红军命运的19天，是开始扭转中国命运的19天，是红军长征精神在八桂闪烁的19天。红军不仅经历了长征以来最悲壮、最关键的战役——湘江战役，还翻越了长征以来遇到的第一座高山——老山界。在湘江战役中，红军以损失过半的代价彻底粉碎了敌人妄图全歼中央红军于湘江以东的阴谋，保存了红军主力，赢得了战略上的胜利，同时也暴露了王明“左”倾错误路线的严重危害，为中国共产党历史上发生的第一次伟大转折提供了契机。红军长征经过广西时，中国共产党开展的宣传工作和实行的民族政策等，赢得了各族人民的拥护，对广西地方产生了深远的历史影响。第五次反“围剿”为什么会失败并丢掉根据地？红军长征过广西，为何会经历如此惨烈的湘江战役？在不停的争论与探讨中，大家对李德、博古的错误指挥表示了强烈不满，毛泽东的主张逐渐得到王稼祥、张闻天等越来越多人的支持。通道会议、黎平会议和猴场会议的召开，从事实上停止了“最高三人团”的最高指挥权，

作者在中国人民革命军事博物馆参观留影

1 | 2
  | 3 | 4

1—4. 中国人民革命军事博物馆纪念中国工农红军长征胜利 80 周年主题展览

为开好遵义会议做好了思想上、组织上的准备，为毛泽东的复出奠定了基础。

红军长征时期是党的民族政策形成的重要时期。红军长征过广西时，尊重各族群众的风俗习惯，严格执行红军纪律和民族政策，真诚团结各族同胞。1934 年 11 月 19 日，红军在进入广西前，总政治部发布了长征以来第一个民族工作的纲领性文件《关于争取少数民族的指示》，要求部队绝不允许对少数民族有任何的骚扰和侵害。11 月 29 日，即中央军委纵队渡江的前一天，湘江战役正在激烈进行时，总政治部又向全军发布了《关于瑶苗民族中工作的原则指示》，要求在一切工作中，必须做好民族工作，并做出了关于争取少数民族上层人物，不在少数民族地区打土豪以及组织和扩大红军等规定；同时，发布了《关于对苗瑶民的口号》，共 13 条，其中有“实行民族平等，在经济上、政治上苗人与汉人

有同等权利”等。红军在进入越城岭山区后，总政治部又做出在民族地区行军的具体规定：在少数民族地区停止打土豪；买东西用银元和铜板；买粮买杂粮；不准买大米；不与各族同胞争井水等。红军的严明纪律和模范行为，各族同胞看在眼里，记在心里，从心底热爱这支队伍，深深怀念长征过境的红军。

第三次走“长征路”是2006年的秋天。那年，正值中国工农红军长征胜利70周年，我沿着云贵高原重走长征路：来到红色之城遵义，参观遵义会议会址，追忆红色故乡；来到娄山关战役旧址，感受那个时代的硝烟；参观息烽监狱，缅怀革命先烈。重走“长征路”，缅怀先烈，从而珍惜当下的幸福生活。我在遵义会议会址前驻足凝望，沉思良久再受教育，感受良多，如今的中国早已天翻地覆，旧貌换新颜，换了人间。

第四次走“长征路”是2010年。我来到位于四川凉山彝族自治州的大渡河，穿越铁索桥，来到了泸定桥，缅怀飞夺泸定桥的红军勇士；来到了松潘草地，感知这绝人之境的荒野，体味当年红军过草地的艰难与困苦。

1. 纪念中国工农红军长征胜利 80 周年主题展览
2. 大渡河和泸定桥
3. 湘江战役纪念馆
4. 作者参观展览

第五次走“长征路”是 2016 年，正值中国工农红军长征胜利 80 周年。为隆重纪念三大主力红军胜利会师 80 周年，我于 2016 年 5 月来到红军长征的落脚点、革命圣地——延安，参观杨家岭、宝塔山、延安革命纪念馆。这一年的 9 月，我与广西电视台新闻频道的记者和编导，来到兴安县的红军长征突破湘江烈士纪念碑园，做了一期《长征精神照亮复兴之路》的嘉宾访谈节目。这一年 10 月，我来到位于首都北京的中国人民革命军事博物馆，参观

作者在中国人民革命军事博物馆

“英雄史诗　不朽丰碑——纪念中国工农红军长征胜利 80 周年主题展览”，再次重温了红军长征的重要战役战斗、重大历史事件和重要人物。此次展览展出了“过雪山草地”等大型主题景观、红七军团发布的《我们是中国工农红军抗日先遣队》宣言、充满艺术感染力的油画《血战湘江》、再现遵义会议场景的主题景观、反映红军以少胜多光辉典范的四渡赤水战役要图、讲述红军战士至死不忘对党忠诚的雕塑《最后一次党费》及方志敏在狱中撰写的《可爱的中国》的手稿。我还担任军事博物馆的志愿者讲解员，给首都的小学生讲解长征故事和知识，讲述中国共产党领导红军战胜无数艰难险阻，胜利完成万里长征的光辉历史和英雄壮举，揭示了“不忘初心，走好新的长征路”的时代内涵。红军在长征中所表现出来的坚定的共产主义理想、必胜的革命信念、艰苦奋斗的精神和一往无前、不怕牺牲的英雄气概，将永远激励我们勇往直前。

布热津斯基在《寻访毛泽东的长征路》一文中写道：“要是对于长征有了更多的了解，我们对这个民族及其领导人的内心世界也就会有更多的了解。”这位西方政治家后来评论说：“对崭露头角的新中国来讲，长征的意义绝不只是一部无可匹敌的英雄主义史诗，它的意义要深刻得多。它是国家统一精神的提示，也是克服落后东西的必要因素。”

“为有牺牲多壮志，敢教日月换新天。”这种为了救国救民，不怕任何艰难险阻，不惜付出一切牺牲的精神是长征精神价值宝库中最闪亮的部分。

2016 年 9 月，习近平总书记参观“英雄史诗　不朽丰碑——纪念中国工农红军长征胜利 80 周年主题展览”时指出：“80 年前，中国共产党领导中国工农红军战胜千难万险，胜利完成举世闻名的二万五千里长征。这个伟大壮举将永远铭刻在中国革命和中华民族的史册上。红军长征的胜利，充分展现了革命理想的伟大精神力量。”

80 年前的长征，以人类罕见的英雄壮举，感动了几代中国人乃至世界人民，已成为社会主义革命、建设和改革各个历史时期的红色教育典范。伟大的长征就是人类历史上一首壮丽的理想信仰史诗。

一个不记得来路的民族，是没有出路的民族。不论我们的事业发展到哪一步，不论我们取得了多大成就，我们都要大力弘扬伟大长征精神，在新的长征路上继续奋勇前进。

穿越时空，历久弥新。长征精神不仅深深融入中华民族精神，更成为全世界共享的精神财富。

一座饭店与一段历史

20 世纪 60 年代，我还是一个少年，生活在柳州。那时我时常从柳州市解放北路的人民广场步行 10 多分钟，去到幽雅的友谊路，道路两侧是高大茂盛的天竺桂和相思树；走到友谊路尽头，便是一个庄严、典雅的庭院式宾馆——柳州饭店。走进柳州饭店，进

1. 从柳州饭店俯瞰美丽的柳江河
2. 柳州饭店的主楼

入宿舍区，从后门转入柳江河边的陡坡竹林。走进林子，不时会有鸟群飞出，这是鸟类的天堂。穿过竹林就到了柳江河边，这个地方叫“炮台河”。河中怪石嶙峋，岩石从河面突出；河水冲击着岩石，掀起雪白的浪花，发出“哗哗”的声音。从此处的炮台河下江游泳，不用 15 分钟就可到达 100 米远的江心小岛——萝卜洲。在小岛上追赶八哥、喜鹊和麻雀，挖野生白萝卜，在清澈的河水中洗干净后再放入口中嚼，是我少年时代的经典记忆。而对于去往炮台河途经的柳州饭店，亦是留有深刻印象。

柳州饭店是一个庭院式的高雅饭店，院落中的几栋西式小红楼和苏联式建筑掩映在高大的玉兰树、天竺桂和榕树之中，冬青和夜来香散发出诱人的幽香，沁人心脾。这是我少年时代心中最美丽的地方。

走过那几栋小红楼，年少的我感觉到那是一个神圣的地方，但全然不知江边那两栋建于 1953 年的西式小楼——红楼 1 号楼和 3 号楼见证了 20 世纪国际关系中有关印度支那问题的重要事件。

1954 年 7 月 3 日—5 日，周恩来和胡志明下榻柳州饭店，就住在那两栋小红楼中。这期间，中越领导人在柳州饭店进行了会晤，双方就日内瓦会议关于恢复印度支那和平的方案及其有关问题，充分交换了意见，取得了一致的看法，达成了“7 月 5 日协议”。柳州会议虽然是日内瓦会议的“会外之会”，但达成了中越双方对日内瓦会议一致的立场，这对日内瓦会议最终形成协议起到了至关重要的作用。

1—2. 胡志明主席旧居，柳州饭店 1 号楼
3—4. 周恩来总理下榻的柳州饭店 3 号楼

2006 年 5 月，红楼旧址作为胡志明旧居，被国务院公布为全国重点文物保护单位。

改革开放后，我考上大学离开了家乡柳州。凡每次回柳州出差和考察，我都选择住在柳州饭店，因而见证了柳州饭店的变化与发展。其中，有几件事我至今仍记忆犹新，挥之不去。

1994 年，我陪同著名科学家谈家桢教授到柳州考察，在柳州饭店的 7 号楼度过了难忘的三天三夜。每天清晨谈家桢教授都会在江边的回廊上散步，在庭院内观赏植物，在 7 号楼的房间里观看日出。他深情地说，这是他第二次来柳州。第一次是抗战期间随浙江大学南迁入驻沙塘；60 年后第二次来柳州，柳州高楼大厦林立、环境优美，发生了翻天覆地的变化。他此前曾到过欧美 30 多个国家，住过很多五星级宾馆，但他认为柳州饭店是他住过的环境最美丽，服务最优秀，具有重要历史文化的饭店之一。

2001年，我受邀到柳州参加中央电视台《同一首歌》演出活动，再次入住柳州饭店7号楼，见到了《同一首歌》的主持人亚宁等人。

2002年，全国晚报副刊文化交流会议在柳州饭店举行，来自全国晚报、都市报、晨报的文化副刊的100多名记者云集柳州，写下了几十篇赞美柳州的美丽诗篇。

2010年7月，斯坦科维奇杯洲际篮球赛在柳州举行，中国队、伊朗队、斯洛文尼亚队和澳大利亚队参加比赛，我受邀到柳州观看，入住柳州饭店。8月1日，我与斯洛文尼亚队员在8号楼亲切会面，他们对中国给予高度评价，对柳州饭店的经典庭院环境和服务水平亦赞赏有加。

美丽的柳江河夜景

近几年，我先后陪同新闻出版总署的3位署长到柳州考察，入住柳州饭店，柳州饭店给他们留下了难忘的印象。

柳州饭店是花园式饭店，庭院绿树成荫，环境幽雅，百花争艳。春天红棉怒放，夏季玉兰幽香，秋日黄菊遍园，冬日腊梅飘香。我步入纳博伦观景台，漫步在临江而建的木栈道上，坐在阳光伞下的咖啡长椅上，望着波光粼粼、清澈碧绿的江水，顺流而下的千帆远影，感觉这就是世外桃源。

从柳州饭店凝望美丽的柳江：晴天，可以欣赏两岸群峰美丽的倩影；阴雨天，两岸漫山云雾，朦朦胧胧，若隐若现，尽显“百里柳江、百里画廊”之神韵。用陶渊明的诗来描述：“山气日夕佳，飞鸟相与还。此中有真意，欲辨已忘言。”

一年四季，春夏秋冬，年复一年，我已经记不起在柳州饭店住了多少次，也不知在庭院中散步时走了多少圈。柳州饭店每一年都悄然发生着变化。

伟岸屹立的国际会议中心，典雅华丽的6号楼，符合国际标准的网球场，绿茵草坪上喷洒的喷泉，参天的玉兰树，从拿破仑酒吧看日出映在波光粼粼的柳江上，鳞次栉比的高楼显现在眼前……

置身于柳州饭店，看着柳州最美的景色，我想起毛泽东的名词《采桑子·重阳》：

“人生易老天难老，岁岁重阳。今又重阳，战地黄花分外香。

一年一度秋风劲，不似春光。胜似春光，寥廓江天万里霜。”

一座饭店，见证了重大国际关系事件的决策过程，目睹了一个城市的变迁，经历了国家的改革，见证了国家的富强。弹指一挥间，70年过去，换了人间。

《百色早报》创刊的回忆

2019年12月11日是邓小平领导的百色起义90周年纪念日，也是《百色早报》创刊10周年纪念日。在这光荣而具有历史性意义的日子里，我再次来到百色起义的旧地，感受最深的是百色发生了巨大的变化。当年的桂西小县城已经发展成为祖国南疆的大城市，城乡面貌日新月异，而革命老区的精神和百色老乡的纯朴依然未变。谈起百色，我感受最深的是《百色早报》的创办过程，往事历历在目。《百色早报》的创办凝聚了百色市委几代领导同志和国家新闻出版总署领导的心血。

2|3
1

1—2.《右江日报》创刊 80 周年暨《百色早报》创刊庆祝大会场景
3. 作者在庆祝大会上发言

时光回到 2002 年 6 月，国务院批复同意百色撤销县级市，成立地级市。由于国家报刊出版政策规定，城区不能办报，原县级百色市撤市改为地级百色市右江区，县级《百色日报》相应撤销，只保留了原百色地区的《右江日报》作为地级市委机关报。随着改革开放的进一步深入，以及百色社会经济和文化建设的快速发展，对于全市辖 12 个县（区）、2003 年全市生产总值在广西壮族自治区排第五位、工业占经济比重超过 50% 的百色市来说，仅有一张《右江日报》已经不能满足百色人民群众日益增长的文化和信息需要。

2004 年 5 月，百色大地春意盎然，国家新闻出版总署署长柳斌杰出席第 14 届全国书市百色分会场活动，并在开幕式上发表热情洋溢的讲话。百色市委书记马飚对柳斌杰署长说：感谢国家新闻出版总署长期以来对百色老区的关心和支持。百色是革命老区、边境地区和少数民族地区，仅有一张 1929 年邓小平同志创办的《右江日报》，远远满足不了百色市 390 多万人民日益增长的精神食粮和文化生活的需要，请国家新闻出版总署给百色老区人民增加一张都市类报纸——《百色早报》。柳斌杰署长表示，一定支持革命老区的文化发展事业和新闻出版事业。

1|2 3

1—2. 作者到右江日报社调研
3. 百色起义纪念馆

2006 年 4 月，新闻出版总署副署长于永湛到百色调研，我和百色市市长刘正东陪同考察，刘正东市长再次向于永湛副署长表达了创办《百色早报》的要求，于永湛副署长表示大力支持。2009 年 4 月，我代表广西壮族自治区精神文明建设委员会到百色检查净化社会文化环境工作，百色市委副书记黄志伟表达了在 2009 年 12 月百色起义 80 周年和《右江日报》创刊 80 周年时，争取得到新闻出版总署对创办《百色早报》的批准的想法。此后，我还多次与刘正东书记、黄志伟副书记、叶乐阳部长商量创办《百色早报》的相关事宜。我还与叶乐阳部长及《右江日报》的潘社长、韦总编辑多次到国家新闻出版总署，专门向柳斌杰署长及蒋建国、李东东和孙寿山三位副署长做汇报，得到了国家新闻出版总署领导的高度重视和大力支持。作为新闻出版战线的老兵、广西报刊改革与发展的见证者，我仔细回想起来，《百色早报》的创立能得到新闻出版总署的批准，创刊出版，确实不容易。这是一条艰难、漫长的道路。

百色起義紀念館
隆重纪念百色起义、龙州起义80周年！
我是中国人民的儿子，

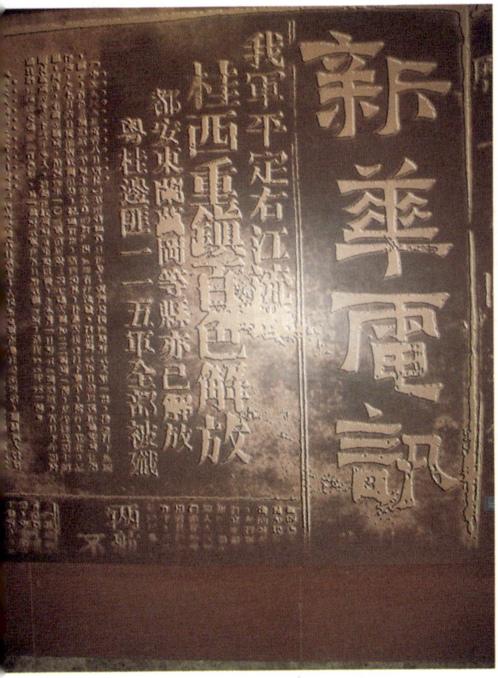

2003 年 4 月，县级百色市委拟将用原《百色日报》的国内统一刊号创办《百色早报》，广西壮族自治区新闻出版局拟同意其创办《百色早报》的申请，报国家新闻出版总署审批。由于 2003 年下半年全国开展报刊治理整顿，总署不再审批新的报刊，《百色早报》的申办工作被中止了。

2004 年 3 月，新成立的地级百色市委重新申请创办《百色早报》，并提交了关于创办《百色早报》的可行性方案。广西壮族自治区新闻出版局再次将创办《百色早报》的申请上报国家新闻出版总署，因受国家对报刊总量控制等政策性原因的影响，国家新闻出版总署未予批复。

2007 年 3 月，百色市委第三次为《百色早报》申请国内统一连续出版物号，向国家新闻出版总署提出创办《百色早报》，由于政策性原因，国家新闻出版总署未予批复。

1—4. 百色起义纪念馆
5—6. 中国工农红军第七军军部旧址——粤东会馆

2009年初，百色市委与广西壮族自治区新闻出版局商量，第四次向国家新闻出版总署申请国内统一连续出版物号，创办《百色早报》。广西壮族自治区新闻出版局高度重视，一致认为，2009年结合纪念百色起义80周年活动，是申请创办《百色早报》的最好机会，因而多次召集报刊处同志研究、制订方案。2009年5月25日—26日，我与叶乐阳部长及局报刊处、报社的领导，专程到北京向柳斌杰署长等领导汇报纪念百色起义80周年活动及请求创办《百色早报》的事宜，得到了国家新闻出版总署领导的充分肯定。

1. 邓小平政委和张云逸军长在百色起义期间的住室
2. "小平号"在红军码头
3. 中国工农红军第七军军部旧址牌匾

2009年6月25日，我与《百色日报》的潘社长、韦总编辑及新闻出版局报刊处的同志到北京向国家新闻出版总署综合业务司、新闻报刊司汇报创办《百色早报》的情况，以及请教申请刊号的有关细节问题，得到了两个业务司长的精心指导和大力支持。

2009年7月28日，我与局报刊处及右江日报社潘社长、韦总编辑再次专程到北京，向新闻出版总署副署长孙寿山等总署领导汇报创办《百色早报》的情况。总署领导表示，国家将支持革命老区的文化事业，尽力支持百色创办《百色早报》，争取在百色红色起义80周年前批准创刊。

2009年8月18日，是我永远难以忘怀的大喜日子，也是百色人民文化建设取得成果的重要日子，这一天国家新闻出版总署正式批复，同意百色市创办都市报——《百色早报》。

经过多年不懈努力，《百色早报》于2009年12月10日正式创刊，这是百色文化建设和新闻出版工作的一件大事。创办《百色早报》是右江日报社构建现代传播体系的重要组成部分，是为了顺应媒体分众化、对象化的新趋势而构建的舆论新平台。广西壮族自治区新闻出版局非常支持《百色早报》的创办，努力做好服务工作，同时对这份新报纸的未来充满信心。

我衷心地希望《百色早报》能坚持“贴近实际、贴近生活、贴近群众”，进一步增强办报的吸引力、感染力和影响力，努力在办报质量和水平方面走在全国前列；能形成一支高素质的记者编辑队伍，坚定不移地走在时代前列；能紧紧围绕推动文化大发展大繁荣的要求，加快提升实力，力争在事业繁荣和产业发展方面走在各类媒体的前列，并与新媒体的发展相适应，形成传统媒体与新媒体互为补充、推动传统媒体发展的科技力量。

1. 新华网在现场直播
2. 作者在百色起义纪念馆
3. 作者与少先队员在一起
4. 入团宣誓仪式

《百色早报》的创办对于弘扬伟大民族精神、加强青少年思想道德建设和文化建设有极其重要的意义，对于树立红色文化品牌，挖掘、保护、继承、弘扬和发展百色红色文化也将起到积极推动作用。从这个角度上看，《百色早报》的创办是促进革命老区经济社会发展、提高群众生活水平的经济工程。

历史是昨天的新闻，新闻是明天的历史；历史是新闻的积淀，新闻是历史的瞬间。新闻工作者今天的忠实记录，就是明天共和国历史的最基础的材料。希望《百色早报》新闻记者担当起政治责任、历史责任，真实记录新闻，忠诚书写历史，不负历史，不负人民，肩负起历史使命，为公众提供真实、鲜活的新闻。《百色早报》要坚守主流媒体意识，坚持正确舆论导向，同时坚持“贴近实际、贴近生活、贴近群众”，不断增强新闻报道的亲和力、吸引力、感染力、公信力，为百色的社会建设营造良好的舆论环境，为百色的政治文明、物质文明和精神文明建设做出新的历史贡献。

天安门广场的记忆

天安门广场之行对于我来说，有很多挥之不去的美好记忆。天安门广场，在我的心目中，永远是最神圣的地方和精神殿堂，是我人生向往和追寻的地方。天安门广场不仅与中国革命和历史紧密相连，与中国人民荣辱与共，休戚相关，还是中国发展的见证者。而我个人的成长道路和生活轨迹，也与天安门广场紧密相连。

1966年12月，少年时代的我未曾想过能实现参观天安门广场的梦想。那年冬天，我从重庆乘坐了两天两夜的火车，途经西安、郑州、石家庄、保定，来到北京。当晚，我在先农坛体育场的学

1 | 2

1. 六十大庆时北京天安门城楼景色
2. 12 岁那年，作者在北京天安门广场留影

生接待站住了一个晚上，第二天由解放军叔叔带领着，乘坐专用军车，前往西单的西四北大街延安路小学。我在那里生活了两个多月，每天都会经过长安街和天安门广场，时常参观人民英雄纪念碑、人民大会堂、故宫、中山公园等。那个时代唱的歌曲《我爱北京天安门》是永恒的经典。在天安门广场，我经历了那个时代最令人激动的场面——见到了敬爱的毛泽东主席和周恩来总理。我还在天安门城楼和人民英雄纪念碑前留下了珍贵的照片。

大学毕业后，我从事编辑工作。1988 年 12 月，我到北京找科学家组稿，时隔 22 年，再次来到天安门广场。此时北京有了地铁，公共交通也发达了。我住在北京站附近的新时代出版社招待所，离天安门广场很近，我经常去天安门广场漫步，感受它的伟大历史。天安门广场是当今世界上最大的广场之一，位于北京市区中心，是中国的象征，是全国各族人民向往的地方。天安门前有一条玉

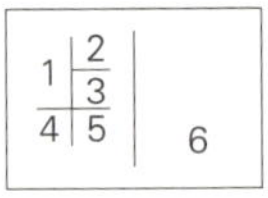

1—3. 五十大庆时北京长安街的夜景
4. 五十大庆时作者在北京天安门城楼前留影
5. 五十大庆时作者与家人在北京长安街留影
6. 六十大庆时北京天安门城楼的夜景

带般的金水河，河上建有 7 座秀丽的汉白玉石桥，城门前后两侧各有一对雕刻精美的华表和石狮。这些精心设计的装饰和天安门融为一体。

1999 年 10 月 1 日，是中华人民共和国成立 50 周年纪念日，为现场感受五十大庆盛典，同时让正在读初中的女儿接受一次现实的爱国主义教育，我们一家人专程去到北京。为了能看到阅兵仪式和游行队伍表演，我们提前 3 个月预订住房，于 9 月 30 日住进北京国际饭店面向长安街的第 12 层楼的房间里。1999 年 10 月 1 日凌晨 3 时，一辆辆军车和坦克，一队队威武的军人，一辆辆游行演出的彩车，一个个整齐的方块队伍，从建国门有秩序地向天安门广场集结。在 10 月 1 日上午 10 点钟开始的阅兵仪式上，我们透过饭店的落地玻璃窗，看到了整个游行队伍和检阅部队，还看到了领袖的风采。当天晚上，刮起大北风，气温骤降，我们在长安街上观看天安门广场上五彩斑斓的焰火，火树银花不夜天，第一次感受到国庆天安门广场礼花的灿烂和绚丽，内心的激动难以形容。

1 | 2 | 3 | 4

1. 六十大庆时天安门广场的“民族团结柱”
2. 六十大庆时的北京天安门城楼
3. 七十大庆时北京长安街的夜景
4. 七十大庆时作者与家人在北京长安街合影

1999年10月2日凌晨3点整，我们就被叫醒了，要去看升国旗。我还以为我们是到得最早的，结果到天安门广场一看，已是人山人海。大概凌晨5点钟，武警国旗护卫队踏着整齐的步伐正步走来。雄壮的国歌奏起，国旗徐徐上升，全场一片寂静，人们不约而同地脱帽、行注目礼，少先队员行队礼。看着随风飘扬的国旗，人们十分激动。时光仿佛倒退，回到1949年10月1日下午那个伟大的时刻。

2009年10月1日，恰逢中华人民共和国成立60周年纪念日，我又来到北京，感受天安门广场的盛典。这天，北京晴空万里，秋风送爽。下午，我坐地铁到达建国门站，然后沿着百花盛开、彩旗招展、灯笼高悬的十里长安街，经过10年前住过的北京国际饭店和北京饭店，漫步到天安门广场一带。沿路没有喧闹的车辆，没有拥挤的人群，宽阔的长安街，明亮高大的建筑，参天入云的雪松，仿佛这是世界上最美丽的大街。六十大庆之日，在长安街的金水桥上，以雄伟的天安门为背景，我与守卫天安门的武警战士合影留念。

我站在 37.94 米高的人民英雄纪念碑前，面对庄严肃穆的毛主席纪念堂，情感油然而生。我们从哪里来？我们中华民族从哪里来？我们从我们近代深痛的苦难中来。我觉得要回答我们从哪里来，我们最好的回答就是由毛泽东主席撰文，周恩来总理书写，刻在北京天安门广场的人民英雄纪念碑上的三句话。第一句话是：“三年以来，在人民解放战争和人民革命中牺牲的人民英雄们永垂不朽！”第二句话是：“三十年以来，在人民解放战争和人民革命中牺牲的人民英雄们永垂不朽！”第三句话是：“由此上溯到一千八百四十年，从那时起，为了反对内外敌人，争取民族独立和人民自由幸福，在历次斗争中牺牲的人民英雄们永垂不朽！”

中国近代民主革命的先行者孙中山先生的巨幅画像矗立在广场中央，与毛主席的画像遥遥相望。夕阳西下，金黄色的太阳从长安街尽头落入西山，给天安门广场和长安街披上了一层金灿灿的光彩。入夜，华灯初上，满载演员和志愿者的一辆辆豪华大巴，从建国门向天安门广场驶去，车厢里的演员不时向我们热情地招手致意。

1 2 3

1—3. 中国共产党成立 100 周年时的北京天安门广场

2019 年 10 月 1 日，为庆祝中华人民共和国成立 70 周年，我再次来到北京天安门广场，感受国家的磅礴伟力，接受心灵的精神洗礼。我拿起手中的相机，按下了快门，记录每一个精彩的历史瞬间。

长安街两侧身穿节日盛装的 10 万游行群众组成一个个方阵，从天安门前通过，向全世界展示其自由生动、欢愉活泼的风采。群众游行方阵中最吸睛的莫过于由 2000 多名孩子组成的“同心追梦”方阵和“青春万岁自行车”方阵。人民军队精神抖擞，这支曾经穿草鞋、拿梭镖走上征途的队伍，现在已经拥有了自己的航母和新一代随身战机，正阔步迈向世界一流军队。4 名上将，2 名中将，100 多名少将，近 15000 名官兵，在天安门广场接受最高领导人的检阅，接受祖国和人民的检阅。蓦然回首，1949 年开国大典，参阅飞机只有 17 架，周总理提议说：“飞机不够，我们就飞两遍。”开国大典上共有 17 架飞机共计 26 架次飞临天安门上空，其中有 9 架飞机都是飞过天安门后立即折返。如今空中梯队已是战鹰列列，七十大庆国庆阅兵式上，编有 59 个方队和联合军乐团，总规模约 1.5

万人，各类型飞机160多架、装备580台套。这次国庆阅兵规模大、装备新，是近几次阅兵中规模最大的一次。回首1999年、2009年、2019年这三次大庆盛典，国家的变化还是非常大的，无论是从阅兵游行的规模还是武器装备的先进性，都能明显地感受到，新时代从富起来到强起来的历史性变革和跨越。新中国用短短几十年的时间走过了西方发达国家几百年的工业化历程，70年前的中国满目疮痍、积贫积弱，今天的中国已经成为世界第二大经济体，是全球经济发展的第一引擎。

这一天，天安门广场上阳光明媚。革命先行者孙中山凝视着天安门广场，他曾经奋力让黑暗的中国走向黎明。开国领袖毛泽东注视着天安门广场，他让沉睡的东方雄狮昂起了头颅。长安街始建于明代，寓意长治久安，回望长安街，它记载着一个国家的

兴衰和曾经有过的悲伤挣扎、奋斗喜悦，也记载着我们浴血奋战得解放、披荆斩棘成大道、砥砺奋进新时代的伟大征程。今天走在中国特色社会主义道路上，我们无比自豪，无比自信。古老的中国、年轻的中国、创新的中国、充满希望的中国，遥远的世界、连通的世界、命运与共的世界，将共同见证中华民族的伟大复兴。

中央广播电视总台的VR直播技术、4K超高清全景直播、5G网络等“黑科技”为全世界电视观众带来了新媒体的全新体验。技术发展不断推动媒介形态变迁，也同时印证了时代的进步与人民生活的美好变迁。2019年国庆的群众游行处处透着自由、生动、欢愉、活泼，不仅出现了街舞、轮滑等体育元素，还设计了许多互动元素。

千年古老的文化，雄伟庄严的建筑，宽敞开阔的长安街，花团锦簇的广场，国庆大阅兵和群众游行，将人们骄傲、自豪、感动的情感凝聚在一起，成为我人生挥之不去的美丽记忆。

一张珍贵的照片　一段难忘的历史

——忆广西日报传媒集团的诞生

2019年深秋，我应邀到广西日报传媒集团宣讲党的十九届四中全会精神。宣讲结束后，我与《广西日报》的同事前往刚刚落成的广西日报社报史馆参观。广西日报社报史馆是报社历史发展的缩影。1949年12月3日，《广西日报》创刊于桂林，次年迁至南宁。新中国见证了《广西日报》的诞生，《广西日报》见证了新中国的成长。广西日报社报史馆呈现了《广西日报》发展史上薪火相传的难忘岁月，展现了一代又一代新闻人用智慧、心血和汗水谱写的生动故事。广西日报社报史馆大堂中央正面是红色背景“毛泽东指示信展示墙”，这是他为办好一张省报写的信，闪耀的烫金大字深深镌刻在宽大而厚重的背景墙上，激励和引领着《广西日报》始终坚持正确的舆论导向，为全区人民，发挥“极大的组织、鼓舞、激励、批判、推动的作用”。

报史馆大厅右侧中间有一张珍贵的照片，这张照片记录了2009年12月22日“广西日报创刊六十周年纪念大会暨广西日报传媒集团揭牌仪式”的精彩瞬间。看到这张照片，我沉浸在一段美好的回忆中。那一年，受广西壮族自治区文化体制改革与产业发展领导小组委派，我担任广西日报传媒集团成立大会会务工作领导小组的总协调，有一段难忘的经历。

2002年12月—2014年2月，我一直担任国家非时政类报刊改革专家组成员、广西壮族自治区文化体制改革与产业发展领导小组办公室副主任、广西新闻出版局产业发展与改革领导小组办公室主任，协助广西壮族自治区党委宣传部开展广西新闻出版改革与产业发展的协调与组织工作。我直接参与了广西日报传媒集团的策划组建、文件起草、体制改革、总体方案、产业结构和财务人事制度改革等过程，并负责将改革事宜向国家新闻出版总署进行汇报，推动了广西日报社的体制改革。

广西日报社的历史性变革，是以广西日报传媒集团成立为契机而实现集约化、公司化、规模化、专业化的跨越式发展。

2009年12月22日，广西日报传媒集团在广西壮族自治区党委礼堂举行揭牌仪式，广西壮族自治区党委书记郭声琨，广西壮

作者与广西日报社领导班子合影

族自治区主席马飚为广西日报传媒集团揭牌，这标志着广西文化体制改革迈出了新步伐。受广西壮族自治区文化体制改革与产业发展领导小组委派，我担任广西日报传媒集团挂牌工作小组组长和成立大会会务工作的总协调。

广西日报传媒集团的成立，走过了一条不平凡的道路。2005年中共中央关于深化文化体制改革的文件下达后，全国新闻出版业的改革如火如荼。截至2009年9月，全国已经成立报业集团49家，仅仅有7家省级党报社（5个少数民族自治区和江西、青海两省）没有成立报业集团，地处西南的广西是其中之一。报业改革成立集团的中央文件下达到各地后，广西壮族自治区党委决定由我担任广西壮族自治区文化体制改革与产业发展领导小组办公室副主任，负责协调推进广西日报社体制改革、成立报业集团的相关事宜，包括有关政策研究、实地考察、文件起草和方案撰写等。根据广西壮族自治区党委副书记、文化体制改革与产业发展领导小组组长陈际瓦的指示精神，在广西壮族自治区党委常委、宣传部部长沈北海的直接领导下，由广西壮族自治区党委宣传部常务副部长崔智友带队，我与广西壮族自治区党委宣传部、新闻出版局、广西日报社的同志，先后到北京、上海、江苏、重庆、辽宁、安徽、山东、湖南等省市进行调研。我们还到中宣部、国家新闻出版总署向有关领导进行专题汇报，得到了领导的大力支持。回到广西后，我们向广西壮族自治区党委领导汇报，得到了充分的肯定和支持。接下来的三年多时间，我们做了大量的前期准备工作，包括分类政策研读、分析广西日报社的现状、起草改革方案、测算改革成本及估算人员分流安置费用等。这期间，广西壮族自治区党委分管领导主持召开了十多次会议，听取广西日报传媒集团改革方案和组建方案，并邀请广西壮族自治区组织部、人社厅、编办、财政厅及税务局等单位的领导同志对方案进行分析和评介，几易其稿，最终在2009年9月将方案报送广西壮族自治区文化体制改革与产业发展领导小组讨论并通过。2009年10月，广西壮族自治区党委常委会专题讨论并原则通过了《关于组建成立广西日报传媒集团方案》。为保证 12 月 22 日揭牌仪式的顺利进行，我被任命为揭牌工作小组组长，负责揭牌仪式的整体方案设计，包括嘉宾邀请、乐队音响安排、座位安排、牌匾制作及行走线路安排等各项工作。

2009 年 12 月 22 日，对广西日报社而言是一个值得永恒记忆的日子。在揭牌仪式上，广西壮族自治区党委书记、国家新闻出版总署的领导分别发表热情洋溢的讲话和致辞。中宣部文化体制改革和发展办公室、中华人民共和国新闻出版总署、新华通讯社、中华全国新闻工作者协会及全国 31 个省（自治区、直辖市）的党报集团分别发来贺信。

广西日报传媒集团的成立，是《广西日报》改革发展的里程碑，是贯彻落实中央关于推动文化体制改革战略决策的重要举措，也是报社深化改革的重大成果。它的成立是整合出版资源，做大做强经营性文化产业，探索市场经济条件下报业运作新模式的有益探索，有利于报业实现集约化、规模化发展。它的成立标志着《广西日报》开始迈入新闻、出版、印刷、广告、影视、文化艺术产权交易等领域，报社进入传媒经营的多元化时代，进入媒体融合的新时代。

《广西日报》作为思想舆论的重要阵地，在实施中央赋予“三大定位”新使命和“五个扎实”工作新要求，加快构建“南向、北联、东融、西合”全方位开放发展新格局，实现“建设壮美广西　共圆复兴梦想”这个总目标的过程中，奋力谱写新时代广西发展新篇章。《广西日报》为广西的发展提供了智力支持与精神动力，创造了良好的舆论环境。同时，《广西日报》也是广西国民经济的重要组成部分，为广西 GDP 的快速稳步增长做出了应有的贡献。

70 年来，《广西日报》坚持贯彻毛泽东同志的重要指示精神，坚持党的新闻工作方针，坚持正确舆论导向，坚持政治家办报，始终做到贴近实际、贴近生活、贴近群众，增强脚力、眼力、脑力、

作者参观广西日报广西云指挥中心

笔力，守正创新做好新闻宣传工作。广西日报传媒集团拥有以《广西日报》为核心的 5 家报纸、3 家刊物、4 家网站，以及一系列由新闻客户端、微博、微信等组成的全媒体传播体系，这是一个利用云计算、大数据、人工智能等技术将广西传统媒体和新兴媒体深度融合的区域性生态级媒体聚合平台。广西云融媒体生态系统是广西日报社“再造一个广西日报”的重大战略支撑，它具有“一个系统、两个接口、三大平台、四种形态、五类产品”。其中，广西云融媒体生态系统可支持 500 家网站进驻，支持 200 个 APP 集中部署，支持 5000 名编辑记者同时在线工作，支持 5000 万以上的日均访问量，支持 50 万人以上同时在线访问，查询的响应速度在秒级以内。广西日报传媒集团致力于构建主流舆论阵地，打造立足广西、连通全国、辐射东盟、走向全球的具有区域性国际影响力的融媒体品牌。

1. 作者参观广西日报社报史馆
2. 作者在广西日报创刊六十周年纪念大会留影
3. 广西日报创刊六十周年纪念大会

70年风雨兼程，70年时间长河，见证了《广西日报》矢志不渝的初心。《广西日报》创刊70年，伴随新中国一起成长、壮大，这背后是一代代或在前线采写，或在后方编发的新闻人在坚守阵地。加速推进媒体融合发展，加快国际传播能力建设，这是《广西日报》新闻人对职责本心的坚守。

广西日报创刊六十周年纪念大会
暨广西
报传媒集团 广西出版传媒集团有限公司揭牌仪式
团结务实 争先创新
区域性国际影响力的传媒集团

广西日报创刊六十周年纪念大会
暨广西日报传媒集团 广西出版传媒集团有限公司揭牌仪式

一座教学大楼　一段历史记忆

每年6月，怒放的荷花是广西大学校园最美丽的景色，在广西大学荷花池畔留影的同学分外多。每年6月是老师们阅读、修改研究生论文最忙碌的时候，也是我在广西大学新闻传播学院教学大楼主持硕士研究生毕业论文答辩的时间。这座大楼是学生们学习知识、积累智慧的殿堂，也是他们要向青葱的学生时代说再见的地方。我从2006年开始担任广西大学硕士研究生导师，每年主持新闻学、传播学等相关专业的硕士研究生毕业论文答辩，到2018年，已整整13年。这期间，我经历了广西大学新闻传播学院从无到有，从申请学术硕士研究生培养资格到申请专业硕士研究生培养资格，从建立国家新闻出版总署西南地区人才培养基地到建立中国－东盟文化产业（传媒）人才培养基地的过程。弹指一挥间，整整13个春秋过去，那些人、那些事、那些情景仍历历在目，点点滴滴的往事涌上心头。

一份部校共建人才培养基地的文件

时光流转回到2006年4月，我担任广西壮族自治区新闻出版局党组副书记、副局长。在局班子的分工中，我分管人事教育工作和新闻报刊工作。那一年，局办公室接到国家新闻出版总署向全国省级新闻出版局发出的通知，请各省局在本省区域内开设有

1|2

1. 国家新闻出版总署西南地区人才培养基地奠基
2. 作者在国家新闻出版总署西南地区人才培养基地成立大会上发言

新闻专业的高等院校中，推荐基础好、师资强、有条件的综合性大学，向总署申请省部（署）共建国家新闻出版人才培养基地。当时，国家新闻出版总署已在南京大学、武汉大学、中国传媒大学等高校设立国家新闻出版人才培养基地。接到此通知后，我向广西壮族自治区党委常委、宣传部部长沈北海当面汇报。沈北海部长当场表示，广西要努力争取与国家新闻出版总署共建国家新闻出版人才培养基地。从此，广西壮族自治区党委宣传部协调新闻出版局、广西大学向国家新闻出版总署申请“国家新闻出版人才培养基地”的相关事宜直至落户，到协调广西大学新闻传播学院新教学大楼的资金筹措、基建完成，到广西大学新闻传播学院从广西大学文化与传播学院独立出来，再到建立中国－东盟文化产业（传媒）人才培养基地……一份改革文件，引发了广西大学10年的变化，促进了广西众多人才的成长。

国家新闻出版总署西南地区人才培养基地的落户

记得是2006年8月，阳国亮同志刚刚调任广西大学党委书记，他到广西大学后的第一次校党政会议就是研究国家新闻出版总署西南地区人才培养基地的事宜。9月的北京秋高气爽，我与阳国亮、

商娜红、岳晓华等同志，带上了广西壮族自治区新闻出版局和广西大学的申报文件、人才基地的方案等材料，向国家新闻出版总署的柳斌杰署长、李东东副署长及人事教育司长孙文科、新闻报刊司长余昌祥等领导汇报，得到了领导的大力支持。至此，申报工作迈出了重要的一步。

经过我们多次到国家新闻出版总署汇报，总署派人到广西大学进行实地考察后，于 2007 年 12 月批准在广西大学设立国家新闻出版总署西南地区人才培养基地，并将这个基地列为中国创新型报业人才培养联盟成员单位。在此基础

1 | 3
2 |

1. 广西大学新闻传播学院成立揭牌
2. 国家新闻出版总署西南地区人才培养基地挂牌后，作者与师生合影
3. 广西大学 90 周年校庆，作者与新闻传播学院的师生合影

上，结合新闻出版“走出去”战略人才培养需求，制订和实施与东盟国家进行国际新闻出版人才培养交流项目的计划。借助于设立国家新闻出版总署西南地区人才培养基地的良好机遇， 2008 年 3 月广西大学正式下文，成立新闻传播学院。

历史终于迎来了这一难忘的时刻——2008 年 6 月 29 日，国家新闻出版总署西南地区人才培养基地落户暨广西大学新闻传播学院成立揭牌仪式在育林楼举办。新闻传播学院迎来了新的发展起点。2009 年 7 月，国家新闻出版总署首个跨地区人才培养基地首开新闻业务研修班——“西部地区地市报新闻采编业务高级研修班”在广西大学开班，这是国家新闻出版总署西南地区人才培养基地落户广西后的第一个研修班。来自四川、云南、贵州、青海、甘肃、陕西、广西、新疆、内蒙古、宁夏、重庆等西部 11 个省区市地市报的 74 位新闻采编人员参加培训。培训班上，我做了“新闻记者的职业精神和职业道德”的授课。几年后，国家新闻出版总署相继多次在广西大学新闻传播学院举办“国家新闻出版总署西部地区地市报新闻采编业务高级研修班”。

规划建设广西大学新闻传播学院教学大楼

国家新闻出版总署西南地区人才培养基地落户广西大学后，广西大学新闻传播学院还没有新的教学大楼和基地大楼，还是与文学院在同一栋育林楼。当时总署批准基地落户的硬件要求之一，就是在 5 年之内广西大学新闻传播学院有独立的教学大楼，有相对优秀的师资队伍。根据政策，建设人才培养基地教学大楼，以地方资金为主，中央适当配套。当时最紧迫的任务是筹集资金和划拨土地。资金主要由广西壮族自治区党委宣传部、新闻出版局负责筹集，广西大学负责人才基地用地的规划报批。广西大学校党委和校行政会议决定，在学苑食堂对面划出一块地，作为人才基地大楼（新闻传播学院大楼）基建用地，大楼一半是人才培养基地，一半是新闻传播学院。从 2009 年开始，经财政厅批准，从广西宣传文化发展专项资金中下拨 1200 万元用于基地大楼的建设（截至 2014 年累计从广西宣传文化发展专项资金中下拨 4000 多万元，用于国家新闻出版总署西南地区人才培养基地和中国 – 东盟文化产业（传媒）人才培养基地的建设）。2014 年，国家新闻

1. 作者在给广西大学新闻传播学院的学生讲课
2. 作者与广西大学党委书记刘正东、新闻传播学院党委书记岳晓华合影
3. 作者与广西大学新闻传播学院副院长吴海荣、陈瑞群教授等人合影
4. 广西大学新闻传播学院大楼

出版总署西南地区人才培养基地教学大楼（广西大学新闻传播学院大楼）正式建成，广西大学新闻传播学院从育林楼正式迁出。

再建中国－东盟文化产业（传媒）人才培养基地

2011 年底，广西壮族自治区党委、政府要求各厅局加强与对口国家部委、广西壮族自治区发展和改革委员会等部门的沟通衔接，落实《国务院关于进一步促进广西经济社会发展的若干意见》的措施与工作方案。我与广西大学新闻传播学院的商娜红院长、岳晓华书记及刘洪、李庆林等学院领导，共同商量建立中国－东盟文化产业（传媒）人才培养基地，以广西壮族自治区的名义起草文件，请求国家新闻出版总署给予政策支持。经过几天几夜的方案策划、发展规划的起草与制定，我们于 2011 年正式向广西壮族自治区发展和改革委员会、国家新闻出版总署提交建立中国－

作者参加广西大学新闻传播学院 2017 级硕士研究生毕业典礼

东盟文化产业（传媒）人才培养基地这一重大项目的建设报告。2012 年 9 月，我与广西大学的领导一同到北京，向国家新闻出版总署党组副书记、副署长蒋建国做专题汇报。蒋建国副署长表示，总署将继续在政策、资金与项目等方面支持中国–东盟文化产业（传媒）人才培养基地的建立，并下文将这个基地落户广西大学。

2013—2014 年，受广西壮族自治区领导委托，我多次来到广西大学，就新闻传播学院大楼基建工作进行调研，推进大楼建设进度。按照规划，大楼共 15 层，总建筑面积为 23000 平方米，分为新闻人才培训中心和新闻传播教学实验中心两大部分。

弹指一挥间，13 年过去了。今天的新闻传播学院已经成为一所底蕴深厚的学院，一所人才荟萃、俊彦辈出的学院。每当我漫步在美丽的校园，走进这座具有标志性的文科教学大楼，许多美丽的回忆就会涌上心头，一种欣慰感油然而生。

婀娜袅袅的六月

六月，荷花怒放，接天莲叶，纤裳玉立，碧水池畔默默香。婀娜袅袅的莲荷，撩着人的情思，这婆娑的美姿，把广西大学校园清冽的碧云湖的湖水映衬得隽秀深沉。微风拂来，莲叶层层叠叠向远处铺展，自深邃秀丽的骨朵中孕育出来的幽香，隐隐地在风中传出很远很远，这是大自然赋予六月最潇洒的灵韵。

作者参加广西大学新闻传播学院硕士研究生毕业典礼

六月，我在广西大学新闻传播学院主持硕士研究生毕业论文答辩。新闻传播学院大楼是学生们学习知识、增长智慧的殿堂，也是要和酸涩的学生时代说再见的地方。从 2006 年开始，到 2018 年，我在广西大学新闻传播学院主持硕士研究生毕业论文答辩已整整 13 年了。弹指一挥间，13 个春秋过去了，那些学生答辩的情景与故事仍历历在目，点点滴滴的往事涌上心头。2018 年 6 月，我再次来到广西大学新闻传播学院，如期而至地成为 2016 级硕士研究生的答辩委员会主席。

1	2	3
		4

1—4. 作者与广西大学新闻传播学院硕士研究生合影

六月，花红叶茂，芬芳争妍的石榴霞光溢彩，预示着收获，预示着成熟！六月，正值青春最旺的时节，一阵夏风吹过，毕业的硕士研究生增添了一笔辉煌，那是丰收的骄傲与喜悦！青春的梦想总是激动人心的，青春的美丽也是光彩多姿的。没有人能够在回首岁月时，忘记青春，忘记六月的点点滴滴。

青春美丽的学生，如六月那般，阳刚，具有火一般的热情，充满了坚强与韧性，又如同那风雨过后荷叶上晶莹的露珠，更显素雅高洁。叶儿飘动流溢的思绪，在蛙声的絮聒里，动人的情怀和创业的故事在续写，这是六月的真谛。六月里，带着一丝期待、一丝忐忑，毕业的学生迈向社会。

六月，是值得被学生记住的时光。六月，毕业聚餐上的欢笑与泪水、答辩时的忐忑与释然，当我宣布获得硕士学位的学生名字的那一刻，他们的心情无比雀跃，因为这意味着他们为在美丽的广西大学学习的三年光阴画下一个圆满的句号。

1—5. 作者与广西大学新闻传播学院硕士研究生合影

1	2	3 / 4
	5	

新闻传播学院2016届毕业生前程似锦，大展宏图！

在如火的六月，他们已经成长。从少不经事、稚嫩、激情澎湃的小青年，变成温文尔雅、落落大方的沉稳青年。感叹岁月如歌，三年的时光如白驹过隙，仿佛昨天才相见，仿佛昨天才说这是一个浪漫的开始，但今天他们都将踏上各自的征程，散落各地。但不管在哪里，我坚信，他们就像那蒲公英的种子，总能找到一片属于自己的天空。新的启程，不负期望，继续加油，前程似锦。

六月，是毕业的季节，有喜悦，有哀伤，有期待，有不舍，五味杂陈……六月，对于研二、研三的学生来说，意味着即将面临实习、答辩或找寻工作，是全新的开始；对我和学生而言，是校园离别的时刻，怀念过去的时刻。与相处了几年的学生道别，心中是痛苦的，是凄凉的。这与炎热的六月有些不相符，但是毕业季却偏偏与六月相惜相守。六月，充满浪漫，充满豪情壮志，也是学生们和酸酸涩涩的学生时代说再见的时候。

六月的热情，六月的活力，渐行渐远的六月。我们虽不能永远停留在六月，但人生有许多个六月，而每个六月再回首时也都是五光十色的。我们需要的是对逝去的六月再回首，然后掉转头，继续向前走，去感受下一个六月的美好！

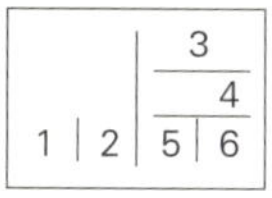

1. 作者与广西大学新闻传播学院硕士研究生合影
2. 作者与 2014 级硕士研究生合影
3—4. 作者与广西大学硕士研究生一起分享新书《中美知识产权争端三十年》
5—6. 广西大学新闻传播学院 2006 级硕士毕业论文答辩

难忘的知青岁月

2019年，是我作为知青上山下乡50周年。50年前，也就是1969年，我作为“老三届”中最小一代知青，刚满15周岁就响应党的号召，主动报名到农村插队，一去就是三年。三年光阴的农村艰苦劳动锻炼和与贫下中农的感情交流，使我真正地对中国农业、农村和农民有了新的认识。这段难忘的农村历程给我留下了特殊的青春记忆，成为日后激励自己不断前行的强大内在动因。

艰辛的岁月，知识的支撑

我是新中国成立之后出生的新一代，我们这一代人是伴随着“五星红旗高高飘扬”和“我们是革命事业的接班人”的时代旋律从幼儿园读到小学，再从小学读到初中的。1968年12月22日，毛主席向全国发出了“知识青年到农村去，接受贫下中农的再教育，很有必要”的伟大号召，这一天刚好是我15周岁生日，我响应党的号

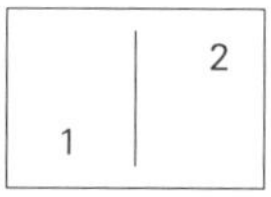

1. 作者下乡前在柳州人民广场留影
2.1966 年 12 月，作者在北京天安门广场人民英雄纪念碑前留影

召，报名去下乡插队。记得出发的那一天是 1969 年 1 月 31 日，柳州下了罕见的鹅毛大雪。我们乘坐大卡车，冒着严寒，背着行装，怀着对毛主席的无限热爱，高唱着“到农村去、到边疆去、到祖国最需要的地方去”，来到了壮族乡村，开始了我们的农村生活。

当时，我在农村生活的常态是：在山坡上放牛，在猪圈里养猪，在水田中种水稻，在旱地里种菜、甘蔗、花生；挖水渠，修水利，上山种植松树，干打垒建房屋；参加文艺宣传队进行文艺会演，走几公里路到大队部和公社去看电影；等等。我经历了人生中的许多第一次：第一次下水田，第一次被蚂蟥咬；第一次在大年三十与贫下中农一起过“革命化春节”，晚饭后翻山越岭走几十公里回家；第一次拉板车运送自己种植的瓜果蔬菜到柳州城区的青云菜市去卖钱……南方的夏天，农村的夏收夏种“双抢”季节，阳光似火，汗水将衣服浸透了，耕牛不够用，知青们就到几十公

里外的太阳村公社借牛。借牛之后，知青们赶着牛群，回到杨柳村，解决了“双抢”季节耕牛少的问题。第二年开春，知青们又沿着原路把牛还回到太阳村公社。在长途跋涉的过程中，有些知青饥饿难忍，就走到附近的柑橘林摘橘子吃，结果被农场值班的工人逮住。看到知青的可怜、无奈和贫困，农场工人的同情心油然而生。事后不久，农场工人还主动送来了橘子给知青。后来知青们和农场的工人成为好朋友。

我所插队的杨柳大队第四生产队是一个非常贫困的小队。在这个生产队中，正常的健壮男子干一天的活也只能挣得 10 个工分，10 个工分是 6 分钱。而我因为年龄小，干一天的活只能挣得 6 个工分，所以我第一年的生活费尚不能自理。还好国家第一年对知青还有一些补助，帮我解决了吃饭的问题。第二年国家对知青的补助就没有了。那个时期国民经济困难，还好我自己适应了农村的生活和劳动，靠种菜和种田挣得的工分，加上生产队分配的一些口粮，基本能养活自己。那时，我们这些知青想回家，但又没有钱乘车，就走到杨柳大队第六生产队，那里有个杨柳煤矿，每天都有从柳州城里来拉煤的汽车往返，汽车司机看到我们这些知青想搭乘顺风车回家，很干脆地让我们上车。那个时代的长途运输汽车，只要看到知青在马路边招手，都会停车，捎带知青回家。这种温暖，是我们这些知青挥之不去的美好记忆。

我们插队时的住宿条件非常艰苦，住在一间农民用来喂牛的牛棚里，地上铺满了稻草，中间隔开分成两个小屋子，里面那间住的是女生，外面这间住的是男生。每天日出而作、日落而息地挣工分，吃的是稀饭、红薯、玉米，常常吃不饱。贫穷是当时全国农村的共同特征，农民最大的问题是吃饭问题。

1. 2002 年春节，作者与家人在当年的知青宿舍前驻足合影
2. 作者在插队时参加文艺演出

杨柳大队有很好的文艺传统，当年在这里插队的一些老师，就是大队文艺骨干。一天的劳作下来，他们仍然能够精力充沛地排练文艺节目。

在农村放牛、养猪、种田、收割庄稼、修水利，是我们知青永远抹不去的回忆。我至今还清楚地记得，由于我到农村插队时年纪很小，我的母亲很担心，她多次借工厂同事的自行车，一个人来回骑四十多公里的路程来看望我。正是艰苦的农村插队生活，使我们这一代人懂得了人生的价值。

蓦然回首，光阴荏苒，时光的年轮已将我们这一批下乡知青送入了暮色之年。无论时光在我们身上留下怎样的沧桑，知青经历，

1 | 2/3

1. 作者与广西大学硕士研究生在杨柳村合影
2. 作者与知青侯隽在天津合影
3. 作者与知青邢燕子夫妇在天津合影

是我们这一代人抹不去的记忆。那个时期的我和其他知青一样，将人生最美好的青春年华奉献给了祖国的边疆和农村。历史翻过了 50 年，今日中国，国家富强，民族振兴，人民幸福。

曾记得，在农村劳动期间一直陪伴我的是两样重要的东西：一是从家里带来的几十部世界名著；二是从 11 岁开始拉的小提琴。书籍是知识，是力量，是文化的源泉，它和小提琴一道给予我心灵的慰藉，是前行的路灯。春夏秋冬，一天劳累的农活之后，每天晚上我便开始了新的生活，读书、拉琴、写日记，年复一年，日复一日，这些积累成为日后我考上大学的重要基础。

1. 作者在当年插队居住的老房子前留影
2. “新农村书屋”揭牌

艰苦的农村生活环境锻炼了知青的忍耐力，促进了知青平实憨厚性格的形成。原始落后的农业操作，让许多原本来自城里，肩不挑担、手不提篮的知青体验到农村生活的艰辛。

艰苦的乡村、纯朴善良的农民让我们这些知青受到了心灵的洗礼，对我们的价值观和人生观起到了深远的影响，并让我们对农村这片热土饱含感情。知青岁月给我们留下了一笔永远的精神财富。对我而言，农村插队生活是我步入社会的第一堂课，也是最重要的实践课。

插队的情怀，知识的回报

2009 年 6 月 13 日，我与柳州市委常委、宣传部部长甘霖，柳北区委书记、沙塘镇的书记一道，为柳州市沙塘镇杨柳村挂上了特别的牌匾——“新农村书屋”，这是柳州首个，也是广西首个由插队知青捐赠的“新农村书屋”。此次赠送的图书共 3500 册，价值 5 万多元。1968 年底至 1971 年，在杨柳村插队的 30 多名知青都参加了当天的捐赠活动。再次回到杨柳村，村民们给我们的感受是热情。进村的路虽然不长，但却悬挂了三条表示村民感激之情的横幅。到了村大队门口，还有舞狮表演，对于我来说，这个阵势只有在过年的时候才有机会见到。

1. “新农村书屋”在杨柳村落户
2. 作者与杨柳村支部书记合影
3. 作者与当年生产队的农民交谈
4. 作者与当年生产队的农民合影

我们首先参观的是刚刚建成的“新农村书屋”。书屋里整齐地排放着各类书籍，很多是关于农业养殖科技、文化、卫生健康方面的书，也有文学名著和各类报纸、期刊。在村支书介绍完村务情况后，村民还为我们表演了他们自编自演的节目，有歌舞、小品、快板等。每个节目都很精彩，或者风趣或者让人感动，即使是传达科普知识也能让人乐开怀。我很惊叹于他们的文化底蕴和表演天分。

村委大院里已经搭好了舞台，下面的座位上也坐满了村里的男女老少。看来村民们把他们优秀的文艺传统一直保留至今。

50年前的杨柳村，与中国大地上的许许多多村庄一样，农作物产量低，农民“面朝黄土背朝天”，每天辛苦劳作却还吃不饱。

但是，杨柳村人有一种乐观的心态，他们能够在困境中坚定信念，寻找属于自己的发展路子，寻找让自己坚定向前的动力。50 年过去了，当年这个贫瘠的小村庄，已经变成柳州市十大美丽乡村之一，成为新时期社会主义新农村的典范。

知青是中国特殊历史发展阶段和特定历史时期的产物。特殊的时代造就了知识青年这一特殊的群体。他们从城市到农村的文化迁徙，从学生到农民的角色嬗变，思想上、生活上、感情上都发生很大变化。

回忆知青故事，抒发知青情怀，珍视知青历史，写了这篇随笔，也算是我对渐行渐远的知青生活的一种怀念。

难忘的冬至节

——《大中华文库》出版工程暨新闻出版走出去先进单位表彰大会记忆

12月22日，每年的这一天对我来说有着特别的含义：其一，这一天是我的生日；其二，这一天很多时候正好是冬至日，而冬至是寒冬腊月的开始，是中华民族的传统节日；其三，1968年12月22日，毛泽东同志向全国人民发出了“知识青年到农村去，接受贫下中农的再教育，很有必要”的伟大号召，这一年全国1000多万知识青年告别了生活的城市，来到了艰苦的农村，开始了人生新的历程，而我也是在这一历史浪潮中，于大雪纷飞的冬天，来到了农村；其四，1971年12月22日，经贫下中农推荐，经过三年农村艰苦锻炼的我成为工人阶级的一员，这一天，我告别了农村的农民生活，来到柳州的一家工厂，成为一名技术工人；其五，2011年12月22日，这一天对我而言，又是一个别样的冬至日。

2011年12月20日，我接到国家新闻出版总署办公厅的会议通知，要求各省新闻出版局领导参加12月22日—23日在北京召开的《大中华文库》出版工程暨新闻出版走出去先进单位表彰大会。接到通知后，我匆匆忙忙收拾好行李，登上了12月22日早晨南宁至北京的第一趟航班。航空公司从我的VIP（会员）信息上知道这一天恰好是我的生日。在飞机上，南航广西分公司客舱部乘务长和乘务员给我送来精美的小蛋糕、点心、热茶和水果，并

1 4. 南方航空公司南宁—北京航班上，乘务长和乘务员一起送上冬至日的问候

给予我美好的生日祝福。上午 11 时 30 分，航班降落在首都机场。冬至的北京，天空湛蓝，阳光从碧空中穿透下来，洒在落了叶的杨树林上。我走在宽阔的长安街上，在雄伟的天安门广场伫立，凝视着街道两侧高大的雪松，仰望着美丽的华表，感受着北京冬日别样的景色。步入庄严的人民大会堂，聆听着中央首长的讲话，我的心中有种别样的感受——中国在崛起，人民已经富裕起来！这个别样的冬至对我而言特别难忘。

1 | 2

1. 作者在人民大会堂东门外广场留影
2. 作者与获奖代表在人民大会堂合影
作者参加表彰大会

出版工程暨新闻出版走出去先进单位表彰大会

1—2. 作者参加表彰大会

站在时代前行的路上，迎着寒冬腊月冷冽的北风，我感慨岁月的沧桑，回忆我独特的人生经历。记得 1969 年的那个冬天，我也是行色匆匆地带上最简陋的行李，乘坐解放牌敞篷汽车，迎着寒风，带着对未来的美好憧憬，来到贫穷的乡村，开始了人生的磨炼。1971 年的冬至，我再次拿着行李，告别黄色的土地，依旧怀着对未来的美好希望，回到离别三年的城市，回到父母的身边，但这一次却是真正有自己的独立生活费用，真正意义上的长大成人了。2011 年的冬至，我也是匆匆忙忙地赶上航班，飞往北京，开始了人生的另一种经历。

如果没有那三年的农村生活，或许我的思想不会如此坚定，身体不会如此强健，毅力不会如此顽强。苦难是人生的财富，磨难是精神的力量。

风情万种的西双版纳

2012年的4月，是一个难以忘却的月份，我应邀到西双版纳参加傣族民族文化节暨傣历1374新年节。西双版纳是我梦寐以求要去的地方。怀着激动不已的心情，在阳光明媚、百花盛开的春天里，我从昆明搭乘东方航空公司的航班，前往西双版纳。一下飞机，我就领略到了西双版纳怡人的景色和热带风情。机场到市区的道路十分宽阔，两侧是高大的椰子树，去宾馆的道路两旁绿

1. 傣族青年
2. 西双版纳的傣族建筑

树成荫、鲜花盛开。西双版纳比我想象中的更美丽。沿途看到傣族小姑娘、小伙子们正在为泼水节做准备工作：购买水盆、水枪、傣族服装、花伞和花鼓等。这是一场盛大的民族传统文化活动。

在我心中，西双版纳是一个很美丽的地方。小时候学习地理、语文，看电影，我就知道在我国的云南有这么一个居住着傣族人民的地方。我记得小时候看过一部电影纪录片，讲述的内容是 20 世纪 60 年代，周恩来总理陪同缅甸领导人来到云南西双版纳州州府景洪市，同各族人民欢度泼水节。

1. 傣族经典的塔式建筑
2. 西双版纳的棕榈树高耸入云

记忆深刻的泼水节

4 月 15 日那天，我身穿傣族服装，与当地群众一道，从市区的中心广场往澜沧江方向走去，一路欣赏傣族的节日盛景。正当我在观察大家的民族服装时，突然感到一阵凉意，有一位阿姨朝我脸上泼了一盆水，我全身水淋淋，吓得不知所措，这位阿姨与她的朋友们哈哈大笑。与我同行的傣族朋友告诉我，泼水节就是要人们互相往身上泼水表示祝福。我也壮起胆子，去井边打来一盆水，"哗啦"一声，把水泼到了这位阿姨的身上，吓得她和她的朋友们尖叫着到处躲，急着去打水要"报仇"，我也赶快又去打水……就这样，我们互相追逐、泼水，笑着、闹着，玩得真高兴呀！时间不知不觉地过去了。

1—3. 西双版纳景洪市澜沧江畔的泼水节活动

傣族泼水节又名“浴佛节”，是傣族的傣历新年，一般在傣历六月中旬（即清明前后十天左右）举行。

每到泼水节，傣族人就穿上节日盛装，挑着清水，先到佛寺浴佛，拿着在附近山上采集来的鲜花和树叶蘸水洒在身上，然后就开始互相泼水，你泼我，我泼你，一朵朵水花在空中绽放，它象征着吉祥、幸福、健康。大家互相泼啊泼，到处是水的洗礼、水的祝福、水的欢歌。朵朵水花伴随着串串笑声，泼水节成了欢乐的海洋。

相传在很久以前，金沙江边有一个聚居在密林深处的傣族村寨，因树林起火，村寨处在被大火吞噬的危难之中。为保护村寨，一个名叫李良的傣家汉子不畏危险，冲出“火网”，从金沙江里挑来一桶桶江水，泼洒山火。经过一天一夜，山火终于被泼灭，村民得救了，李良却因为口渴和劳累过度，倒在了山头上。于是村民打来清水给李良解渴，但他喝了九十九担水也解不了渴。后来，李良一头扑到江中，有人说他变成一条巨龙，顺江而去，也有人说他变成了一棵大树。为了纪念李良，傣族人在每年的农历三月初三，清扫房屋，撒上青松叶，并在选定的江边或井旁，用绿树搭起青棚，棚下撒满厚厚的青松叶，两旁放上盛满水的水槽。午间太阳当顶时，众人穿行于棚下，相互用松枝蘸水洒身，表示对李良的怀念和对新年的祝福。这项活动延续至今，成为傣族人辞旧迎新、传递祝福的节日——泼水节。

泼水节是傣族最隆重的节日，也是云南少数民族节日中影响面最大、参加人数最多的节日。据说，在泼水节中谁被泼水越多，象征着谁最幸福。

赛龙舟是泼水节的一个精彩节目。4 月 15 日那天，我在澜沧江畔观看龙舟竞渡。江上停泊着披绿挂彩的龙船，船上坐着数十名精壮的水手，号令一响，整装待发的龙船像箭一般往前飞去，顿时整条江上，鼓声、锣声、号子声、喝彩声此起彼伏、声声相应，节日的气氛在这里达到了高潮。

1	2	5
3	4	

1—3. 傣历新年，西双版纳举行了精彩的歌舞表演活动
4. 傣族男女青年在芭蕉树下立下海誓山盟
5. 焰火映衬下的傣族建筑

傣族人能歌善舞，泼水节自然少不了舞蹈。大规模的舞蹈表演，如象脚鼓舞和孔雀舞等，主要安排在泼水节的第三天。从七八岁的娃娃到七八十岁的老人，都穿上节日盛装，聚集到村中广场，参加集体舞蹈。象脚鼓舞热情、稳健、潇洒，舞者围成圆圈，合着铓锣、象脚鼓声翩翩起舞，一边跳舞，一边发出“吾、吾”或“水、水”的喝彩声。孔雀舞优美、雅致、抒情，是傣族舞蹈的灵魂，舞蹈动作以孔雀的各种姿态为基础，在趣与美的再创造中，凝聚着傣族人的审美旨趣。此外，还有不少舞蹈是即兴之作。有的舞者边唱边跳，有的甚至还喝起了酒。舞者们沉醉在舞蹈中，狂放不羁，似乎连续跳上几天几夜也不知疲惫。

泼水节还有精彩的演出活动。首先出场的是一群美丽的傣族姑娘，她们跳着优美的舞蹈。我最喜欢看的节目是《千手观音》。舞者穿着金色的裙子，头上戴着各种各样的装饰品，手上戴着金色的长指甲，全身上下在灯光的照射下显得金光闪闪的。她们一个个排着整齐的队伍，一起伸出手，就像一个美丽的观音挥舞着她的一千只手。

入夜，澜沧江畔流光溢彩，人们载歌载舞。“放高升”和放孔明灯是傣族泼水节的传统活动。人们在节前就搭好高射架，以便节日时点燃自制的土火箭，让它尖啸着飞上天空，意为步步高升、风调雨顺，这就是所谓的“放高升”。土火箭飞射得越高越远，人们越觉得光彩、吉祥。午夜，人们又在广场空地上将灯烛点燃，放到自制的大“气球”内，利用热空气的浮力，把一盏盏孔明灯放飞上天。可以说，泼水节是我人生中最难忘却的民族节庆活动。

西双版纳红木文化国
产业园有限公司
Xishuangbanna Redwood Culture International Industrial Park Company Limited

此次西双版纳之行，我还到附近一处古老的傣族寨子去游玩。我乘着三轮车一路向南行驶，穿过稻田、柚子林和椰树林，穿过香蕉园，最后在一个寨子里停了下来。寨子里大多数房子都是木结构傣式民居，墙板和房顶都是黑色的，只有少数人家的是砖房，外面贴了瓷砖。寨子里有许多槟榔树、荔枝树、芒果树和椰子树。家家院子里种满奇花异卉，翠色袭人，果木飘香。一般来说，傣式民居一楼用来养牲畜或堆放木材、杂物，也有些用来停放拖拉机，第二层才住人。

我走到寨子的中心，看到有一户人的院子里人来人往，人们在忙碌着，似乎在操办喜事。我拿着相机走过去，看到男人们杀猪宰羊，女人们剁肉炒菜，忙得不亦乐乎。此外，还有几个穿着鲜艳筒裙的少女围坐着正在聊天。

有不少来自欧洲的旅游者也到寨子里游玩，和当地人一起吃饭、喝酒、唱歌、起舞。我用英语和他们交流，语言上的共鸣引发了瞬间的欢乐。

西双版纳之行是一次人文之旅，它给予我的感受，像是彩云之南春天吹来的一缕清风，让我生机盎然；又像是人生旅途中飘过的一阵清香，久久不散。

1 2|3 4|5

1. 西双版纳的红木文化国际产业园
2—3. 西双版纳“野象谷”
4—5. 作者在西双版纳与傣族人民共庆佳节

神奇美丽的玉龙雪山

玉龙雪山，是那样的神秘与宁静，山头被一群白云围绕着，似乎是被群山拥护为王而获得的荣耀。我曾有三次机会游览玉龙雪山，但是仅有一次看到了玉龙雪山壮丽的景色。

第一次是 2001 年 9 月，我到昆明参加全国图书交易博览会，会议之余，专程到了玉龙雪山。我们乘车到达雪山脚下的观景点，从观景点到索道终点站的海拔接近 4800 米。由于天气不好，云层与大雾很厚，我们没有看到雪山美丽的身姿。

第二次是 2010 年 8 月，同样也是因为天气不好，我虽来到玉龙雪山，但还是没看到她的壮观景色。

第三次是 2012 年 4 月，我参加完傣族节庆活动后，从西双版纳直接乘坐飞机前往丽江。当晚入住丽江一家新建的具有少数民族特色的酒店。第二天上午，我乘坐汽车从丽江古城出发，前往玉龙雪山。在汽车上，我透过车窗隐约看到雪山容貌，白云似雪，雪如白云，分不清哪儿是云，哪儿是雪。车子从丽江行驶约 25 公里后到达玉龙雪山东麓的一个天然草甸牧场甘海子。车停在雪山脚下的观景点，我迫不及待下车，一股冷气迎面而来，我不禁哆嗦了一下。山下全是雾凇，连绵不绝，松下、松间及空旷处的草地上平铺着一层厚厚的白霜。我乘坐环保车来到位于山脚的观光索道的起点，乘坐缆车上山。上山途中，我看到玉龙雪山地区随

作者在玉龙雪山留影

海拔从低到高分布有暖温性河谷灌丛、山地湿性常绿阔叶林、山地落叶阔叶林、暖温性针叶林、山地硬叶栎类林、寒温性针叶林、寒温性灌丛、高山流石滩疏生草甸等多种植被类型。十多分钟后，我到达索道的终点。这里的雪坡上，有一条特意修建供游客攀登的蛇形栈道，从最低处的海拔 4500 米到最高处的 4680 米，绝对高度不足 200 米。人在栈道上攀行，开始倒也不觉得艰难，但没走多远，就感到呼吸有点困难，脚步也变得沉重起来，走不了多远，就要停下来缓口气，待呼吸顺畅后再继续攀行。越往上越艰难，没有强大的体能与坚韧的毅力，是很难爬到终点的。从最终登到

玉龙雪山

栈道最高点仅有寥寥几人就可以看出，有毅力和勇气者毕竟还是少数。我有幸登上海拔 4680 米处，这是我目前登上的最高点。在这里仰望玉龙雪山，13 座山峰横亘排列，连绵起伏，磅礴非凡。天蓝得纤尘不染，雪山上只有几抹轻纱一样的浮云轻烟漫卷着。雪山像美丽、圣洁的女子，静立于蓝天之下，高贵典雅。千年雪山在阳光的照射下熠熠生辉，气势非凡。

玉龙雪山在纳西语中被称为“欧鲁”，意为“天山”，其13座雪峰连绵不绝，宛若一条“巨龙”腾越飞舞，故被称为“玉龙”，因为玉龙雪山的山体主要由石灰岩与玄武岩构成，黑白分明，所以它又被称为“黑白雪山”。玉龙雪山是纳西人的神山，也是传说中纳西族保护神“三多”的化身。玉龙雪山位于青藏高原东南缘，东界丽鸣公路，西临虎跳峡涧，南起玉湖，北至大具下虎跳峡口，雪线高度约4800米。

从雪山上下来后，我来到位于玉龙雪山东麓的甘海子（当地人称“干海子”）。甘海子是一个三面环山的高原草甸，这里原为高山冰蚀湖泊，后因雪线上升、积水减少以至干涸，这就是其被当地人称为“干海子”的缘由。

据说，从甘海子到云杉坪之间有一条山谷，谷内林木森森、清溪长流。为欣赏这一美景，我离开甘海子继续向北走，前行大概五公里，拐过一个弯道，便看到山底下有一条从雪山流出的河水，经此向东流去，原来这就是传说中的白水河。白水河河水清澈见底，两岸绿树葱郁、倒影成趣。白水河是因水的颜色而得名的：其河床、台地由白色大理石、石灰石碎块组成，呈一片灰白色，从而使得从石上流过的水亦呈白色。白水河之水来源于海拔四五千米的冰川雪原融水。雪水从雪山东麓的一条山谷流过，在晴天时，水的颜色是蓝色的，而山谷呈月牙形，远看就像一弯蓝色的月亮镶嵌在玉龙雪山脚下，故得名“蓝月谷”。

1 | 2	3

1. 玉龙雪山的雄姿
2. 屹立在白水河旁的玉龙雪山
3. 甘海子的景色

云杉坪是玉龙雪山东面的一块林间草地，海拔3000米左右，纳西语称为“吾鲁游翠阁”，意为殉情之地。在纳西族聚居地区流传着一部叫《鲁般鲁饶》的叙事长诗，讲述了纳西族青年男女殉情的动人故事。相传，有一对纳西族青年男女在高山上的牧场放牧，他们彼此相亲相爱，但却遭到了父母的反对。为拆散他们，他们的父母就筑起了重重的石墙。为了能在一起，他们推倒石墙，逢水搭桥，一起私逃。男青年朱古羽勒排在半路上被父母叫回，就这样与心上人康美久咪姬分开了。康美久咪姬几次托乌鸦带信给朱古羽勒排，让他来娶她，等来的却是朱古羽勒排父母对她的

1. 从云杉坪遥看玉龙雪山美景
2. 玉龙雪山在白水河中的倒影如幻如梦

诅咒。康美久咪姬在失望之际，仿佛听见殉情女神的呼唤，于是在十二岩子坡吊死。朱古羽勒排赶到时，为时已晚，于是他点燃松柏，与心上人一道殉情，双双进入了天国。

玉龙雪山的景色真是美不胜收，让人流连忘返。每个人，面对美丽的玉龙雪山，都有不同的感触。那是一种大美，美到无需任何修饰，无需任何语言。那白雪皑皑下露出些许岩石的颜色，仿佛是雪山的微笑，温暖着所有凝视她的目光。

一个人的苏州

记得第一次到苏州是20世纪70年代中后期，那个时候人们的生活还不富裕，城市建设相对落后。当我来到苏州，看到苏州古老的石板街道、整齐古典的城市建筑、美丽经典的山水园林、星罗棋布的河流，立刻有来到人间天堂的感觉。

1. 城内水港交错，街衢纵横
2. 苏州老城
3. 亭台楼阁，长廊水榭

第二次到苏州是2001年，我入住苏州会议中心，那是苏州政府的接待宾馆。这一次我来到苏州工业园区参观，新城区笔直宽阔的大道，一望无际的人工湖泊，晚上湖边五彩斑斓的灯光，明亮宽敞的现代化写字楼……无不让人感觉这是长江三角洲最富庶的城市，也是中国最发达的地方之一。苏州不仅有文化，有历史，有山水，有园林，还有发达的经济和浓厚的人文底蕴。

第三次到苏州是2012年3月，我去参加全国报刊管理工作会议。我乘高铁从上海来到苏州，再次入住苏州会议中心。在整个中国城市建设高速发展的时代，到处都是“钢筋水泥森林”，城市建设千城一面，缺乏文化底蕴。这一次来苏州，我再次感受到了苏州园林那种江南水乡特有的小桥流水之美，觉得它就是苏州城市的生命之魂。

三次到苏州的心情和感觉完全是不一样的，这也反映了一个时代的变迁。

2012年3月22日下午，全国报刊管理工作会议结束后，我利用下午参观考察的时间和双休日，在朋友的指引下，一个人来到

1|2 3|4

1. 前街后河，烟雨人家
2. 江南经典园林杰作代表——拙政园
3. 江南水乡美景
4. 园林建筑之美

苏州老城区，欣赏苏州园林建筑之美。古城苏州是著名的江南水乡，城内水港交错，街衢纵横，晚唐诗人杜荀鹤有诗云：“君到姑苏见，人家尽枕河。古宫闲地少，水港小桥多。”在苏州众多的街巷之中，名胜山塘街被称誉为“姑苏第一名街”。究其原因，我想大概有几条：其一，它是一条有1100多年历史的古街；其二，它的格局最具苏州街巷的特点；其三，它与许多名人轶事相关。

从入住的苏州会议中心开车经过新城区的繁华地段，穿过苏州的主干道——干将路，把车放在停车场后，我打着伞，游览老城区。

雨中的老城区特别宁静，老城区保留着“前街后河、河街并行”的格局，漫步在雨中，我能感受到江南水乡三月细雨的细腻和“小桥流水、烟雨人家”的唯美。在雨中，我经过太平天国的忠王府，来到江南经典园林杰作代表——拙政园参观。苏州园林以意境深远、构筑精致、艺术高雅、文化内涵丰富而成为中国古典园林的典范和代表。苏州以园林见长，让人感叹其园艺的巧夺天工与自然精致。以拙政园、留园、网师园、环秀山庄为代表的古典园林于1997年12月被列入世界文化与自然遗产名录。

雨中漫步，感受江南水乡三月的细腻与唯美

这天下午春风细雨、春寒料峭，很多游客放弃了游览园林的计划，只有我一个人在园林中漫步。伫立于亭台楼阁、水榭长廊中，远望园中桃花争艳，茶花怒放，没有城市的喧闹，没有旁人的干扰，只有我在静静欣赏园林之美。两小时的时间转瞬即逝，我拍摄了许多经典的照片。这些照片很有意境，折射出拙政园的江南风情。美景如梦，让人流连忘返。时针指向下午六时，暮色来临，我从拙政园的后门出来，漫步经过古色古香的街道，恰逢华灯初上，金黄色的灯光映照在春雨淅淅的马路上，形成一片灿烂迷人的景象。

晚间，苏州的朋友在苏州老字号——松鹤楼请我吃“苏菜”，席间欣赏著名的苏州评弹。晚饭后，朋友开车把我送到苏州火车站，因为我要乘高铁前往上海虹桥。在高铁上，我回忆着 30 年间三次访问苏州的经历，弹指一挥间，时间像流水一般不断流逝，记忆已经成为历史。

建筑是城市的记忆，老城是历史的灵魂。苏州的老街和园林，正是这座城市的血脉，是她的灵魂，也是她的辉煌历史，更是“天堂”的见证。

梦幻婺源——中国最美丽的乡村

婺源一直是我心中的一个梦，是我心仪已久的世外桃源。三月下旬，我完成了在江西调研和考察“非时政类报刊改革”工作之后，来到了被誉为“中国最美丽的乡村”“中国东部的香格里拉”的婺源，实现了心中的梦想。

1|2 3

1—3. 婺源紫阳镇的徽派建筑

我到达婺源时已是黄昏，夕阳照耀在一片绿色的土地上。看着眼前这些沿着梯田怒放的金灿灿的油菜花、淡淡炊烟笼罩的马头墙、山间梯田抽象的线条、暮色中骑在牛背上的村童、幽静的孤舟野渡……我的内心陡然间安静下来了，心静如水。

婺源是皖、浙、赣三省交界的地方，紫阳镇是地处婺源县的一座千年古镇，是大哲学家、理学家朱熹的故乡。因为朱熹号紫阳，后人为纪念他就把原来的镇名改为紫阳镇。

婺源县以母亲河——星江河新建成的大桥为界，划分为新城区和老城区。新城区建有宽广平坦的文化广场，广场上立有图腾龙柱，两侧是音乐喷泉。广场上还有婺源十位历史名人的雕塑和简介，其中有当代人熟悉的朱熹和詹天佑。晚上我来到星江河边，看到一座极具民族特色的风雨桥横跨东西两岸，桥上的灯笼和五彩灯光把桥打扮得婀娜多姿，桥倒映在江中，绚丽多彩，仿佛一

幅油画。一队来自重庆老年大学的退休老人，由中年校长带领着，兴致勃勃地在江边拍摄夜景。我们在婺源步行街朱子街的老字号特色饭店吃晚餐，感受婺源的特色菜，有粉蒸肉、荷包红鲤鱼、糯米蒸肉丝香菇、熏腊肉炒蒜苗竹笋等，喝婺源酿造的浓香型美酒清华婺。纯粹的中国生态米酒，每一滴都是绿色的精华，每一滴都飘溢着浓郁的陈香。我们尽情地享受着没有污染的水、空气与粮食，远离了城市的尘嚣，我们沉醉在婺源美丽的夜色之中。

1—2. 金灿灿的油菜花

第二天拂晓，鸡鸣声四起，太阳从郁郁葱葱的山岭上升起，我看着碧波荡漾的湖泊，微风吹拂着我的脸庞，让我感觉到春天的温暖。这一天恰好是春分时节，春风和煦，星江河两岸梯田上的油菜花正怒放着，金灿灿的一片，白墙黑瓦的徽派建筑映衬在其中……古镇中的小桥、碧波，水边的洗衣姑娘、晾晒的青菜，河岸的木楼亭台、吊挂的腊肉、削甜蔗的男子、头戴油菜花的孩童、幸福喜悦的情侣、享受天伦之乐的祖孙，构成世间一幅幅美丽的画卷。

1 | 2 | 3

1—3. 婺源美景

婺源有着众多的古村落，值得细细一品。

迎着早晨的太阳，我们慢慢地走进汪口古村落，触摸着古老的徽派建筑，任精美的“三雕”艺术质感从指间传递到心间，微眯着眼辨认俞氏宗祠的精雕细刻；沿着深幽的青石小巷，慢慢地走过沧桑的老街，听古老的建筑细细叙述婺源那悠久深远的历史……

李坑村是一个以李姓聚居为主的古村落，村落中间是一条不宽的河，街道就建在河的两边，居民大多面水而居，形成“水街”模式。河水清澈见底，漂浮的水草、欢快的鱼群、光滑的鹅卵石、浅水边洗衣服的大婶及戏水的小孩子等，真像是一幅游动的画卷。在窄窄街道的边上有许多店铺，店铺里悬挂着各式各样的工艺品。虽然村民们做的都是些小生意，并不是很富裕，但每个人脸上都挂着笑容。在李坑村，主要的交通工具是木排船，每隔几米就有一座桥横在水面上，颇有“东方水城威尼斯”的韵味。

婺源之美，美在田园。走到江岭，我看到梯田上层层叠叠的油菜花与远山、近水、粉墙、黛瓦相映成趣，构成一幅美不胜收的画卷。置身其间，我感受到从视觉到心灵的极度震撼。古老的廊桥、“呀呀”转动的水车，伴着潺潺的流水、婉转的鸟鸣，我们静静走在木板桥上，宛若漫步在童年梦境中。傍晚时刻，我们从山岭走下来，山岭下的村落里飘起几缕炊烟，很多供游人拍摄的模特伫立在金灿灿的油菜花中，宛若天人合一的画卷，成为永恒的风景，定格在心底。

阳春三月，春风和煦，婺源就像一个妩媚的女子，亭亭玉立，迎来了生命中最好的时节。人们说婺源有五色：黄色的油菜花，红色的荷包鲤鱼，白色的江湾雪梨，绿色的云雾茶，黑色的歙县砚台。婺源因其五彩缤纷的田园风光、淳朴厚重的古村文化、诗情画意的山水风情而被誉为“中国最美丽的乡村”。

武汉的春天

武汉的春天

春天是永远关不住的，阳春三月的武汉春光明媚，繁花似锦的唯美画卷，在微风荡漾中徐徐展开。在春暖花开的时节，疫情形势逐渐好转，武汉的春天来了，熟悉的武汉又将回来了。

1 | 2 3

1—2. 武汉黄鹤楼雄姿
3. 武汉大学樱花盛开

武汉是我读硕士研究生的地方，从毕业至今，江城武汉，是我每年都会来一次的城市，或是出差，或是开会。那里有我思念的老师、同学、朋友、同事和老乡。武汉，对我而言，更近乎一种情怀，一种对逝去青春无比怀念的情结。

长江大桥的雄姿，繁忙的轮渡，长江边的汽笛，江汉关的钟楼，鲜花盛开的江滩大道，烟波渺渺的东湖水岸，晨曦照耀下的黄鹤楼，樱花绽放的武汉大学校园，这一切在我的脑海中有挥之不去的美好印象。在汉口老街穿梭，尝一份热干面、点一道武昌鱼，感受武汉人的热情与豪情，对我来说，无比惬意。

荆楚文化的重要发祥地、占据“九省通衢”位置的武汉，是不少文人墨客驻足的地方。“晴川历历汉阳树，芳草萋萋鹦鹉洲。”唐诗宋词点缀着这座古老的江城。在近代，这样一座城市更是敢为人先，打响了武昌首义的枪声。中华人民共和国成立后，武汉的面貌焕然一新。万里长江的第一桥、第一隧都出现在武汉。安静的武汉，像经历了寒冬的樱花一样，正积攒着力量。

疫情形势逐渐好转，武汉的樱花也开了，这座被按下“暂停键”的城市正在恢复生机。武汉这座英雄的城市给人们留下太多难忘的记忆。久违了，武汉的樱花，带着对春天的守望，如期而至……从来没有哪一个春天，让我们如此心怀期待。 春天会迟到，但不会缺席。等到了久别重逢的樱花，安然无恙的你、喧闹如初的城，不会太远了。

武汉的春天，樱花在绽放着。樱花之灿烂，带来了生命旺盛的信念。冬天从这里夺去的，春天会交还给你。能够经历这样考验的城市，是充满希望的城市。这是一座英雄城市，勇敢而顽强！

期待那一天，在樱花树下重逢！

1—2. 武汉大学盛开的樱花
3. 武汉东湖的屈原雕像

台北故宫博物院

早晨起床拉开窗帘，一缕阳光从窗外透进来，向天上望去，蓝色的天空飘着几朵白云，我们洗漱完后上到奇峰楼 11 层餐厅用餐。用过早餐后，我们上车前往台北故宫博物院参观。行车大约 30 分钟，远远就看见一栋碧瓦黄墙的建筑，这便是台北故宫博物院。台北故宫博物院坐落在台湾省台北市士林区外双溪，背靠青山，外观采用中国宫廷式建筑设计形式，风格清丽典雅。整体建筑群具有中国传统建筑特色，主次分明，强调对称，中间为主楼，两边是对称的一对配楼。博物院前面是个平台广场，广场两面是对称的角楼。

1. 台北故宫博物院的主体建筑
2. 台北故宫博物院的牌坊

我们在灿烂的阳光下拾级而上，先是经过一座牌坊，上面有孙中山先生书写的“天下为公”牌匾；又经过99级台阶，来到宽阔的小广场，两侧的花坪边上树立着白色的花岗岩大理石华表，沿着两侧的白玉台阶上到了台北故宫博物院的正门。台北故宫博物院占地总面积约16公顷，依山傍水，气势宏伟。

台北故宫博物院的主体建筑分为四层：第一层是办公室、图书馆、演讲厅；第二层展览书画、铜器、瓷器、侯家庄墓园模型及墓中出土文物等；第三层陈列书画、玉器、法器、雕刻及文献、碑帖、织绣等；第四层为各种专题特展。在第三层后面建有一座26米长的走廊直通位于山腹的山洞，洞内有3个拱形洞，每个拱形洞长 180 米，高、宽均为 3.6 米，分隔成许多小库房，中间为通道，分类收藏着各种文物。文物主要有书画、铜器、瓷器、玉器、漆器、珐琅、雕刻、文具、文献及其他工艺品。目前台北故宫博物院约有 60 万件文物。从陈列室出来，一楼大厅左侧是供游客购买台北故宫博物院纪念品的地方，纪念品有书籍、绘画作品、邮票、文房四宝、真丝围巾、钥匙扣和手机链等。

重新装修过的台北故宫博物院，格局和色彩都做了调整，展示的文物珍贵无比。

台北故宫博物院收藏的翠玉白菜和肉形石是镇馆之宝。在灯光照耀下，翠玉白菜根白叶绿，根上还有几条尾须，绿色菜叶舒卷，犹如刚刚采摘下来，晶莹无瑕，栩栩如生，令人喜爱。这时，一个导游向我们述说这个翠玉白菜的来历，它是清朝晚期一个王爷送给女儿的嫁妆，是从一个假山盆景上拆卸下来的一个小附着物件。在同一个展柜同一展台的另一面，展示的则是肉形石，它犹如刚炖好出锅的五花肉，肥瘦相间，似乎在散发着诱人的香味。

1. 汉代青铜鼎
2. 台北故宫博物院的汉白玉栏杆

台北故宫博物院收藏有中国清朝政府与外国列强签订的一系列不平等条约的原件，如《马关条约》《北京条约》《南京条约》《望厦条约》《瑷珲条约》等，还有第二次世界大战结束后日本签署的侵华的投降书原件和当时拍摄的照片。

台北故宫博物院收藏的珍品中，有甲骨档案2万多片，该院收藏的甲骨档案数量位居世界甲骨收藏机构的第二位；瓷器2万多件，包括原始陶器到明清瓷器，该院的中国古代瓷器是全世界各博物馆中最多的；铜器1万多件，包括历代钱币，还有商周到春秋战国时期的青铜器4300多件，如商代蟠龙纹盘、西周毛公鼎、战国牺尊等；玉器5万多件，其中有著名的新石器时代的玉璧、玉圭、玉璜以及闻名海内外的翠玉白菜等；书画真迹近1万件，包括王羲之的《快雪时晴帖》、黄公望的《富春山居图》后部长卷、怀素的《自叙帖》、颜真卿的《刘中使帖》和苏东坡的《寒食帖》等；善本古籍近2万册；明清档案文献近40万件，其中有清朝历代皇帝的朱批奏折、军机处档案、史馆档案等。

1. 台北故宫博物院大厅中的孙中山先生雕像
2. 编钟
3. 翠玉白菜
4. 肉形石
5. 台北故宫博物院右边的建筑

台北故宫博物院的藏品包括清代北京故宫、沈阳故宫和热河行宫等处旧藏之精华，以及海内外各界人士捐赠的文物精品，数量众多。因场地有限，除部分藏品常设展览外，珍品大多轮换展出。

台北故宫博物院是中国著名的历史与文化艺术史博物馆。我伫立在院前大眺台上观瞻台北故宫博物院，其气势十分宏伟。我站在台北故宫博物院的主体建筑前极目远眺，感慨万千。中国历史与文化艺术之博大精深、源远流长，令人感叹。

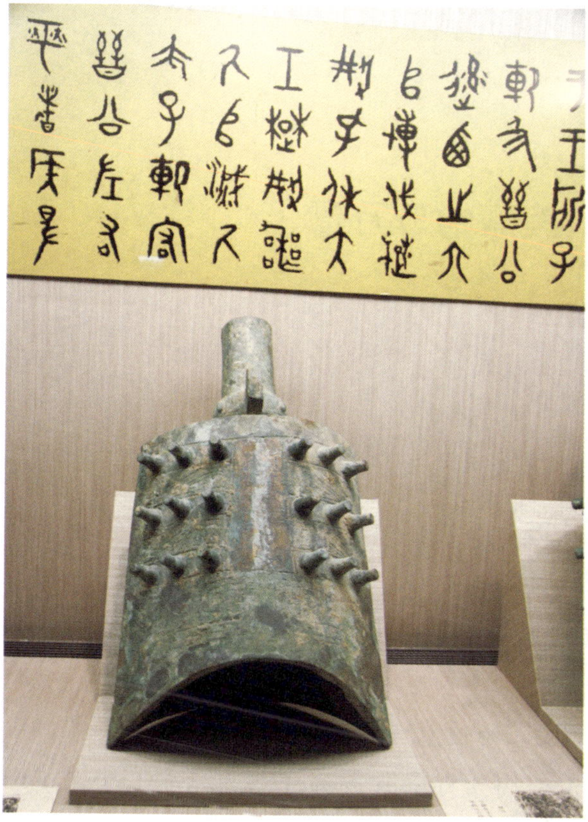

美丽的日月潭

早晨，阳光从窗外透入，我在西餐厅用过早餐后，乘车前往日月潭风景区。在去日月潭的途中，我还参观了涵碧楼纪念馆，这是蒋介石撤退台湾后在日月潭休息期间会见重要宾客的地方。

日月潭位于台湾中部的南投县，南投县虽不靠海，但拥有全台湾最大的淡水湖泊，所以历史上有人称日月潭为“海仔”或“水社海仔”。人们惯以拉鲁岛为界来欣赏日月潭的风光，北半湖形如圆日、南半湖状似月钩，因而得名日月潭。

当车开到日月潭码头时，阳光透过薄雾，映照在碧绿的湖水、苍翠的青山及盛开的凤凰花上。沿着30多公里的环湖公路而行，我看到了文字作品中所描述的日月潭的美丽景色。日月潭四周环山，山和潭水层层相叠，营造出清晨的山峦、黄昏的夕阳及雨后的彩虹等如梦似幻的经典景致。望向潭中，拉鲁岛、游艇点缀其间，增添日月潭如诗画般的意境。日月潭的水社码头、德化社码头、朝雾码头和玄光寺码头是公用码头，可以乘船。我们从朝雾码头上船，游湖一个多小时，再从玄光寺码头上岸。

日月潭之美在于环湖重峦叠嶂，湖面辽阔，潭水澄澈。日月潭上的拉鲁岛因日月潭蓄水，将周围田地淹没，而呈现出小岛的样子。日月潭因地震稍有损毁的部分，现已经完全修复，往昔的美丽呈现在眼前。

湖边有野芭蕉，有生长茂盛的竹林和灌木丛林，有供人漫步的木栈道，还有成片的槟榔树林。路边的紫色、红色、黄色的野花在灿烂地开放。日月潭的风光是那么迷人，湖水清澈，在微风吹拂下，小船随波荡漾。从日月潭旁边的山上下来，远处可看到浊溪河，河水颜色较黑，石头裸露。

相传，日月潭的发现归功于一只神鹿。300年前，当地部落有40个人集体出猎，他们发现一只体型巨大的白鹿窜向西北，于是尾随追踪。他们追了三天三夜，白鹿在高山密林中失去踪影。他们又在山中搜了三天三夜。终于，他们越过山林，只见千峰万岭、翠绿森林的重重围拥之中，一潭澄碧湖水正在晴日下静静地闪耀着光芒，就像纯洁的婴儿甜蜜地偎依在母亲怀中酣睡。他们还发现，碧水中有个树林茂密的圆形小岛，把大湖分为两半：一半圆如太阳，其水呈赤色；

1—2. 日月潭风光

1 2 | 3 4 5 6

1—5. 日月潭风光
6. 玄光寺

一半曲如新月，其水澄碧。于是他们把大湖称为“日月潭”，把小岛叫作“珠仔岛”。他们发现这里水足土沃，森林茂密，宜耕宜狩，于是决定迁居此地。

日月潭是很多人心中向往的风景胜地。我第一次到日月潭是 1997 年 8 月，那次是乘小木船进入湖中，没有机会到达对岸。之后，我又于 2011 年、2013 年和 2015 年分别去过 3 次。美丽的日月潭给我留下了深刻的印象，她的传说不知令多少人为之动容，为之写下多少美丽的篇章。日月潭已成为台湾的一张靓丽的风景名片。

永恒的人生记忆

绿城南宁，盛夏如火。2012年8月4日，这一天晚上华灯灿烂，我的女儿黄宇蓝和女婿杨阳在南宁的西园饭店举办婚礼。在这难忘的时刻，我和夫人一道，诚挚地感谢我的老师马庆生博士及其夫人，感谢女儿的老师——北京大学许智宏教授发来热情洋溢的讲话视频，衷心感谢莅临婚礼现场的各位领导、同学、同事及亲人和好友，一起来见证和分享我女儿和女婿的幸福时光，祝福他们走上人生的幸福之路。

这一天晚上，我在女儿和女婿的婚礼仪式上，见证女儿的重要人生转折，这也是我人生的重要时刻，内心有些难以名状的激动和感慨。女婿生长在云南曲靖，女儿生长在广西南宁，二人同饮一江水，同生长在珠江流域。

1—2. 美丽的新娘
3. 新郎新娘共捧鲜花
4. 新郎新娘的同学们前来祝福

1-5. 婚礼现场

生活在珠江流域的云南人和广西人，有着共同的文化基础、历史的渊源及相近的生活习俗与语言。

曲靖是云南的第二大城市，历史上也曾经被称为“南宁”，是珠江的源头。他们生长在西南，相遇在北大，正如他们的名字（杨阳和宇蓝）所隐喻的那样，阳光与蓝天相约，这是难得的缘分。

广西、云南同属边疆少数民族地区，这两个地区民风淳朴，人民热情友善、勤劳智慧。这是两个人爱情的基础和人生观形成的社会环境。希望女儿、女婿在人生道路上能够相互关爱，孝敬父母，兢兢业业工作，热爱事业，尊重同事，关心朋友。家庭是幸福的港湾，和睦是幸福的基础，只有风雨同舟，肝胆相照，方可执子之手，与子偕老。

由于历史的原因，云南和广西的经济和文化，特别是基础教育和高等教育相对落后。所以，女儿和女婿能从西南边陲考上北大，实属不易，除了自身的努力之外，更重要的是得到了各位领导、老师同学、亲朋好友的真诚帮助，精心教诲和热情关怀。我们有一颗感恩的心，这份恩情永远铭记于心！

女儿和女婿相识于在北大校办做学生助理的时期，相知于学生的黄金时代，相爱于毕业前夕。让父母最感动的是他俩的爱情历程。2008 年，女儿在北大攻读研究生，女婿在西藏支教一年；2009 年，女儿在英国留学，女婿在北大读研究生；2010 年，女儿在北大工作期间，女婿又在广州实习一年。冬去春来，从伦敦到北京，从西藏到广州，二人终于重逢于北京。整整三年的人生路程，女儿和女婿感受了爱情的炽热，经历了远离的思念，希望他俩在今后的生活道路上做到“四个珍”，让爱情如同珍珠那么纯洁。

珍惜：幸福的生活。

珍爱：感情的世界。

珍藏：爱情的记忆。

珍视：彼此的心灵。

1. 新娘的父母与新郎新娘在家里
2. 新娘的奶奶（中）参加婚礼仪式
3. 新郎与新娘：执子之手，与子偕老

夫妻是生活中的伴侣，事业中的参谋，家庭中的支持，情感中的港湾。夫妻之间有神圣的责任！

最后，再次感谢出席我女儿和女婿婚礼的各位领导、各位嘉宾、各位同学、各位朋友和各位亲人！

第三辑

国外篇

·亚洲·

加德满都——一个满城都是寺庙的城市

历史遗产之城——加德满都

加德满都是尼泊尔的首都，位于举世瞩目的喜马拉雅山脉南麓，海拔约1400米。加德满都有一个有趣的传说。相传，在远古时代，加德满都河谷有一个巨大的龙潭湖，人们栖息在河谷两旁的高山上，交通十分不便。有一天，中国五台山的文殊菩萨路经这里，得知百姓疾苦，于是大发善心，挥起神剑，劈开大山。湖水沿峡谷倾泻而出，形成了富饶的谷地。

1 | 2

1. 苏瓦扬布塔旁边的佛像
2. 加德满都杜巴广场的寺庙

于是，百姓欢天喜地，来到谷地修建房屋，定居下来，形成城市，便是如今的加德满都。尼泊尔拥有多座海拔超过 8000 米的世界级高峰，也包含多种文化，佛祖诞生于此，印度教在此发展，藏传佛教在此融合。多种迥异文化的共存，让加德满都充满了无限魅力。

寺庙之城

从印度新德里国际机场起飞，大约飞行一个半小时后，就到达了尼泊尔首都加德满都的特里布万国际机场，这是加德满都唯一的国际机场。

到达尼泊尔，走进加德满都，完全可以用“屋有多少，庙有多少；人有多少，神有多少”来形容这个城市。的确，城中找不到一条没有神庙或神龛的街巷。嗡嗡作响的各种老式车辆从大街小巷精致的木窗前掠过，商铺、饭店、旅馆开始变得热闹、喧嚣。

加德满都市内名胜古迹众多，如故宫哈努曼多卡宫、新宫纳拉扬希蒂宫、中央政府大厦狮宫、比姆森塔、烈士纪念碑等。城内印度教、佛教寺院更比比皆是，形成“庙宇多如住宅，佛像多如居民”的景象，如古赫什瓦里庙、贾格纳特寺、太后庙、湿婆神庙、塔莱珠女神庙、三界魔力寺、湿婆帕尔瓦蒂庙、文艺女神庙、黑天神庙、斯瓦扬布纳特寺等，它们有的以庙前鎏金铜狮驰名，有的以庙内精美的木刻神像著称。加德满都城内的庙宇、佛堂、经塔、神像等富有珍贵的历史文化价值，文物种类繁多，难于准确计数。1980年，加德满都被联合国教科文组织列为亚洲重点保护的18座古城之一。

老皇宫和杜巴广场是我们到达加德满都参观的第一站。杜巴，即皇宫。杜巴广场是君主制存在时国王加冕的地方。作为世界文化遗产的杜巴广场并没有被围起来，也没有限制性标记，它们就

1. 巴德岗杜巴广场的建筑
2. 寺庙里的和尚

是尼泊尔人生活的一部分。热情友好的尼泊尔人告诉我们，他们有 3 个杜巴广场：加德满都、巴德岗、帕坦。

加德满都老城区的杜巴广场集中了加德满都古代建筑的精华，大多为 16—19 世纪的建筑，也有少部分 12 世纪的建筑。我们沿途来到了独木庙，这是加德满都标志性的庙宇建筑。从独木庙向东北方向走，便是木质结构的老皇宫，规模不大。老皇宫外面有一座巨大的神像，它是印度教湿婆神愤怒的化身。这里是欧洲、亚洲的游客集中的地方。他们手拿相机，有选择地对庙宇，苦行僧，尼泊尔的儿童、妇女和老年人进行拍摄，作为旅游的第一手资料。独木庙的对面有一座现代化的，有巴洛克式罗马柱的典型西方大型建筑，外观呈乳白色，在冬日的照耀下，显得雍容华贵。

巴德岗杜巴广场被誉为“中世纪尼泊尔艺术的精华和宝库”，四周全是形形色色的古老庙宇和老房子建筑。王朝的王宫，有许多各具艺术特色的宫殿、庭院、寺庙、雕像等，因其精美的铜铸和木雕艺术而闻名，是罕见的艺术珍品。很多去过巴德岗杜巴广场的人们很喜欢这里。人们到了巴德岗，总会多停留一些时光，在这个没有酒吧的安静小镇里沉浸自己。尽管这里的很多房屋在经过岁月的磨砺后，显露出繁华落尽的感觉，但寻常百姓家墙壁上那些精美绝伦的木雕窗，以及在广场上悠闲地沐浴着暖阳的民众，让人觉得此处确实是精致与悠闲并存。

从巴德岗杜巴广场出来后，我们来到帕坦杜巴广场，这里是人们夜里撒欢的地方。平心而论，比起帕坦杜巴广场，可能人们会更喜欢巴德岗杜巴广场，但我却前前后后来了两次帕坦杜巴广场。如果说加德满都的杜巴广场像咖啡，味道最为浓厚久远，那么巴德岗的杜巴广场就像矿泉水，朴实地存在却意义非凡，而帕坦的杜巴广场应是一杯大红袍，给参观后的人们留下了一段醇香的回忆。

城市印象

在加德满都期间，应尼泊尔首相柯伊拉腊的邀请，我们到首相官邸访问拜会，由中国驻尼泊尔大使孙和平、尼泊尔编辑学会会长陪同参加会见。

精致的首相官邸会见大厅里，国王画像对着大门入口，入口处正上方挂着一幅夕阳下的珠穆朗玛峰的美丽油画，两侧是尼泊尔人民在河中沐浴洗礼的油画，还有一幅现代派的抽象画。这说明了首相热爱国家和人民，热爱生活。会见大厅的地毯工艺精细，色彩艳丽，背景图案是尼泊尔的树木，极具民族特色。

尼泊尔首相柯伊拉腊是一位老政治家，曾多次访问中国，他和他的哥哥在尼泊尔一道推动了尼泊尔的政治改革。在会见中，他反复强调不让反华势力在尼泊尔进行分裂活动，不支持分裂中国的行为，坚持一个中国原则，坚持台湾是中国的一部分，不支持西藏分裂和独立。

1 作者与尼泊尔议长内姆旺合影
2. 作者与中国驻尼泊尔大使孙和平合影
3. 加德满都的小学生
4. 帕坦博物馆前的中学生

从首相官邸出来后，我们来到尼泊尔议长官邸，拜访议长内姆旺。尼泊尔议会大楼十分古典，是全世界唯一一栋全木质结构的议会大厦。会见厅在一座平房，外面是花圃。内姆旺议长走到大厅门口来迎接我们。他身穿黄色衬衣、黑色的西服，头上戴着尼泊尔国帽。

帕坦杜巴广场的寺庙

会见厅内，左前方是一幅尼泊尔的彩色地图，右边是尼泊尔的古代象形文字，还有一幅反映尼泊尔王宫和历代著名政治人物的画像。宾主的座位后面有一面巨大的镜子，镶嵌在檀香木雕上。地上铺着深蓝色的地毯，顶部装着普通的嵌入式日光灯，没有豪华的装饰和华贵的办公家具，反映了议长的平民作风。工作人员给每个人送上一杯咖啡，咖啡用淡绿色的杯子盛着，散发着清香。

内姆旺议长很谦和，我们就中国与尼泊尔两国文化与编辑出版交流合作进行广泛交谈。

接着，我们来到了尼泊尔国家政府大厦，拜会了尼泊尔信息与通信部部长巴杜。巴杜部长感谢中国政府给予尼泊尔电视台一个频道的支持，但它仅仅能覆盖城市。他希望中方继续给予支持，使电视频道能覆盖农村。

尼泊尔的冬日里，整个加德满都谷地都沐浴在一片阳光之中。早晨从住处的窗户向外看去，城市里古老的建筑和低矮的民房混杂在一起，周围是一片高山，山坡上还有不少的树木。

漫步在加德满都的小巷，全是物美价廉的手工艺品商店，出售挂毯、披肩、围巾、廓尔喀弯刀、木雕、铜器、银器、项链、戒指、耳环、手镯、佛珠等，还有各种喜马拉雅山脉风光的油画和老王宫、著名神庙的明信片。这些商店的店员热情地介绍店里的特色产品。尼泊尔的纱丽和布料很漂亮，图案精美，织缀金丝，价格十分昂贵。这些小街小巷的房子都是两至三层的，房子外面没有手机等电子产品的广告。在这些相对贫穷的国家，仍有一些人是比较富有的。在拥挤的城市中心，这些富人盖起了豪华的庭院别墅，其外观和装修丝毫不比西方发达国家的逊色。

1. 世界文化遗产——斯瓦扬布纳特寺佛塔
2. 杜巴广场的中世纪建筑
3. 杜巴广场被誉为“中世纪尼泊尔艺术的精华和宝库”
4. 雄伟的珠穆朗玛峰

斯瓦扬布纳特寺和博达哈大佛塔

我们在加德满都的最后一天参观了世界文化遗产——斯瓦扬布纳特寺，又称“四眼天神庙”。因为这里栖息着数百只由僧侣定时喂养的猴子，所以又叫“猴庙”。

斯瓦扬布纳特寺的主体建筑是一座巨型的舍利塔。基座第一层为圆形，象征“地”；第二层为方形，象征“气”；第三层为三角形，象征“水”；第四层为伞形，象征“火”；第五层为螺旋形，象征“生命”。塔体为方座尖顶，金碧辉煌。塔身四面各绘一双尼泊尔神眼。塔锥为十三层镀金轮环，表示十三种层次的知识，这是通生涅槃的途径，塔顶伞盖尖顶处嵌着一颗巨大的宝石，代表涅槃。

站在斯瓦扬布纳特寺上俯瞰加德满都全景是一种享受，当日晴空万里，到落日时分，我们还看到了喜马拉雅山脉，辉煌灿烂，景象迷人。

当天，我们还参观了加德满都的博达哈大佛塔，它是世界上最大的圆佛塔，也是世界文化遗产，人们可以在这里接受心灵的洗礼。佛塔上巨大的神眼俯视着加德满都河谷，三层八角形平台衬托出磅礴宏大的气势。佛塔外圈环绕着许多出售唐卡、藏毯、面具、藏刀、首饰等手工艺品的店铺，还有一些天台餐厅，供游客一面欣赏风景，一面享受美食。由于坐落在中国西藏与尼泊尔通商的要道上，博达哈大佛塔一带成为尼泊尔藏传佛教的重要圣地。环墙外壁有 147 个凹进去的壁龛，内悬挂经轮和 108 个打坐的神佛像。信徒祈祷时，一边转动经轮，一边拨数念珠或背诵经文。

加德满都这座城市给予人们太多的包容与感动，它教会人们学会感恩，学会宽容。它告诉人们：人在短暂的一生中，快乐比一切都重要。

Karaköy
Kabataş
Beşiktaş
Sirkeci
Sultanahmet
Sahilyolu

西亚古都——伊斯坦布尔

《伊斯坦布尔：一座城市的记忆》是2006年诺贝尔文学奖获得者奥尔罕·帕慕克的自传作品，它书写的是个人的历史，更是一座城市的忧伤。对帕慕克而言，伊斯坦布尔一直是一座充满帝国遗迹的城市。帕慕克以独特的历史感与擅于描写的杰出天分，重访家族秘史，发掘旧地往事的脉络，拼贴出当代伊斯坦布尔的城市生活。这一次，我跟随帕慕克的成长记忆，认识传统和现代并存的城市历史，感受土耳其文明的忧伤。

蓝色清真寺

1. 俯瞰伊斯坦布尔
2—3. 圣索菲亚大教堂
4. 中心广场的方尖碑

一

伊斯坦布尔是世界上唯一地跨两大洲的传奇城市。到达土耳其，第一站当然要去伊斯坦布尔。不仅因为这座城市在美国《国家地理》杂志“一生要去的 50 个地方”中排名第二，也不仅因为它横跨欧亚大陆，是东西方文化的交汇点，单凭它与罗马帝国同岁，就足以吸引我们走进这座有着 2600 多年悠远历史的名城。

2006 年 6 月的一天，我从广州起飞，到新加坡转机，飞机穿越马六甲海峡向西北方向航行。这是一条经过马来西亚、印度、巴基斯坦、阿曼和阿联酋的新航线，穿越了太平洋和印度洋，飞跃马六甲海峡、孟加拉湾、阿拉伯海和波斯湾。

大约早晨六点，我打开飞机的舷窗向外看，一幅激动人心的

美丽画卷映入眼帘。我看到了连绵起伏的撒哈拉沙漠，这片与美国国土面积差不多大的沙漠沐浴在朝阳下，闪耀着金灿灿的光芒。根据德国历史考古学家发掘的文物和绘画可推断，这里在远古曾是一片绿洲，有水牛和草地，并没有骆驼。而如今，辽旷的沙漠中出现了一队队被喻为“沙漠之舟”的单峰驼，它们是阿拉伯人亲密的朋友。中午，我们乘坐的飞机飞越小亚细亚半岛，飞到了伊斯坦布尔，这座联结亚、非、欧的文明古城，曾是奥斯曼帝国的首都。

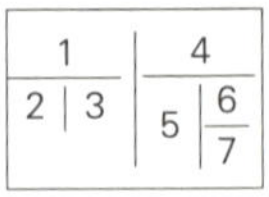

1—7. 托普卡普宫

1	4
2 | 3	

1. 举世无双的蓝色清真寺
2. 作者与土耳其大学生在蓝色清真寺合影
3. 作者在蓝色清真寺前留影
4. 蓝色清真寺内部

二

伊斯坦布尔曾经是一座十分繁荣辉煌的城市。帕慕克说："奥斯曼帝国瓦解后，时间几乎遗忘了伊斯坦布尔的存在。我出生的城市在她两千年的历史中从不曾如此贫穷、破败、孤立。她对我而言一直是一个废墟之城，充满帝国斜阳的忧伤。"而我眼前的伊斯坦布尔，这个欧亚文化和文明的结合处，仍然充满神奇与魅力。

被誉为"世界中古七大奇迹"之一的圣索菲亚大教堂就在伊斯坦布尔，它最初是基督教堂。公元 325 年，君士坦丁大帝兴建了这座号称当时世界最大的教堂。6 世纪时，朱斯特尼大帝聘请千名建筑师，把教堂由木结构改成石砌拜占庭式建筑，单单楼底就有 30 米高。后来，1453 年，这所基督教堂被改为清真寺，并在四角加上尖塔。1935 年，这座历尽沧桑的建筑又被改成了博物馆。1985 年，它被联合国教科文组织列入世界文化遗产。

从圣索菲亚大教堂出来就可以看到对面的蓝色清真寺。这两座伟大的建筑之间只隔着一个小小的广场。从外观上看，蓝色清真寺跟圣索菲亚大教堂的建筑风格有很多相似之处，但它建于 17 世纪，要比圣索菲亚大教堂年轻很多。这座清真寺全部由石头建成，没有使用一枚钉子。寺院的顶端有 1 个大圆顶，周围环绕着 4 个较小的圆顶，它的下方还有 36 个更小的圆顶。此外，寺院的四周还有 6 座宣礼塔，这是伊斯兰国家独一无二的设计。清真寺内的墙壁全部用蓝、白两色的瓷砖装饰，阳光透过彩色玻璃射进来，反射在蓝色的瓷砖上，呈现出奇幻迷离的色彩，蓝色清真寺由此得名。

伊斯坦布尔最著名的宫殿是托普卡普宫，这个豪华至极的皇宫是当年苏丹办公的地方。这里曾是奥斯曼帝国的权力中心，有 25 位苏丹曾居住在此，他们在此治理国事，指挥大局。在突厥语中，托普卡普的意思是炮台。19 世纪前后，托普卡普宫的大门外曾经有一座巨大的炮台，所以当时的人便将皇宫称为“托普卡普宫”，即“炮台宫”，并沿传至今。直到 1853 年，苏丹麦锡德一世才将朝廷迁入了新建成的多玛巴切皇宫（或称“新皇宫”）。

三

伊斯坦布尔给我留下印象最深的是博斯普鲁斯海峡。博斯普鲁斯海峡之名源于希腊神话，传说众神之王宙斯看中了下臣的女儿，恐引起王后赫拉的嫉恨，便将心爱之人化作一头牛隐藏起来。赫拉发现后，变成牛蝇去追咬那头牛，牛负痛而逃。宙斯为帮助心爱之人逃脱，挥手将她跑过的山谷化为大海，于是就有了美丽的博斯普鲁斯海峡。博斯普鲁斯海峡的本意就是“牛渡过的口岸”，神话的魅力让它愈发蒙上了一层传奇色彩。

伊斯坦布尔这座城市一半在欧洲，一半在亚洲。博斯普鲁斯海峡把这个城市一分为二：亚洲区，是古丝绸之路的终点；欧洲区，是东方快车的起点。正因为这独一无二的地理位置，伊斯坦

1/2|3

1. 博斯普鲁斯大桥
2—3. 马尔马拉海

1. 伊斯坦布尔的女教师
2. 伊斯坦布尔的女学生
3. 伊斯坦布尔街头的警察
4. 伊斯坦布尔街头的卖艺人
5. 伊斯坦布尔的民族工艺品销售人

布尔被称为“迷失”的城市——“当我身处东方时，渴望西方；当我身处西方时，渴望东方……”伊斯坦布尔不仅在地理上横跨欧洲和亚洲，还对欧、亚、非三洲的民族思想、文化、文明、艺术、语言之精粹兼收并蓄，从而成为东西方思想文化的一个重要交会点，并留下许多名胜古迹。伊斯坦布尔现有 40 多座博物馆，20 多座教堂，450 多座清真寺。

海峡、宫殿、寺院，构成了伊斯坦布尔的奇异景色，而海峡又居于三者之首，所以一定要乘船游览博斯普鲁斯海峡，才能完全了解伊斯坦布尔。海峡沿岸，绚丽豪华与朴素纯美并存：在木造别墅旁边耸立着现代化饭店，大理石宫殿毗连着简朴的石头堡垒，而典雅的欧洲式居住区则与小渔村为邻。游客可乘渡轮畅游海峡，饱览两岸欧、亚景色，途经著名的博斯普鲁斯大桥等。在伊斯坦布尔的日子里，我们每天都会沿岸而行或跨海而过，瞭望湛蓝的大海，感受海峡边的热闹与平静。当行船行进在博斯普鲁斯海峡幽蓝的海面上时，面对浩瀚绵长的天海相接之景，我想说，地球是蓝色的，一点都没错。

四

站在博斯普鲁斯大桥上眺望湛蓝的马尔马拉海，船只在来来往往地穿梭，海鸥在海面上滑翔鸣叫，桥上有很多人在垂钓。难怪有人说，无论是何种文化，都能在伊斯坦布尔找到归属感。两岸的景物并不遥远，可以看得很清晰，只管倚靠在船舷，便可以一页页阅读彼岸这本美妙的“童话书”。青山衬着远景，色彩各异的别墅临水而建。临岸有一座保存较好的城堡，它是沉淀在博斯普鲁斯海峡边的一段历史。

夕阳西下，伫立在博斯普鲁斯海峡的岸边，看着对岸窗户在落日余晖映射下的点点橘红，这时就能理解若干世纪前的人们为什么选择在这样一个非凡的地方生活。伊斯坦布尔不愧是世界上最美丽的城市之一。

奥斯曼帝国皇宫屹立在海边，与博斯普鲁斯海峡交相辉映。皇宫后花园内的鲜花在怒放。站在后花园，眺望海峡对岸的亚洲，想必能让很多人忆及很多千古遗恨和历史的断章。

伊斯坦布尔，这片承载伊斯兰文明的广袤土地，又岂是任何人在有限的生命历程中能真正游历和阅读完的？就把这个影像记忆深埋内心，一遍又一遍地翻阅吧。

·欧洲·

英雄之城——莫斯科

莫斯科是世界著名的历史古城，拥有众多名胜古迹。它掩映在一片绿海之中，故有“森林中的首都”之美誉。莫斯科美得超出你的想象，美得让人想流泪，美得让你发自内心地感慨造物主的神奇。

一

2000 年 5 月，我第一次访问俄罗斯。当飞机平稳降落在莫斯科的机场时，乘客们几乎感觉不到机轮已经着陆，大家不由自主鼓起掌来。我乘坐过若干个国家航空公司的航班，感觉俄罗斯航空公司的飞行员飞行技术十分了得。在莫斯科访问的 6 天时间里，我走遍了当地重要的历史遗迹和著名建筑，参观了名人故居和著名学府，游览了红场和克里姆林宫，瞻仰了列宁墓和卫国战争博物馆。这几天的游览经历告诉我：莫斯科是一个英雄的城市。

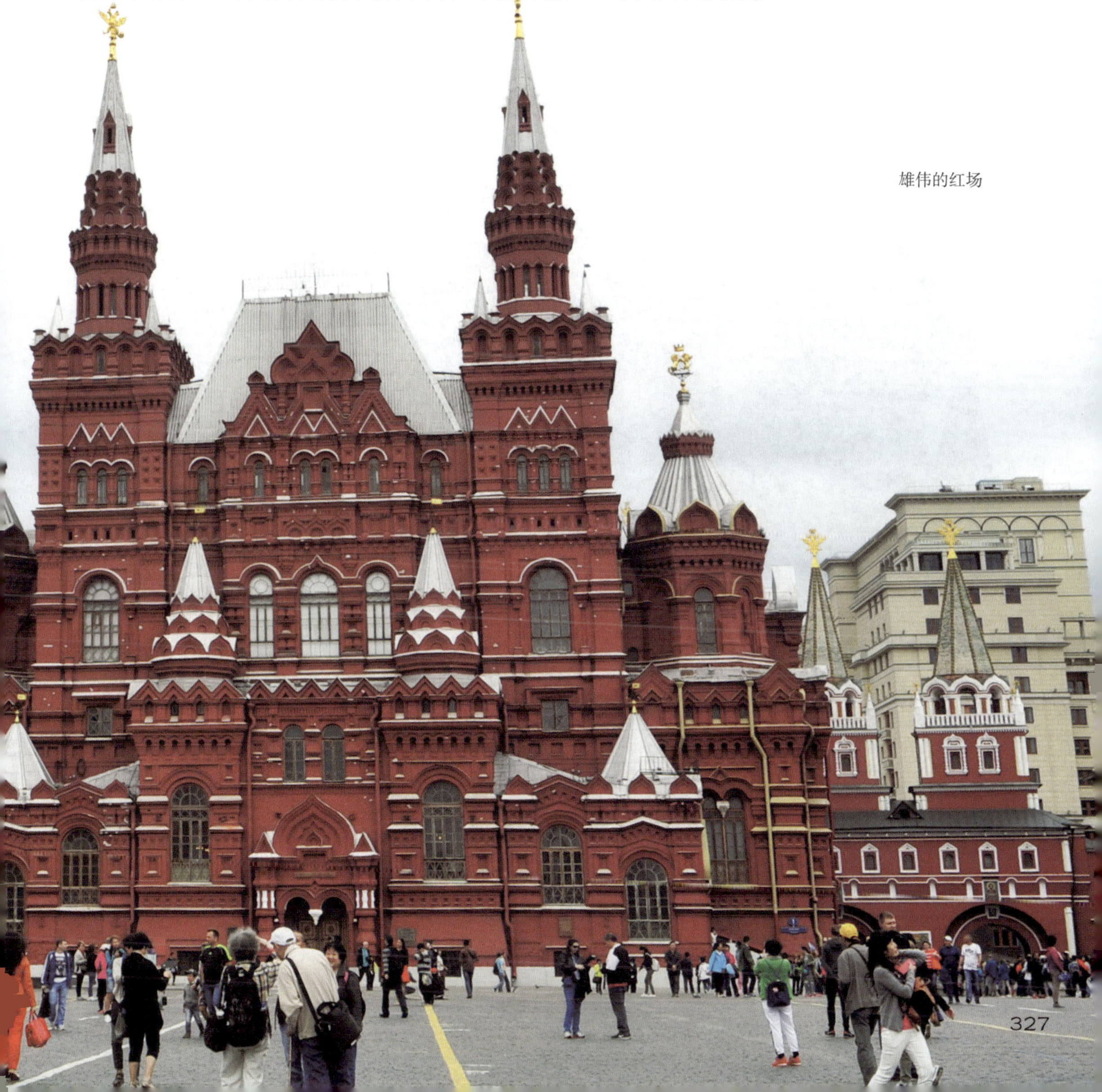

雄伟的红场

如果由北至南从莫斯科城中穿行，依次映入眼帘的是：蓝天下宏伟矗立的斯大林建筑——乌克兰饭店；有“莫斯科白宫”之称的现代建筑——俄罗斯政府办公大楼，1993 年震惊世界的“十月事件”就发生在这里；透着神秘气息和悠久历史，被白色围墙包围的新圣女修道院和公墓；闻名于世的俄罗斯第一大学——莫斯科大学；像月光宝盒一样镶嵌在绿荫丛中的俄罗斯最大的体育场——卢日尼基体育场，它是 1980 年莫斯科奥运会的主赛场；绿荫环绕沿河 3 公里长的高尔基文化公园；矗立在莫斯科河中 90 多米高的用青铜制成的彼得大帝航海雕塑；莫斯科最宏伟的金顶教堂——基督救世主大教堂；红墙高高环绕的俄罗斯总统府——克里姆林宫；造型奇特的圣瓦西里大教堂；掩映在树林中的国家音乐厅和博物馆，以及几十座横跨莫斯科河的形状各异、结构不同的桥梁。

1	2	3
	4	5

1. 圣瓦西里大教堂
2. 曾举办奥林匹克运动会的卢日尼基体育场
3. 国家音乐厅
4. 克里姆林宫大会堂
5. 胜利广场

伫立莫斯科街头，感受多样的历史建筑，以克里姆林宫为圆心，向四面八方辐射开去，就能够陆续地看见形形色色、风格极不统一的各种建筑物。莫斯科有好几座与北京展览馆相似的建筑，中央有尖顶，左右两翼对称，它们是斯大林时代建造的，被俄罗斯人称为“斯大林楼”。

漫步城区，处处是经过精心修剪的草坪和栽种成各种图案的鲜花。走到郊外，映入眼帘的则是广袤的森林和错落分布其间的颜色各异、建造精致的别墅，令人耳目一新、心旷神怡。

二

莫斯科的市名来源于莫斯科河，在希腊语中为“城堡”之意，斯拉夫语为“石匠的城寨”。1147 年，莫斯科沿莫斯科河而建，迄今已有 800 余年的历史，是世界著名的古城。

1 | 2

1. 美丽的莫斯科河
2. 俄罗斯总统府——克里姆林宫

从莫斯科大公国时期开始，到沙皇俄国至苏联及俄罗斯联邦，莫斯科一直是国家首都。

莫斯科在 13 世纪初成为莫斯科公国的都城。14 世纪，俄国人以莫斯科为中心，建立了一个中央集权的封建国家。15 世纪中期，莫斯科已成为统一的俄罗斯国家的都城。1712 年，彼得大帝迁都圣彼得堡，但莫斯科仍是最大的经济、政治和文化中心，发挥着俄国第二都城的作用。1812 年，拿破仑率领的法军占领莫斯科后，整个城市在大火中被焚毁，但很快又重新建设起来。1813 年，莫斯科成立城市建设委员会，开始大规模城市改建。

1917 年，十月社会主义革命期间，莫斯科紧随彼得格勒举行了武装起义，建立了苏维埃政权。苏维埃政府和共产党中央委员会于 1918 年 3 月从彼得格勒（后改名“圣彼得堡”）迁到莫斯科。1922 年 12 月，莫斯科正式成为苏联首都，它是世界上第一个社会主义国家即苏维埃社会主义共和国联盟的首都。

三

红场意为"美丽的广场"，位于莫斯科市中心。它的西面是克里姆林宫的红墙及 3 座高塔，南面是西里教堂，北面是一座红砖银顶的历史博物馆。红场南北狭长，占地 9.1 万平方米，相当于北京天安门广场的四分之一，然而却像北京天安门广场一样闻名于世，是俄罗斯的心脏，见证了这个国家诸多重大事件。第二次世界大战时期，德军包围了莫斯科，斯大林在隆隆炮声中迎着飞雪检阅部队，极大地鼓舞了军队和人民的战斗士气，最终赶走了来犯之敌，还把军旗插到了柏林城头。

红场红墙外的无名烈士墓前，长明火在熊熊燃烧。在熊熊的火焰中，我仿佛看到了无数不知名的俄罗斯战士，他们得到了至高无上的光荣称号：无名烈士！"你的名字无人知晓，你的功绩永世长存。"历史的鉴定镌刻在墓碑上，更镌刻在子孙万代的心里。

四

红场四周被各式建筑包围着，像一座中世纪的古堡，弥漫着驱不散的神秘气息。

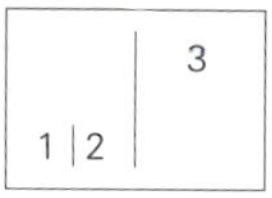

1. 天使报喜教堂
2. 俄罗斯国家历史博物馆
3. 红场红墙外的无名烈士墓

红场西侧毗邻庄严雄伟的克里姆林宫。800 多年前，俄国一位名叫尤里·多尔戈鲁基的王公在这里建了一座城堡，它就是克里姆林宫的雏形。这里保存了俄罗斯最具代表性的古典建筑和文化遗产。克里姆林宫的红色宫墙很漂亮，既有典型的东正教教堂特点，又有典型的欧洲式楼房特点。它与中国的中南海、美国的白宫、英国的唐宁街等同属于权力中枢。

红场东侧是莫斯科有名的商业建筑群，如今已被世界著名品牌商占领，装修得富丽堂皇，高档消费品琳琅满目，应有尽有。

红场南端是建于 16 世纪中叶的圣瓦西里大教堂，由 9 座圆顶式塔楼组成，呈暗红色，是广场的标志性建筑，极具宗教色彩。

红场北端是用红砖砌成的具有鲜明俄罗斯风格的历史博物馆，它的正中间有一扇雄伟高大的拱形门，直通朱可夫广场和著名的特维尔大街，俄杜马等重要机构及大型商场就分布在这条街上。

1
2

1. 朱可夫广场上的朱可夫雕塑
2. 列宁墓

五

列宁墓位于红场西侧，坐落在克里姆林宫正中墙下，由红色花岗石和黑色长石建成。

列宁墓定期对外开放。肃穆庄严的墓门两侧摆放着花圈，礼兵持枪笔直地守在门口。墓在地下室，列宁安详地躺在水晶棺里，身上穿着列宁服，那撇人们熟悉的小胡子透出伟人的刚毅，宽大的前额曾装有世界风云。人们怀着崇敬的心情，缅怀着这位缔造了世界上第一个社会主义国家的伟人。

列宁墓后的红墙下有一排“名人墓”，葬有苏联著名领导人的遗体或骨灰。

六

走进莫斯科西南部的新圣女公墓，你会发现一种全新的墓园文化。这是一个绿树掩映的花园，置身其间，你感觉不到丝毫的阴森压抑。这是一个平等的逝者的家园，安息在这里的人，不管是总统还是平民，都只能占据同样有限的一块空间。这里还是一个综合的、多功能的课堂，不管你对哪门知识感兴趣，政治的、历史的、雕塑的、创意设计的，似乎都能在此找到灵感。

新圣女公墓原是俄罗斯教会上层人物和贵族的安息之地，1923 年之后，成为俄罗斯著名知识分子和各界名流的最后归宿，埋葬着 2 万多位俄罗斯各个历史时期的名人。形状各异的墓碑上镌刻着那些长久印在人们记忆中的名字。走进墓园，你会惊叹每个墓碑的设计都是一个令人折服的奇思妙想。墓前的雕塑和碑上的图文，都十分贴切地展现了墓主人生前的职业、贡献、经历、性格，一眼望去，其人其事，一目了然。

每一块墓碑，都能让人忆起一段飘逝的历史、一段耐人寻味的人生故事。米格战斗机的设计者米高扬的墓碑上，一架战机直冲云霄；飞机设计师图波列夫的墓碑，直接做成三角形的飞机样式；穿甲弹设计师拉夫里洛维奇的墓碑是一块厚厚的钢板，上面有3个被穿透的弹洞；芭蕾女神乌兰诺娃的墓碑上舞者在翩翩起舞，像云一样柔软，像风一样轻。

层层碑林中还有卓娅的墓碑，这个感动过中国两代人的女英雄，她面向蓝天，身姿前倾，短发和衣襟在风中飘扬，似乎要在凶恶的法西斯面前挺直自己的身躯。卓娅墓的对面是她的弟弟舒拉和母亲科斯莫杰米扬斯卡娅的墓地。

作家奥斯特洛夫斯基的墓碑比较宽大，上部是他斜卧病榻的浮雕，他的左臂放在扶手上，支撑着瘦削的身躯，右手放在一摞书稿上，似乎正在告诉人们，人的一生应当这样度过：当回忆往事的时候，他不会因为虚度年华而悔恨，也不会因为碌碌无为而羞愧。浮雕下面是他本人的签名。墓碑前面的平台上，还雕刻着一顶军帽、一把带穗的军刀。

世界名著《死魂灵》和《钦差大臣》的作者果戈理，曾希望死后和大地融合在一起，不竖立任何墓碑，但后人没有满足他的要求，因为他对俄罗斯太重要了。人们在他圆柱形墓地基座上设计了一尊半身雕像。果戈理墓地旁边的墓地的主人是19世纪末俄国伟大的批判现实主义作家契诃夫。契诃夫的幽默不仅体现在他的《变色龙》《套中人》中，也体现在他日常的言谈间。

七

麻雀山是莫斯科著名的风景区。从麻雀山俯瞰莫斯科河和市区，景色十分壮观。山上的观景台正对着莫斯科罗蒙诺索夫国立大学的正门。莫斯科罗蒙诺索夫国立大学，简称“莫斯科大学”，建于1755年。莫斯科大学规模宏大，主楼高200多米，共30多层。

全俄展览中心是苏联国民经济成就展览馆，占地300公顷，规模十分宏大。它展示了当时苏联最新的科技成就，是开阔眼界、增长见识的好地方。展馆内珍藏着人类历史上第一颗人造卫星、第一位宇航员穿过的宇航服等珍贵藏品。它还是一处风景优美的游览胜地，喷泉十分著名，设计新颖，独具匠心。

1. 莫斯科大学
2. 全俄展览中心
3. 国家歌剧院
4. 莫斯科新圣女公墓中卓娅的墓地

莫斯科市内有100多个剧院，100多个电影院，30多个歌舞厅和70多个文化宫。其中，国家大剧院、莫斯科大剧院、莫斯科艺术剧院、国家中央木偶剧院、莫斯科国家马戏团、俄罗斯国家交响乐团在世界上享有很高的声誉。莫斯科大剧院位于中心剧院广场，是世界著名的大剧院之一，被誉为“俄罗斯之光”“俄罗

斯民族珍珠”。莫斯科市内有 60 多座博物馆，其中，美术馆以国立普希金艺术博物馆（收藏有 54 万多件古代艺术品，3000 多幅名画）、特雷塔雅科夫美术馆及兵器馆（克里姆林宫内）等较为著名。莫斯科还有一些其他重要的博物馆，如莫斯科国家历史博物馆、特列季亚科夫美术馆、东方博物馆、中央列宁博物馆、卫国战争博物馆、中央武装力量博物馆、凯旋门和多媒体艺术博物馆、综合技术博物馆、农奴创作博物馆、察里津皇家遗址博物馆等。

阿尔巴特街是莫斯科最著名也是最古老的一条街，街头有很多各具特色的手工艺品店、小吃店、咖啡店，街头画家除卖油画外，还为游客画像。著名诗人普希金的故居也位于这条街的尽头。故居是一栋小楼，是普希金与美丽的冈察洛娃结婚后租住的房子。故居对面矗立着普希金夫妇的青铜雕像。

1 2|3|4

1. 莫斯科郊外的谢尔盖耶夫小镇
2. 莫斯科地铁站
3. 莫斯科立思卡尔顿酒店
4. 莫斯科的“凯旋门”

八

莫斯科交通发达，是俄罗斯铁路、公路、河运和航空的枢纽。市内电气化铁路和公路四通八达。作为俄罗斯铁路系统的中心，莫斯科营运货物量约占全国总量的 1/10。

莫斯科有 9 个客运火车站，在离市区约 50 公里的外围修筑了大环形铁路，铁路通往圣彼得堡、基洛夫、基辅、符拉迪沃斯托克、哈尔科夫、顿巴斯、明斯克、华沙、柏林等城市和地区。莫斯科地铁有着很悠久的历史，地铁目前是莫斯科客运量最大的交通工具，拥有 10 多条线路以及 170 多个车站。

莫斯科作为独联体航空网的中心，拥有 4 座机场，有通往大部分国家的首都及重要城市的直达航线，与 90 多个国家，100 多个城市开通了国际航运业务。

九

莫斯科是一座充满艺术气息的现代都市，每一座建筑都有其独特的艺术风格，无论是古典或现代的，都让人觉得无可挑剔。莫斯科这座英雄城市的魅力独一无二。

国际书展名城——法兰克福

法兰克福是德国第五大城市，是欧洲第一大会展城市。它是欧洲的枢纽城市，与巴黎、阿姆斯特丹一样，是中国人飞赴欧洲最先到达的几大空港之一，是欧洲大陆的航空中心、金融中心。

法兰克福的光芒还与一个人密不可分，那就是伟大的诗人歌德，歌德就诞生于美因河畔的法兰克福城。今天，具有“欧洲金融中心”之称的法兰克福依然将歌德置于无可取代的位置，用“歌德的故乡”作为城市名片向世人展示法兰克福的魅力。

1. 法兰克福国际会展中心
2. 法兰克福国际图书博览会
3. 作者在法兰克福国际图书博览会上与英国出版商交流

作为老出版人，我与法兰克福的缘分来自一年一度的、被誉为“世界出版人的奥运会”的法兰克福国际图书博览会。法兰克福自然成为我到访过次数最多的国外城市。这座同时具有昔日查理大帝行都神圣魅力和现代城市文化内涵的城市，让我每一次造访都有全新感受。博大精深的德意志传统文化，历史文物与自然风景的和谐交融，在这里尽显无余。阅读这座城市，可以了解罗马帝国的历史背景以及欧洲现代化发展的脉络，体会德意志民族的优秀传统以及德国人严谨的行事风格。

法兰克福是一个国际化大都市，外国人占城市总人口的 1/4 以上。法兰克福被誉为“欧洲的摩天大厦之都”，美因河沿岸高楼林立，巨型摩天大厦达 20 多座。环城四周分别有 4 条高速公路，城内多为立交公路。有 7 条市内地铁（U-Bahn）和 9 条远程地铁（S-Bahn）。当然，城市绿化也是后现代化大都市的标志之一，法兰克福城内外保留了大片绿化地带，绿化面积超过了总面积的 1/3。

1 | 2

1. 法兰克福国际会展中心
2. 作者在法兰克福欧洲中央银行总部

法兰克福是德国的政治中心，世称“皇帝之城”。中世纪以来，神圣罗马帝国一直在法兰克福大教堂选举皇帝（共33位），这种情况持续了400多年。16世纪后，国王在法兰克福加冕。19世纪，法兰克福为德意志联邦议会所在地，举行了第一次德国民族统一大会，诞生了德国的第一部宪法，因此法兰克福又被誉为德国的“民主象征”。

法兰克福是德国的文化中心。它有众多图书馆、博物馆、剧院、电影院、画廊，还被誉为德国爵士乐“首都”。近代哲学史上著名的法兰克福学派就诞生在这里。法兰克福同时也是德国的报业中心、印刷中心，德国四大全国性日报中的《法兰克福汇报》和《法兰克福论坛报》就落户于此。这里还有著名的歌德大学。

法兰克福是欧洲的金融中心，它与纽约、东京、伦敦并称为世界四大金融中心。法兰克福是欧洲货币机构汇聚之地，共有400多家银行、700多家保险公司及数不清的广告公司。其中，外国银行就有100多家。1957年迄今，德意志联邦银行坐落在法兰克福的市中心。这座联邦德国的中央银行犹如一根敏锐的中枢神经，影响着整个德国的经济。自1998年起，欧洲中央银行也落户法兰克福。法兰克福拥有欧洲第三大证券交易所，经营德国85%的股票交易。由于金融业的迅猛发展，美因河畔银行界的摩天大厦林立，成为“国际金融大厦区”，素有“美因河畔的曼哈顿”之誉。

法兰克福不仅是世界的金融中心，还是一个具有800多年历史传统的博览会城市，它每年要举办10多场大型国际博览会。法兰克福早在中世纪时就是受到神圣罗马帝国皇帝特别指定和保护的展览城，是全世界第一个展览中心，也是现今世界上最大的博览中心。全世界共有80多个大规模的博览会，其中法兰克福就占了30多个，最著名的有法兰克福国际图书博览会、法兰克福汽车展和法兰克福乐器展。每逢展览季节，法兰克福就会呈现出一片繁忙的景象，市区街道更显得生气勃勃，博览会已成为人们了解世界及世界了解德国的一个重要窗口。

法兰克福是欧洲的交通枢纽。它位于莱茵河与美因河的交汇处，还位于欧洲最大的两条高速公路（3 号公路与 5 号公路）的交会处，水路和陆路交通十分发达。法兰克福—莱茵—美因国际机场是德国最大的机场，也是欧洲排名前三的机场。200 多条航线把法兰克福同世界紧密地联系在一起。法兰克福火车总站是德国最大的铁路中转站。

法兰克福老城历史悠久。中世纪时期的法兰克福最早只有现在所说的法兰克福老城，即以罗马广场和皇帝大教堂为中心的区域，包括部分美因河对岸萨克森的区域，后来扩大到现在的法兰克福内城，内城用城墙围起，主要路口还设有哨口。后来，法兰克福继续扩大，并拆除了城墙，形成了内城的绿化地带。这些哨口现在仅留下 4 个——萨克森豪森哨口、伽露丝哨口、波肯海姆哨口和弗里德贝格哨口，它们是当年内城的标志。

1 | 2

1. 莱茵河上的老桥
2. 法兰克福城门与哨口

BUSINESS LUNCH

1|2|3 5
4

1. 法兰克福广场的歌德雕塑
2. 手执长矛的武士石像
3. 罗马广场上的女神雕塑
4. 美因河畔的哥特式建筑
5. 法兰克福火车总站

法兰克福是由法兰克福老城和周边的许多卫星城组成的，这些卫星城都有各自的历史和传统，只是在近代才在行政上将它们与法兰克福联系在一起。四通八达的地铁等公共交通将这些卫星城与法兰克福老城紧密联系在一起，哪怕在最边远的城郊搭乘地铁，大约 20 分钟就可以到达市中心。

法兰克福的特色在于：一方面，它是一个具有悠久历史和传统文化气息的欧洲古老城市；另一方面，它又是充满现代感的国际大都市。老城区保留了大量欧洲中世纪的古老建筑，但老城区的周围却耸立着摩天大厦，充满现代大都市的气息。法兰克福是我认识世界、“阅读”世界的第一座城市。我初识欧洲历史及现代德国文明，了解欧洲人民以及感受日耳曼人的精神，都是从法兰克福开始的。

法兰克福，这座文化之城、创意之城散发的永恒魅力，让游览过它的人难以忘记……

在巴黎感受“人间喜剧”

——访问巴尔扎克故居

从青少年时代开始，我就阅读了巴尔扎克的小说。在思想迷茫的年代，巴尔扎克的作品给予了我重要的精神力量。所以我第一次到巴黎时，最重要的一件事情就是访问他的故居。

巴尔扎克故居坐落在巴黎第十六区莱努阿大街47号。这是一幢古老的建筑，建于文艺复兴时期。故居的正门掩映在花木之中。我第一次到巴尔扎克故居参观时，先到地下室去看电影，纵览巴尔扎克的一生；然后再返回一层的展室，欣赏巴尔扎克及其同代人的一些画像和漫画。二楼的几个房间，分别是巴尔扎克的卧室、餐厅、工作室等，如今作为展室陈列着他的一些遗物，如烛台、咖啡器具和手杖等。临街的墙上嵌着一块长七八米的青铜浮雕，描绘着《人间喜剧》中的场面和人物。

第二次参观巴尔扎克故居时，我是从塞纳河边上的法兰西学院出发的。法兰西学院是法国的最高科学机构，有40名院士获得了终身的科学荣誉。法兰西学院大楼前是一座宽阔的广场，正对着塞纳河，对岸是卢浮宫的左侧门。塞纳河两岸之间由一条古老而宽阔的铁桥连接，桥中间还有一排排休闲凳子供游人休息。来自各国的游人在此眺望塞纳河两岸美丽的风光，沉思法国这个浪漫国度远去的历史。

巴尔扎克雕像

因为巴黎城市道路很多是单行线，汽车不能开到巴尔扎克故居前的马路上，所以我们提前下了车。下车后，我们就问当地居民如何前往巴尔扎克故居。当地居民很热情，认真地给我们指路，其中一个青年人还给我们带路。就这样，我们来到了巴尔扎克的故居。在巴尔扎克的故居入口处，有一位长相酷似法国前总统希拉克的法国男子，用不流利的英语热情地给我们介绍故居的历史和现况，并与我们合影留念。法国人的热情、友好和大方给我们留下了较为深刻的印象。

巴尔扎克故居是一所依山坡而建的庭院式房屋。从正门进去后可看到一个楼梯，沿着楼梯往下走就来到一个种着葡萄树、丁香、椴树、玫瑰与紫罗兰等各种植物的庭院。庭院里还有几张座椅和桌子，庭院的尽头是一座巴尔扎克雕塑。故居面积不算大，但庭院景致非常优美，遥想当年巴尔扎克写作累了，就可以到庭院中赏花观树，舒缓身心。

巴尔扎克故居现在已经成为纪念馆。这一次参观，我先是穿过一座小花园，才进入巴尔扎克住过的那幢小楼。故居中展出了巴尔扎克当年的生活设施、主要作品手稿和家庭的油画、雕塑，最为著名的是罗丹 1847 年为巴尔扎克雕塑的肖像。在庭院里，我和工作人员亲切交流。工作人员告诉我，巴尔扎克一生曾数易其所，最后才定居于此。18 世纪时，这里还是乡村，风车、葡萄树随处可见，还有一些庄园主的府第和女修道院。自 19 世纪起，这里开始出现越来越多的私人宅第，很多文人墨客也开始来这里居住，比如拉马丁和罗西尼。巴尔扎克于

1 | 2	4 | 5
3	

1. 巴尔扎克故居的后院
2. 巴尔扎克故居的花园
3. 由罗丹雕塑的巴尔扎克雕像
4. 巴尔扎克故居的庭院
5. 巴尔扎克故居的大门

1840年正式迁居于此。据说，巴尔扎克对这里一见钟情，当他住下后，立时写信给波兰的汉斯卡伯爵夫人（后来成为巴尔扎克的妻子）说："我在家中的庭院与花园间获得了安宁。"

巴尔扎克故居共有五个小房间，其中一间是巴尔扎克的工作室。巴尔扎克把这个房间视作自己的苦修院，并严格地执行着为自己制定的苦修法则：每天下午六点睡觉，晚上十二点起床开始工作，早晨八点用早饭之后又继续工作。如今，在这座故居里，我们仍能看见巴尔扎克当年使用的那张小书桌，上面齐整地摆放着一排鹅毛笔，书桌边还有他宽大的扶手椅。墙上挂着的石榴红天鹅绒帷幔，让房间看起来威严庄重。

1—2. 巴尔扎克故居内部
3. 巴尔扎克故居的庭院

故居中陈列着巴尔扎克所出版作品的插图，那些或刁钻、或贪婪、或狠毒、或吝啬、或虚伪、或狡诈的形形色色的人物呼之欲出，生动极了。我虽不能一一辨识，但一看都有种似曾相识感，毕竟巴尔扎克的许多作品我都读过。

故居陈列着巴尔扎克的原始手稿，从修改得潦草零乱的手稿可以看出，这位高产作家写作很严谨，在作品印刷出版之前，他都做了大量的修改。

在故居的厨房，我们看到一个彩色陶瓷装饰的普鲁士炉台，上面放置着一个巴尔扎克自己制作的瓷质咖啡壶。正是他钟爱的这个咖啡壶，伴随着他一部部小说的写作与出版——巴尔扎克因为总担心会在工作中打瞌睡，所以从早至晚不停地喝咖啡。除此以外，故居里还展出巴尔扎克使用过的一根拐杖。房间的墙上挂着一些肖像，有他本人的，还有他的一些亲近朋友的，当然少不了的是，他妻子的肖像。

伫立在窗前，我看到巴尔扎克故居四周高墙环绕，似与世隔绝，有一种宁静致远的感觉；高墙之外，却是巴黎一条极具魅力的小街巷。故居有两个入口，正门在花园，后门在庭院。

在这座房子里，巴尔扎克修订了整部《人间喜剧》。1847 年，巴尔扎克离开了这个被他誉为“我生命中的安乐窝和庇护所”的家，为了汉斯卡伯爵夫人远赴波兰，并于 1850 年 3 月与之结婚。然而，这位曾被他称作“北极星”的汉斯卡伯爵夫人最终背弃了他。

巴尔扎克故居的工作人员告诉我，巴黎的名人墓地最负盛名的是拉雪兹公墓，巴尔扎克就安葬在拉雪兹公墓，此外还有《国际歌》作者欧仁·鲍狄埃和巴黎公社起义人员的遗体也安葬在拉雪兹公墓。

从巴尔扎克故居出来，已是下午3时，我们来到了庄严的拉雪兹公墓。公墓大门是用白色花岗岩建造而成的，门外有很多的鲜花店，为前来瞻仰墓园的人提供鲜花。在墓园中有三块引人注目的纪念碑：一是在1941—1945年反德国法西斯战争中，在德国消失的6万法国人的纪念碑；二是奥斯维辛集中营中遭到德国法西斯驱赶和迫害的死难者的纪念碑；三是为在第二次世界大战中因饥饿而死的人们而修建的纪念碑。整个墓园的雕像建筑千奇百态，大概是以此对逝者寄托哀思和怀念吧。

在拉雪兹公墓中，我们参观了巴尔扎克的墓地。在巴尔扎克的墓碑前，我在思考一个问题——名人身后的评介和待遇差别。雨果和巴尔扎克都是法国的文学巨匠，死后得到的评誉却差别不小。雨果作为法兰西历史上最杰出的伟人之一，被安葬于先贤祠，供千秋万代的后人瞻仰学习；巴尔扎克则未能获此殊荣，被安葬在拉雪兹公墓。雨果有《悲惨世界》《巴黎圣母院》《海上劳工》《笑面人》皇皇四大名著，巴尔扎克亦有《高老头》《贝姨》《搅水女人》《欧也妮·葛朗台》一大批响当当的名著，但为何他的声誉、地位却远不及雨果，这是个耐人寻味的问题。是否是由于巴尔扎克揭露社会和描绘人间要远比雨果冷酷和狠毒？巴尔扎克写的恶比美更多、更直白；雨果即使在暴露恶与丑时，也从不忘向人展示希望和光明的一面，其作品的基调是正义必将战胜邪恶，美终究会压倒丑，成为社会潮流的主导力量。

巴尔扎克才华卓越，他所有的作品汇集起来，构成了一部了不起的书，一部有生命的、光亮的、深刻的书——他的“人间喜剧”，其实就是部“社会历史”。

我的脑海中不由地浮现出了雨果在巴尔扎克葬礼上的讲话：

“现在被葬入坟墓的这个人，举国哀悼他。对我们来说，一切虚构都消失了。从今以后，众目仰望的将不是统治者，而是思想家。一位思想家不存在了，举国为之震惊。今天，人民哀悼一位天才之死，国家哀悼一位天才之死。

1|2

1. 巴尔扎克故居大门的标牌
2. 作者与巴尔扎克后人合影

巴尔扎克这个名字将长留于我们这一时代，也将流传于后世……巴尔扎克先生属于19世纪拿破仑之后的、强有力的作家之列。

…………

他的一生是短促的，然而也是饱满的，作品比岁月还多。今天，他安息了，他走出了冲突与仇恨。在他进入坟墓的这一天，他同时也步入了荣誉的宫殿。从今以后，他将和祖国的星星一起，熠熠闪耀于我们上空的云层之上。”

巴尔扎克并不是早期成名的作家。他到30岁时，才真正走上创作之路。但是，在他不到20年的写作生涯中，居然写出了九十多部作品，塑造了两千多个不同类型的人物形象，如今许多作品已成为世界名著。

巴尔扎克获得成功的一个宝贵经验是：有着坚忍不拔的意志和分秒必争的精神。我想，这是他在生活态度方面给当代人的重要启示。

地理大发现之城——里斯本

里斯本是南欧国家葡萄牙的首都，位于伊比利亚半岛的特茹河河口，靠近大西洋，是典型的海洋城市。在16世纪大航海时代，里斯本是欧洲最兴盛的港口之一。现如今，里斯本依然是欧洲最大的海港城市之一。走进里斯本老城区的任何一条小街，小镇的市井烟火气息就会扑面而来，街道有熙熙攘攘的小市场和各式各

作者在里斯本留影

样的店铺，黄色的有轨电车擦着人行道不紧不慢地驶过不宽的中世纪老街，红瓦的房子依山而建，连绵的白墙红瓦房子延伸到海边，沿着一条青石板街顺着山势往下走，走到尽头就是大西洋。里斯本的居民自有一套生活的节奏和哲学，对外国人也充满友善。我伫立在街道上，被这座城市的恢弘气势所震撼，并沉醉于它的历史故事中。

怀着触摸世界文明的梦想，我于2004年终于实现了这个愿望，到人类大航海时代的发源地——葡萄牙参观访问。2004年10月16日上午，我们从西班牙首都马德里乘坐火车到达葡萄牙首都里斯本。由于有时差，我忘记调手表，误认为9时30分（西班牙时间）火车还未到站。我询问车上的其他人才知道，在24个世界时区中，葡萄牙和英国、爱尔兰属同一个时区，而法国、德国、意大利、西班牙属一个时区，葡萄牙时间比西班牙晚一个小时。调好表之后，我才知道火车是正点到站。我们来到宾馆放下行李后，便迫不及待地出去追寻人类航海先驱者的足迹。

地理大发现纪念碑

地理大发现纪念碑建于1960年，为纪念航海家恩里克王子逝世500周年而建，该纪念碑是里斯本著名的地标。纪念碑外形如同一艘展开巨帆的船只，碑上刻有亨利及其他数位葡萄牙的航海家、传教士和科学家等的雕像。纪念碑正面的碑文写着——“献给恩里克和发现海上之路的英雄”。纪念碑主要是为纪念15—16世纪航海时代而建的一个碑，由葡萄牙艺术建筑师特姆及雕刻家里奥普度所建造。纪念碑高52米，是一个船首形状的混凝土板层建筑物，纪念碑的东西两侧分别雕刻着两个葡萄牙方形盾徽，碑的北面刻有一把大剑。纪念碑的两个楼层分别担当着不同的角色：一楼是里斯本历史的多媒体展览；二楼是观光层，站在这里，俯瞰里斯本，一切美景尽收眼底。纪念碑的北面是采用不同种类的大理石铺设而成的广场，广场的一砖一瓦都和航海有关。广场上不仅铺着一个直径达 50 米的罗盘，还在中央的位置上铺着一幅南非赠送的大发现地图，上面刻有葡萄牙人在航海时代首次登陆各大陆的日期、路线。纪念碑上刻着许多人的名字，有航海家、宇航员、传教士等，他们在那个时候用自己的方式促进了航海时代的文化交流，做出了贡献，值得被永久怀念。

地理大发现纪念碑的文字记载着：人类历史上首先是葡萄牙人发起了大规模的航海探险活动。15 世纪早期，航海家恩里克王子创办地理研究机构，组织了多次非洲西岸的探险活动，先后发现了马德拉岛、佛得角群岛，并从直布罗陀沿非洲西海岸到达几内亚湾。1473 年，葡萄牙船只驶过赤道，到达刚果河口；1488 年，迪亚士的探险队到达非洲南端，发现好望角，并进入印度洋；

1—2. 地理大发现纪念碑

1497 年，以达·伽马为首的船队沿迪亚士的航线继续向前，经非洲东岸的莫桑比克、肯尼亚，于 1498 年到印度西南部的卡利卡特，开辟了从大西洋绕非洲南端到印度的航线，从而打破了阿拉伯人控制印度洋航路的局面。

葡萄牙人是地理大发现的先锋，这是地理大发现纪念碑建在葡萄牙里斯本的原因。

地理大发现纪念碑反映了昔日葡萄牙人辉煌的航海历程，展示了葡萄牙人对人类发现史的巨大贡献。

贝伦塔

贝伦塔离地理大发现纪念碑不远，它位于特茹河流入大西洋的入口处附近，1423 年第一艘探险船从这里出发，具有重要的历史价值和意义。我一下车就看见了贝伦塔，它孤零零地屹立在特茹河岸边。贝伦塔始建于 16 世纪初，是联合国认定的世界文化遗产，是里斯本主要的标志性历史建筑。有的人说建造它是为了军事，还有的人说是为了航海，但无论是哪一种，都不影响贝伦塔的历史意义——“这里是葡萄牙的前海关，启航的起点，归航的终点”。据说，在当地的水手中曾流行过这样一句话：“归航时看到贝伦塔就到家了。”由此可见，贝伦塔在当时十分重要。18 世纪葡萄牙曾发生过一次特大地震，里斯本全城被毁，而这座塔却依然挺立着。1983 年，贝伦塔被列入世界文化遗产名录。

贝伦塔建筑是曼努埃尔式建筑，这种葡萄牙特有的建筑风格，取名自当时执政的曼努埃尔一世。贝伦塔的美是无法用语言来表达的，来过这里的人们都对它叹为观止，在罗卡角的悬崖峭壁旁竖立着一座巨大的纪念碑，碑上刻有葡萄牙著名诗人贾梅士的诗句：“地尽于此，海始于斯。”紧挨着纪念碑，面向着大西洋，只见远处海天一色，湛蓝的天空下，海鸥在尽情地起舞，近处惊涛拍岸，余声不绝，脚下便是万丈深渊……此情此景，让人热血沸腾，终生难忘。

世界文化遗产贝伦塔

庞巴尔侯爵广场

位于市中心的庞巴尔侯爵广场是自由大马路、公爵大马路、梨树泉大马路和阿吉亚尔街等几条重要大街的汇集点。广场得名是因为葡萄牙强大的首相庞巴尔侯爵，他的铜像矗立在广场中央的巨大圆柱的顶部。

1755 年 11 月 1 日是万圣节，经过了前夜的一系列庆祝活动之后，里斯本市民们一大早就聚集在了各大教堂里面，在神父的主持下进行着弥撒。突然，人们感到了地底深处的一阵颤抖，这是葡萄牙有史以来最惨烈的一次大地震：大地开裂，吞噬了房屋和生命；特茹河掀起巨浪，淹没了地势低洼的地区；大火随后燃起，

足足烧了四天四夜。里斯本全城除了主教堂和几段老城墙之外全部被夷为平地，连王宫也不例外。王室由于向法国学习，在近郊新修建了豪华行宫，并没有在里斯本的老宫殿里面居住，因而逃过一劫。但是可怜的老百姓就没这么走运了。据统计，能找到尸首的死者就有两万人，伤者不计其数，损失无法计算。

在这种混乱的局面下，急需一个铁腕人物来收拾残局，稳定民心，这个人就是庞巴尔侯爵。他召集了几名优秀的建筑设计师，精心规划了里斯本的新建筑格局。今天看到的里斯本老城区就是当年庞巴尔侯爵的手笔。可惜的是，老城区中的一大片建筑在1988年夏天的一场大火中被烧毁了。

罗西奥广场

庞巴尔侯爵广场

君主广场

君主广场是一个十分漂亮的地方，是一个非常不错的游览区域。广场中央矗立着第一代皇帝的雕塑，广场上设有喷泉，还有其他的一些艺术品。广场像是一个艺术博物馆，是一个值得欣赏的露天性地带。广场既属于市政活动的区域，也是生活地带，很多民事活动都在广场举行。广场的四周有很多建筑可供欣赏，广场旁边矗立着一个古老的宫殿，看起来特别雄伟。

光复广场

光复广场是葡萄牙首都里斯本的一个广场，位于自由大马路的东南端，靠近罗西奥广场。它是为了纪念葡萄牙恢复独立而建，广场中央的方尖碑竖立于 1886 年。广场上矗立着象征“独立”和“胜利”的雕像，它们是世界著名雕塑家的作品。

这个长方形的广场周围是 19 世纪和 20 世纪初的建筑。其中，建于 20 世纪 30 年代的伊甸电影院，拥有美丽的装饰艺术运动立面，现被建筑师卡西亚诺·布兰科改造为一个酒店。

热罗尼莫斯修道院

地理大发现纪念碑隔着马路的对面，是热罗尼莫斯修道院。热罗尼莫斯修道院是曼努埃尔式建筑中的典范，1983 年被联合国教科文组织列为世界文化遗产。

热罗尼莫斯修道院是在一座小教堂的遗址上修建而成的，这座小教堂原建于恩里克王子时期。1497 年，达·伽马和其他船员在启程至印度的前一夜曾在该教堂内祈祷。热罗尼莫斯修道院由曼努埃尔一世于 1502 年正式兴建，历经 50 年才建造完工。1755 年，热罗尼莫斯修道院在经历大地震的洗礼后，仍然屹立不倒，且基本没有什么损毁。1833 年，葡萄牙教会宣布停止使用热罗尼莫斯修道院。

修道院的两翼分别是著名诗人贾梅士与航海家达·伽马的陵墓。修道院内部的八角形回廊有雕工精细的石雕，中庭是漂亮大方的玫瑰花园。

1 2 3 4 5 6

1—4. 世界文化遗产热罗尼莫斯修道院
5. 和平纪念碑
6. 作者与守护和平纪念碑的葡萄牙军人合影

和平纪念碑

和平纪念碑是为纪念安哥拉等最后几个殖民地独立而建立的，表达了人们希望永远不要有战争的心愿。守卫和平纪念碑的士兵不分种族和肤色，不分个子高矮，体现了种族平等的观念。

1 | 2

1. 四月二十五号大桥
2. 里斯本国际会展中心——世界博览会会址

四月二十五号大桥

在贝伦塔远眺，我看到一座红色的大桥横跨特茹河两岸。该桥原来叫萨拉查大桥，建于1965年。1974年4月25日，葡萄牙发生了下级军官的“石竹花”革命，独裁统治被推翻。为纪念这次革命，萨拉查大桥被更名为四月二十五号大桥。四月二十五号大桥长2006米，分两层，上走汽车，下走火车，是钢索悬吊式大桥。

里斯本主办世界博览会

1998年，里斯本主办世界博览会，主题为“海洋，未来的资产”，以配合里斯本海洋城市的特色。展馆建筑的造型都是以海洋和舰船为题材，以白色和蓝色为基调。里斯本世界博览会的举办是比较成功的。

在里斯本，市民家中的窗户上都挂有国旗。这个传统起源于2004年的欧洲锦标赛，葡萄牙获得了亚军，这是葡萄牙获得的最好成绩。当时比赛第一轮时，葡萄牙输了，国民自发买国旗悬挂在窗户上，以表达对本国球队的支持。这些国旗大多是从中国批发过来的。里斯本很多百货商店是中国人经营的，他们原来开餐馆，后来由于餐馆的投入大，于是改卖百货，商品主要是从中国的温州、义乌和广东等地批发过来的，在这里很受欢迎，已成为葡萄牙的商业特色。

里斯本是由一条条狭窄的街道构成的画，街道两侧房子的外墙斑驳，留下岁月的痕迹，空中布满电线，地上铺设轨道，古老的电车在这幅画里穿梭，带着你去到某一个历史的见证地。

里斯本有许多百年以上的老建筑，一些老建筑中仍有圣胡斯塔升降机在运行，这种古老的升降机就像旧电影里有专人操作的铁笼升降机……这一切使我有一种宛如穿越时空回到了古老年代的错觉。

葡萄牙之行令人开心，这里是一个风景优美的地方，这里的一切都特别有韵味。里斯本终年草木常青、鲜花盛开，宛如一座妩媚芬芳的大花园。里斯本依山傍水，整个城市分布在7个小山丘上，远远望去，色调深浅不一的红瓦顶房屋和浓淡不一的绿色树丛交相辉映，景色十分优美。

结束了在葡萄牙的旅行，我依依不舍地从宾馆前往里斯本波尔特拉国际机场。去机场的路上，我们经过时代广场。时代广场呈圆形，有四个人的手表和四座雕塑在广场的四个方向，体现了里斯本人的时空概念。在里斯本波尔特拉国际机场候机时，我看到了世界各国航空公司的大型客机停泊在空港，航班起降的频率很高。

里斯本是葡萄牙的首都，是欧洲最优美的海滨城市之一，它通达北欧、西欧、非洲、南美洲和亚洲，它有秀丽的花园、宽广的广场、精美的雕塑，还有记录城市古老文明的城堡、教堂、纪念碑、文化中心、世博会会址等，城市风貌古朴、雅致，令人流连忘返。航班起飞了，我从飞机上看到黄昏的余晖把特茹河入海口染成一片金黄色，水面波光粼粼，呈现出一派迷人的风光。

别了，历史悠久、风光秀丽、和谐友好的里斯本！

·北美洲·

“羽蛇”之城——奇琴伊察

玛雅文化从危地马拉太平洋沿岸一直延伸到墨西哥南端尤卡坦半岛。在尤卡坦半岛上的城市中，最神秘、最引人注目的是显赫一时的“羽蛇”之城——奇琴伊察。奇琴伊察这座非凡的石头城是古玛雅城市遗址，位于墨西哥尤卡坦州南部。它南北长3公里，东西宽2公里，有数百座古玛雅文化和托尔特克文化遗址。石头城里一些古老建筑和金字塔历史悠久，可以追溯到1500多年前，由托尔特克人和玛雅人建造。

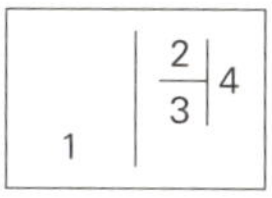

1. 奇琴伊察的金字塔
2. 玛雅人的房子
3—4. 摆在路旁的摊位

奇琴伊察在公元6世纪（玛雅古典时期中期）是玛雅的重要城市，当玛雅中部低地和南部玛雅城市衰落之后，奇琴伊察的影响力达到了巅峰。法国著名的玛雅史学家雅克·苏斯坦尔认为，“奇琴伊察”就是“伊察人之井边”的意思。所谓“伊察人”就是玛雅人，即公元10世纪从危地马拉地区和墨西哥南部地区来到尤卡坦半岛上的玛雅人。公元987年，托尔特克国王率领军队来到尤卡坦半岛，建立了玛雅新王朝，并把自己的首都定在奇琴伊察。因此，奇琴伊察这一时期的艺术和建筑呈现玛雅和托尔特克混合风格。

2009年2月，因参加墨西哥国际图书博览会，我有幸参观了心中向往的神圣之地——奇琴伊察。从墨西哥城起飞，经过两小时的飞行，即可到达加勒比海西岸墨西哥尤卡坦半岛的坎昆，开启玛雅文化和奇琴伊察古代文明之旅。

1	2 3 | 4 | 5 6 | 7

1. 卡斯蒂略金字塔底部的蛇头装饰雕塑
2. 奇琴伊察的灰色建筑物
3. 建在金字塔上的“铭文神庙”
4. 金字塔的台阶
5. 金字塔的主体建筑用石头砌成
6. 羽蛇神金字塔旁边的球场
7. 为羽蛇神而建的神庙

从坎昆国际机场出来后，我们顺着海边修建的高速公路行驶。海边矗立着一栋栋高档酒店。入夜后，街头灯光闪烁，海面波光粼粼，十分漂亮。天亮后，我们一行人走出酒店，外面阳光明媚，白云朵朵，沙滩银白，椰树成林，加勒比海碧蓝的海水一望无际。坎昆是 1976 年国际南北会议的会址，是一个世界少有的美丽海湾城市。接着，我们出发前往“世界新七大奇迹”之一的奇琴伊察金字塔，这是玛雅文化遗址中参观人数最多的地方。高速公路两旁是一望无际的原始丛林，在阳光的照耀下翠绿如茵。州际公路修建的纪念碑耸立路边，碑文写着“1993 年完工”。公路旁休息站的公共厕所十分洁净，展现了现代化文明的发展程度。

1. 查克莫天使雕像
2—3. 作者在神庙前留影

我们沿着坎昆至奇琴伊察的公路，经过三个小时的车程，终于穿过无边无际的尤卡坦州半岛丛林，来到玛雅文化古城——奇琴伊察。

据史料记载，公元 13 世纪前，奇琴伊察一直都是一个繁荣的城市。此后，由于玛雅爆发了叛乱和内战，这座城市迅速没落，且再也没有恢复。16 世纪，西班牙人征服了尤卡坦，奇琴伊察的市中心已遭遗弃而成为废墟。奇琴伊察是古希腊罗马时期玛雅人的圣殿，其鼎盛时期在公元 500 年到 700 年之间，其对整个乌松布拉河盆地有着重大的影响。典雅的建筑、高超的技术及生动的浮雕都见证了玛雅人的神话，证明他们是这一文明的天才创造者。

陪我前往参观的梁小姐介绍，美国旅行家约翰·劳埃德·斯蒂芬斯的旅行日记《中美洲、恰帕斯和尤卡坦旅行事件》、美国旅行家霍姆斯的《古代墨西哥城市考古研究》及赫伯特·斯平登的《玛雅艺术》都描述过美丽神秘的奇琴伊察。

奇琴伊察古遗址坐落在一片古老的原始森林中。走进一间玛雅人的房子，我发现他们用太阳照射在屋内形成的阴影来判断夏至与冬至到来的时间，他们还在石头杯子里面装上水，用来观察星宿。

梁小姐说，奇琴的意思是玛雅人，伊察的意思是水井。奇琴伊察的衰败是从公元 13 世纪开始的，据说是内部矛盾冲突所致。奇琴伊察古城相当有规模，占地达 15 平方公里，其中的 5 个独立广场用 3—8 米宽的大道连接，显现了当时玛雅人的城市规划水准。城里一共有 15 个球场，可见球戏在当时社会生活中的重要程度。

在旧金字塔之上加盖新的金字塔

现在所说的世界文化遗产奇琴伊察只是古奇琴伊察城的一部分，当然也是最精华的一部分。它分为宗教区和科学区两部分，北部的宗教区包括卡斯蒂略金字塔、武士神庙、金星祭坛、骷髅台、圣井和球场，考古证明这些建筑大部分建于公元10世纪前后；南部的科学区包括天文台、鹿屋、修道院等，基本都建于公元10世纪之前。我们主要参观了北部的宗教区。

奇琴伊察的卡斯蒂略金字塔与埃及的金字塔虽然形状相似，但又有所不同。现已发现的墨西哥的金字塔绝大多数都是供古代印第安人各部落祭祀神明的祭坛，而不是陵墓。卡斯蒂略金字塔，又称“羽蛇神金字塔”“玛雅金字塔”或“墨西哥金字塔”，高20多米，雄踞奇琴伊察的正中间，是为羽蛇神而建的神庙。金字塔的地基呈方形，四边依阶梯上升，直至顶端的庙宇。金字塔底部有两个蛇头，每年春分和秋分两天的日落时分，在阳光的照射下，就像两条蛇从金字塔“游”下来。

古代中美洲城市中，在旧金字塔之上加盖更大更雄伟的金字塔是一种惯例，卡斯蒂略金字塔也是如此。考古学家在卡斯蒂略金字塔北面阶梯上发现了一个隧道入口，沿着隧道内的台阶向上攀登，可直达金字塔的顶端，并能见到刻在石头上的羽蛇神王的美洲虎王冠。内部老金字塔的设计据说是按照月亮历设计的，而外面的新金字塔则是按照太阳历设计的。

玛雅人的古球场是中美洲最大、保存最完整的古球场。据历史考证，玛雅历每年五月初五，羽蛇神金字塔西北的球场会举办一场激烈的中美洲蹴球比赛。

之后我们参观了雄伟的武士神庙。庙宇的最上层是美洲大陆最常见的雕塑——查克莫天使。武士神庙是参照托尔特克首都图拉的神庙而建的，但比原型更加宏伟。武士神庙是一个阶梯状金字塔顶的石头建筑，内部的支柱被刻成武士的形状，金字塔阶梯顶端通往神庙入口处有查克莫天使的祭坛雕像。武士神庙毗邻的是千柱球场，原是房屋交易市场的旧址。

美国旅行作家本杰明·诺曼和约翰·劳埃德·斯蒂芬斯分别于1839年和1841年到奇琴伊察进行考察并发表记录。之后的几十年里，其他的探险队对遗址进行了更多的考察。1895年，美国驻尤卡坦副领事爱德华·赫伯特·汤普森购买了包括奇琴伊察遗址在内的奇琴庄园，他花了30年时间对庄园进行业余的考古挖掘，并从圣井中打捞出一批手工艺品。1924年，西尔韦纳斯·格里斯沃尔德·莫利对奇琴伊察遗址进行发掘和修复，包括武士神庙，修复工作持续了20年。

近几年来，由于墨西哥经济的发展，尤卡坦半岛奇琴伊察不断开发旅游，在古城的入口处建了一栋高级宾馆，四周种植了很多椰子树、棕榈树、仙人掌和三角梅，还建造了喷泉花园，让人感觉像一个天然的大花园。

1. 古代中美洲的球场
2—4. 奇琴伊察遗址球场墙壁上的玛雅图案

奇琴伊察古城不愧是人类历史建筑的灿烂辉煌杰作，无论建筑风格、艺术造诣、宗教理念、哲学思想，还是科学成就都令人惊叹。从公元6世纪奇琴伊察古城始建，到公元10世纪尤卡坦半岛成为玛雅文化的中心，玛雅文明发展到了鼎盛时期。

夕阳西下，从奇琴伊察古城回坎昆的高速路上，金色的云彩飘浮在蓝天上，神秘的玛雅文化留给人类的记忆将挥之不去、历久弥新。

美丽的哈瓦那

在遥远的加勒比海岸，有一个神秘岛国，因植被丰富，地形酷似一条鳄鱼而被冠以“加勒比海绿鳄”之称，它就是古巴共和国。走进古巴首都哈瓦那，即可感受它的斑斓和旖旎。

1. 哈瓦那老城区的国会大厦
2. 作者与古巴警察在老城区的国会大厦前合影

一

2009 年 2 月 18 日 20 时 40 分，我们一行人乘墨西哥航空公司的航班去古巴。古巴对我来说，既熟悉又陌生。从小我就会唱世界名曲《美丽的哈瓦那》和《鸽子》，小学时还学过一首歌《要古巴，不要美国佬》，并从报纸和广播知晓了古巴共产党领袖卡斯特罗。

当飞机从墨西哥繁华的坎昆国际机场起飞时，我像少年一样，感到激情澎湃。飞机在空中飞行 50 分钟后，飞越了尤卡坦海峡，降落在古巴哈瓦那的机场。机场的工作人员很友好，无论是军警还是执勤人员，都对我们很友善。

古巴近年来旅游业发展迅速，建起了很多高档的宾馆。古巴大街上行驶的都是 20 世纪 50 年代至 60 年代的小汽车。听当地人说，古巴现在仍然实行计划经济，古巴的很多生活日用品都是凭供应簿供应，超市的东西比计划供应的要贵很多。

二

第二天早餐后，我们一行人途经使馆区，这是哈瓦那最干净、最美丽的地区之一。使馆区有华人记功碑，碑上有用西班牙文写的两行字：“没有一个在古巴的华人是叛徒，没有一个在古巴的华人是逃兵。”1847—1874 年，有 14 万余名契约华工被运往古巴。他们到达古巴后，被公开拍卖给大庄园主、种植园主当苦力。我无法想象，在过去“弱国无外交”的年代，那么多的中国人在离家万里的古巴经历了怎样的“炼狱”般的生活，但是无论面对怎样的挫折和困难，他们都在勇敢地同命运抗争。

我们随后参观了尊严广场，尊严广场又名“反帝广场”。广场后方的建筑是美国驻古巴利益代表处。代表处前立着 138 根旗杆，上面悬挂着黑旗，是古巴政府在 2006 年为纪念在美国恐怖袭击中遇难的 138 名古巴人而建的。再往前是卡斯特罗演讲的地方，那里写有一条醒目的标语：所有的一切都为了革命。

1. 反帝广场上的 138 根旗杆
2. 革命广场南面的何塞·马蒂纪念碑
3. 古巴独立纪功碑
4. 美国驻古巴利益代表处

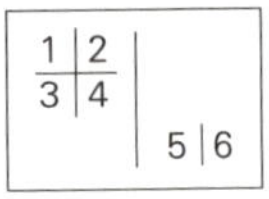

1. 革命广场北面的内政部大楼的切·格瓦拉画像
2. 革命广场东面的国防部
3. 革命广场周边的通讯部
4. 何塞·马蒂国家图书馆
5. 老城区国会大厦前的苏联伏尔加轿车
6. 供旅游者乘坐的古典马车队

中午，我们经过造型别致的俄罗斯大使馆，到达商务区中区，这个片区与中国的新开发区建设差不多，旁边还有一家北京人投资的儿童游乐场。我们走进一家牧场餐厅用餐。餐厅周围是花园和椰林，空气清新，环境幽雅。餐厅大厅悬挂着古巴国旗，服务员是西班牙白人后裔，长得很标致，能说英语、法语、德语。导游告诉我，古巴人家里有很多中国生产的海尔冰箱和电饭锅，这些电器由政府支付首付，剩下的部分由个人分期付款。

三

哈瓦那是一座具有现代气息的都市，同时更是一座历史文化名城，这里的历史遗迹保存得相当好。由于曾被西班牙殖民，老城充满了古欧洲的感觉，堪称建筑艺术的宝库。哈瓦那拥有各个时代、各种风格的老建筑，以巴洛克式和新古典风格为主，西班牙摩尔式的拱廊也随处可见。古旧的住宅、陈旧的教堂、狭窄的街道，还有古朴的剧院、喷泉、广场、城堡和要塞等，给人一种古色古香的感觉。拱形屋顶、雕花栏杆、风格各异的阳台，能让人遥想到远古的时空。宁静、祥和、古朴，是哈瓦那建筑给人的感觉。因为很多建筑是用石头砌成的，所以尽管经历数百年风雨的洗礼和侵蚀，依旧保存完好。

哈瓦那大街上跑着很多老爷车，堪称哈瓦那街头奇景。福特、雪佛兰、凯迪拉克等各种品牌的老爷车，瞬间把人带回 20 世纪 50 年代。这些老爷车和古典马车为古巴增添了耐人寻味的古旧情调。

走进哈瓦那老城区，最先映入眼帘的是西班牙在古巴的第一座总督府，上面有第一任总督夫人的雕塑。总督府前花园中有一座白色雕塑，是古巴独立后第一位领导人的雕塑。花园后面是第二座总督府，这是一座典型的 17 世纪的欧洲建筑。

从第二座总督府往右走，就来到一条铺满石头的老街，老街尽头有一座美国作家海明威住过的房子。它现在是一家酒店，红色外墙，有四层楼高。老街的北端有古巴文化名人沙皮画墙。这条石头老街两边都建有别墅，尽头左转是一座雄伟的天主教堂，建于16世纪末17世纪初。教堂前有一个大广场，广场上设有露天咖啡座，还有音乐队在现场演奏。

归程之日很快到了，我们乘坐中巴车沿着海滨大道直驶哈瓦那的机场。临别时回首再望老城，发现老总督府顶尖上的第一任总督夫人依然在眺望着哈瓦那繁忙的港口……

1. 作者与古巴工作人员在哈瓦那国际机场合影
2. 一位正在读书的古巴女孩
3—4. 哈瓦那的街头艺人
5. 哈瓦那的天主教堂
6—7. 哈瓦那老城区的建筑
8. 西班牙殖民时期的建筑
9. 海明威在哈瓦那住过的房子
10. 哈瓦那老城区的广场

· 南美洲 ·

“不雨城”——利马

2012年6月，我拥有一段难忘的夏日时光——奇幻的南美洲之旅。旅行中的每一个站点，都是保存在我记忆里不可删去的精彩片段。

1. 西班牙殖民时期的建筑——皮萨罗府
2. 西班牙殖民时期的建筑——秘鲁国会大厦

一

6月的迈阿密阳光灿烂。6月11日16时，我从迈阿密国际机场乘TACA（中美洲航空）公司的航班，前往秘鲁首都利马。迈阿密是北美洲通往中南美洲的枢纽。迈阿密国际机场规模宏大，牙买加、秘鲁、智利、哥斯达黎加、委内瑞拉等国的航班都在这里起降。我们的航班从北美洲穿越赤道飞向南美洲，把我们从北半球的初夏直接带入南半球的初冬。

耳机里正在播放世界名曲，优美熟悉的旋律将我们带入15—16世纪初美洲的古代文明之一——印加文明的画面中。1492年，哥伦布发现美洲新大陆。1533年，秘鲁沦为西班牙殖民地。1544年，成立秘鲁总督区，是西班牙在南美殖民统治的中心。1821年，秘鲁独立，成立秘鲁共和国。

1 / 2 | 3	4

1. 气势恢宏的皮萨罗府
2—3. 富丽堂皇的总统府
4. 新古典主义风格的大教堂

秘鲁，印第安克丘亚语的意思是“大玉米穗”。这片古老的土地在2万多年前就有人类居住。利马建城于1535年，1821年成为秘鲁共和国的首都。这座古老的城市位于美丽的太平洋海岸线上，过去一直是西班牙殖民者在美洲的重要据点。在印第安语中，利马是“会说话的神像”的意思。太平洋与安第斯山脉高耸的圣克里斯托瓦尔山共同护拥着利马，碧波荡漾的利马克河如玉带般缠绕着利马这座城市，使得利马更加生动迷人。利马的年降水量低于37毫米，难得下一点雨也是“加鲁亚”（意为“毛毛雨”），因而被称作“不雨城”。

二

利马城区分为旧城和新城。旧城在城北，临近阿普里马克河。旧城保留着很多殖民时期的建筑：皮萨罗府部分旧址、圣马丁广场、博洛洛内西广场等。

利马老城的广场很多。城市中心是团结大街，一端是武器广场，因为所处的位置和周围林立着各式建筑，武器广场成了旅游者的关注地。人们将武器广场比喻成车轴，以此为中心的各条街道通往全城各个地方。当年西班牙殖民者皮萨罗的宫殿，已成为今天

气势恢宏的总统府。皮萨罗当年设计的教堂位于武器广场的东面，已在1746年的地震中化为废墟，如今在原址上重建了具有新古典主义风格的大教堂。高耸的双塔、富丽堂皇的装饰、精致的镀银祭坛、珍贵的绘画名作等，显示出教堂的神圣与庄严，它也是利马城内唯一一个仍保持着浓厚西班牙风格的教堂。信步在古老的武器广场，浓郁的异国风情扑面而来。武器广场附近还有造币厂遗址和1945年兴建的利马市政大楼等景点。

一条大约600米长的步行街把武器广场与圣马丁广场连到一起，街道两旁有许多商店、餐馆，还有数不清的名胜古迹。圣马丁是1821年争取秘鲁独立解放的英雄。圣马丁广场四周的古老建筑，尽显巴洛克式建筑的雍容华贵。气势恢宏的总统府屹立在广场北面，总统府围栏外面有全副武装的警察，但非常友好和善。

利马克河南岸的老城拥有许多殖民地时期的巴洛克式建筑，老城街道悠长狭窄，交错纵横的老街两侧的建筑以粉红色外墙与木栏小露台搭配，透出古朴雅致的情调。

1 2 3	4

1. 作者与来自波兰的朋友在武器广场交流
2. 作者与当地学生合影
3. 作者在利马圣马丁广场同古典传统的仪仗队卫士交流
4. 武器广场上的秘鲁独立纪念碑

LA NACION
AL GENERAL D. JOSE D
SAN MARTIN
CENTRO ABIERTO 2012

三

与老城相比，新城的景致则充满了现代化气息：宽阔的街道、林立的高楼、步履匆匆的行人。布局合理的各式建筑在新城齐聚一堂。玻利瓦尔广场周围有许多值得人们留意的博物馆，如国家博物馆、人类学博物馆、考古博物馆、宗教法庭博物馆等。当然，博洛格内西广场附近著名的黄金博物馆也非常值得参观。

利马的国家博物馆建于 1976 年，是一座造型和内部结构都颇具特色的建筑。博物馆的常设展览主要通过模型、地图、图片和出土实物，向观众展示前印加时代和印加时代的秘鲁文明史，包括人文、农业和其他方面的发展情况。博物馆同时设有出土陶

1 | 2 | 3/4 | 5 | 6

1. 黄金博物馆大门
2. 黄金博物馆创立者的雕塑
3. 黄金博物馆的兵器展厅
4. 中国政府赠送给黄金博物馆的“马踏飞燕”文物复制品
5. 利马的国家博物馆
6. 秘鲁共和国的仪仗兵

瓷展、印加历史文化展、1980—2000 年利马地震纪录照片展、秘鲁国内反对恐怖主义活动纪实展等展览。

黄金博物馆是一家私人博物馆。展馆分为两层：上层为兵器馆，展示了近 4 万件 16 世纪以来的各国兵器，陈列着世界各国的刀剑、匕首、毛瑟枪，还有美国独立战争时的枪、军服军帽等；下层为黄金馆，有 5 个大厅，陈列着 5000 多件展品，其中的第二、第三展厅陈列着秘鲁各个时代的面具、王冠、金银服饰、装饰品及木乃伊，显示了秘鲁的悠久历史和灿烂文化。

四

利马新城的别墅群是中产阶级居住的地方。这里的临街连排公寓别墅没有前庭后院，因此也没有花园和草坪，人们就在别墅的门口两侧种一些花花草草。与别墅区相隔不远的地方是使馆区。法国、中国、古巴等驻秘鲁的大使馆临街而建，由棕榈树、三角梅、凤凰树组成的绿化隔离带道路一直通向海边。站在中国驻秘鲁大使馆前，能看到五星红旗在院内高高飘扬。由于长年不下雨，利马的城市绿化不是很好，但是中国使馆区的绿化做得不错，还有高尔夫球场。

利马靠近太平洋，这儿的海滩很有特色，没有沙子，只有鹅卵石。海滨有著名的地画公园，公园位于连绵起伏的岩石之上，可以遥看悬坡下面一望无际的海滩和太平洋。地画公园宽阔的草坪上种植了很多花卉，这些花卉组成了纳斯卡地画的几个主要图案，供人观赏。海滨还有一处旅游名胜，即爱情公园，这是一座以爱情为主题的公园，公园里有热恋男女的巨型雕塑。爱情公园里的爱情墙的造型和色彩同西班牙巴塞罗那的神圣家族大教堂相似。

利马是一座古典风格与现代风格交融的大都市。夜晚，华灯初上，风格各异的建筑流光溢彩。徜徉在利马的街道，路上车水马龙，健身房里播放着节奏明快的音乐，青年男女跳起优美的拉丁舞。

返程那天阳光明媚，我们驾车从海滨绿化大道一直驶向机场。踏上航班，我依依不舍。再见了，印加文明之国秘鲁！再见了，“不雨城”利马！

1	2 / 3

1. 中华人民共和国驻秘鲁大使馆
2. 圣马丁广场上的圣马丁雕塑
3. 利马的海滨

万种风情——里约热内卢

如果世界上有“人间天堂”，那一定在拉丁美洲，首推巴西的里约热内卢。阳光、海滩、桑巴、足球是里约热内卢的灵魂，没有哪座城市像它这样放荡不羁，充满狂野，连城市的空气中都弥漫着激情的气息。

“一月之河”

里约热内卢是拉丁美洲巴西的第二大城市，在葡萄牙语里，“里约热内卢”意为“一月之河”。相传1502年，葡萄牙的航行探险家们沿着他们发现的新大陆海岸线航行，来到了瓜纳巴拉湾时，突然发现前方出现一片金色的海滩。这里前有万顷波涛，后有群山环抱，美得让人热泪盈眶。这些葡萄牙人以为这是一条大河的入海口，因为当时正值一月，就将他们想象中的那条河命名为“里约热内卢”。葡萄牙语中，里约是“河”、热内卢是“一月”的意思，这个富有诗情画意的名字从此便成为这座城市永远不变的符号。对于大多数中国人而言，里约热内卢这个名称有些拗口，因此习惯简称它为“里约”。

里约的“身世”颇为传奇。1502年1月，葡萄牙探险舰队来到这里。1763年，里约成为葡萄牙殖民地的首府。1834年，巴西首都从萨尔瓦多迁到里约。1960年，巴西为了扩大内地的建设，

1. 里约国际会展中心
2. 国家历史博物馆
3. 巴西热带民族风情建筑
4. 国家开垦纪念雕塑
5. 新大陆开发国家历史纪念碑

把首都从里约迁到巴西利亚。里约的故事远不止于此，它曾是葡萄牙帝国的首都，而且是唯一一个不在欧洲却成为欧洲国家首都的城市。当时的巴西是葡萄牙的殖民地，因担心强盛一时的拿破仑攻占葡萄牙，王室贵族宣布迁都至里约。十多年后，葡萄牙王子宣布巴西独立，建立新的国家，称帝佩德罗一世，他是巴西的开国皇帝，里约成为新国家的首都。1960 年，巴西政府将首都迁至内陆城市——巴西利亚。 直到现在，还有很多人误以为里约是巴西的首都。

里约国际书展是巴西出版行业最令人瞩目的盛会，举办书展的国际会展中心位于里约新区。新区的道路规划始于 20 世纪 90 年代，现在的道路整齐宽阔，十分壮观，具有浓郁的热带风情和南美特色。里约国际书展分三个大展厅，展示了世界各个国家和地区的出版社参展的图书，规模堪比伦敦国际书展和东京国际书展，前来逛展的游客很多。国际性的书展带动了里约的阅读氛围，我在里约国际机场候机时，看到很多候机的巴西人在潜心阅读，很少大声喧哗。

里约的山

里约之美在其山。环抱里约的群山奇峰突兀，蔚为壮观。山上树木四季常青。其中，面包山和耶稣山更是各国游客们的必访之地。面包山位于瓜纳巴拉湾入口处，它雄踞海湾与大西洋之间，山体陡峭，四壁光滑，高约 400 米，远远望去，孤立于苍茫的天地间。乘坐缆车登上面包山远眺，里约市容一览无遗：瓜纳巴拉海湾内，白色的游艇和帆船零星地停泊在蔚蓝色的水面上；半圆弧状的博塔福戈海滩上金沙细浪；海滨大道旁的高楼大厦层层叠叠、错落有致。

耶稣山是里约的象征。耶稣山本名科科瓦多山，葡萄牙文意为“驼峰”，所以又叫驼背山。它耸立在里约市西面景色秀丽的

1｜2

1. 巴西独立解放纪念碑
2. 里约的教堂

海岸边，是一座海拔 700 多米的山丘。耶稣雕像矗立在科科瓦多山顶，是世界最大的耶稣像，被评选为“世界新七大奇迹”之一。漫步里约城中，随处都能看到山上的耶稣像。它低头俯视，伸展双臂，似在拥抱整个里约城。到了晚上，在灯光的照射下，夜幕下的耶稣像显得更加醒目。耶稣山依山傍水，从山上俯瞰，能看到跑马场、内湖（拉戈尔）和马廊。

里约的海滩

对于里约人而言，海滩不仅可用来观光游玩，还成了他们生活中不可或缺的一部分。它同时是里约人的医疗室、校园、图书室、足球场、排球场、酒吧、舞厅、摇滚音乐厅，甚至是办公室。偶尔有人会下海泡泡海水，但这只是里约人悠闲生活的一个小片段而已，更多的时候，他们会在海滩上阅读、闲聊、调情、慢跑、运动、小睡、思考甚至谈生意。

我们此次入住的酒店位于科帕卡巴纳海滩的海滨大道上，大道旁的高楼大厦鳞次栉比。里约的年轻女士夏秋季着装大胆外露，街道上俊美者比比皆是。早晨起来，从海滨大道远眺海边，对望着大西洋，映入眼帘的是湛蓝的天空、碧绿的海水、银色的沙滩。如果在海滩上搭一个舞台开演唱会或在海滩上开展沙滩排球赛、足球赛，那真是太惬意了！宽阔的海滨大道顺着海滩走势蜿蜒向前伸展，分成汽车道、人行道，还有专供巡逻使用的红色车道。人行道用白色与黑色的小石头拼镶成波浪形的图案，高大挺拔的棕榈树屹立在道旁。海滨大道的一侧立着一幢幢旅馆、饭店和豪华公寓。现代化的建筑与美丽的海滨风光和谐地融为一体。每到周末，绵延八公里长的海滩上，彩伞簇立，人声鼎沸，万头攒动，简直成了欢乐的海洋。

1 | 2 3/4

1. 海滩排球比赛
2. 海滨大道的人行道
3. 半圆弧状的博塔福戈海滩
4. 海滨大道旁的建筑

1 2
3 4
5

1. 里约国际书展
2. 里约联邦大学的钟楼
3. 桑巴舞表演剧院
4. 桑巴舞的演员
5. 作者与巴西学生在国家历史博物馆前合影

科帕卡巴纳海滩流传着一个笑话。一个富人问躺在沙滩上晒太阳的流浪汉："这么好的天气，你为什么不出海打鱼？"流浪汉反问他："打鱼干吗呢？"富人说："打了鱼才能挣钱呀。"流浪汉问："挣钱干吗呢？"富人说："有钱你才可以买许多东西。"流浪汉又问："买东西以后干吗呢？"富人答："等你应有尽有时，就可以舒舒服服地躺在这里晒太阳啦！"流浪汉听了，懒洋洋地翻了个身，说："我现在不是已经舒舒服服地躺在这里晒太阳了吗？"虽然这是个笑话，但里约人的态度就是这样：悠闲，懒散，自得其乐。里约是一座得天独厚的城市，美食、美女、美景应有尽有，最好的一切仿佛已触手可及，那还要求什么呢？如果你认为这是里约的全部意义，那就错过了它最深刻的东西。巴西人说："上帝花了六天时间创造世界，第七天创造了里约热内卢。"花费了上帝整整一天时间的里约，不是一个外表美、头脑空的木美人。它旖旎的外表下，有一种复杂的魔力在流动。

里约的狂欢节

巴西狂欢节被称为世界上最大最奔放的狂欢节，也是巴西最大的节日，相当于中国的春节。在巴西各地的狂欢节中，最负盛名的是里约的狂欢节，它是世界上最令人神往的盛会。由于巴伊亚人不愿将它市场化，这里的狂欢节得以保持原汁原味，成为巴西传统和狂欢节精神最真实的体现。

没有哪座城市像里约这样放荡不羁，充满狂野，狂欢节这个不可动摇的传统深入历史和人们生活的方方面面。盛会期间，全城万人空巷，人们不分肤色种族、贫富贵贱，犹如潮水般涌上街头。男女老少个个浓妆艳抹，狂歌劲舞，尽情宣泄。盛大的桑巴游行是狂欢节的高潮，身材火辣的拉丁女郎身着比基尼，与男舞者大跳热情奔放的桑巴，把气氛带动到最高点，让游客情不自禁地加入狂欢的人群。桑巴舞者们在热情奔放的音乐中剧烈抖动身体，双脚飞快地移动、旋转，炫彩的服饰、曼妙的舞姿让人眼花缭乱。

艳丽的服饰、强劲的音乐、欢快的桑巴舞和火辣的巴西美女将里约的风情展现得淋漓尽致。狂欢节里跳桑巴、看桑巴已是巴西人生活必不可少的一部分。

“混血”城市与足球的魅力

里约是个“混血”城市，不同肤色、不同种族的人生活于此。里约的姑娘几乎天生就具有美丽女性的所有特征：大眼睛、高鼻梁、性感的身材、细嫩的肌肤、浓密的披肩长发……她们大多数是混血儿。这些混血姑娘们拥有巴西民族的热辣奔放，她们的美是一种洋溢着活力和热情的美。

与狂欢节一样，巴西人对足球的热爱是举世皆知的，在街头、海滩上，随处可见一群群踢足球的少年。里约人会自豪地告诉你，济科、罗纳尔多、小罗纳尔多、里瓦尔多、罗马里奥、贝贝托、扎加洛、托斯唐等世界级球星均和里约有关。里约有世界上最大的足球场——马拉卡纳体育场。球场入门处有许多世界级球星留

1. 马拉卡纳体育场
2. 作者与巴西国家足球队队员在里约机场合影

下的大脚印。马拉卡纳体育场曾多次举办重大比赛，并诞生了足坛上的许多辉煌时刻。其中，球王贝利 1969 年 11 月 19 日在马拉卡纳足球场踢进他职业生涯的第 1000 个球。

2009 年 10 月 2 日，在国际奥委会组织的投票中，里约击败芝加哥、马德里、东京，获得 2016 年第 31 届夏季奥林匹克运动会举办权，这也是奥运会首次登陆南美大陆。2012 年 7 月，在俄罗斯圣彼得堡举行的第 36 届世界遗产大会通过审议，里约的独特景观被列入世界文化遗产名录，里约因此成了世界文化遗产中首个入选自然景观类别的城市。正因为兼有北半球的浪漫和南半球的热情，里约形成了自己独特的城市风格。这个巴西人口中的“奇妙的城市”带着它的万种风情，欢迎着世界各地的游客。

世界最南端的城市——乌斯怀亚

踏上南极是很多人一辈子都无法企及的梦想。在世界最南端，有一座叫乌斯怀亚的南美小城，被称为“世界尽头”。在许多文青的笔端，它屡有被提及，王家卫导演电影中的经典镜头和对白让它变得神秘且非同寻常。它没有四季更迭，只有黑夜白昼；没有熙熙攘攘的人流，只有成群可爱的企鹅列队迎宾。

去到乌斯怀亚，你会发现大自然的魅力超乎了人类所有的思想极限。它是一片净土，没有嘈杂，没有纷扰，没有摩登的商业大楼，街边全是经常出现在童话中的可爱小木屋。它有延绵的冰峰，有世界最南端的邮局，有世界尽头的灯塔，有在别处享受不到的别样的静谧与安宁。

飞往火地岛

火地岛与南极洲隔海相望，它的首府乌斯怀亚是世界上最南端的城市。乌斯怀亚位于比格尔海峡北岸乌斯怀亚湾畔，依山面海而建。它始建于1870年，1893年设城，主要经济行业是电器、木材加工、渔业和旅游业，居民大多从事伐木、养羊、捕鱼等生产活动。乌斯怀亚特有的地理位置，使之成为通往南极洲的门户，并因此驰名世界。

世界最南端的城市——乌斯怀亚

从阿根廷首都飞往火地岛，需要经过 3 小时 30 分钟的空中飞行。飞机沿着大西洋与南美洲的海岸线，飞越南极雪山，舷窗外白云朵朵，下方是起伏连绵的雪山，远处是浩瀚的大西洋。经过 3000 多公里的飞行后，我们终于来到了火地岛，这是智利和阿根廷共同拥有的岛屿，南美洲最南端的地方，它还是太平洋与大西洋的分界线。火地岛上最为著名的地方是离南极最近的合恩角，它与南非的好望角、澳大利亚的东南角一同成为南半球的“三大角”。

火地岛“天涯海角”的扬名和历史上两位名人有关。一个是葡萄牙探险家麦哲伦。1520 年 10 月，当麦哲伦率领船队第一次经过火地岛时，迎接他们的是曲折迂回的水道、变幻莫测的海流、黝黑的山林和巍巍的雪峰。更令人惊奇的是，在夜色沉沉的岸上，他们还看到了在黑暗中燃烧的神秘的火焰，隐约还有飘浮的烟柱。于是，麦哲伦把这块陆地称作“火地”。火地岛之所以扬名世界还和著名的生物学家达尔文分不开。达尔文于 1832 年乘英国海军

乌斯怀亚港口码头

巡洋舰"贝格尔"号进行环球旅行时，曾到火地岛进行地质和生物的科学考察，并深入到印第安人部落了解当地人的生活和习俗。后来，他把这段经历写进了他的《贝格尔巡洋舰考察日记》里。火地岛东部的那座2000多米高的达尔文山，就是为纪念这位著名科学家而命名的。

从1828年开始，英国传教士陆续涌进火地岛进行传教，给这里带来了文化和信仰。阿根廷政府很感激这些传教士，赠送了大量土地给他们，至今这些土地仍然属于英国教会。1883年，阿根廷政府接管火地岛，并在此地修建监狱，俄国的亲王曾被关在这里。1947年，贝隆总统颁令关闭了监狱。这里还曾经修建了一条长达25公里，专门用来运载犯人的铁路。如今乌斯怀亚的监狱已改作海洋博物馆，除了有与当地海洋有关的专题展览（如历代经过和遇难的船只、水文图、渔业、企鹅）外，还有旧乌斯怀亚、世界监狱和马尔维纳斯群岛战争等展览。这个监狱有300多个牢房，其中不少已变成美术馆的展示厅，摆放各式各样的画作。

世界上最南端的居民点

从澳大利亚、新西兰等地乘船前往南极洲，至少需要一周的时间，而由乌斯怀亚起航，越过德雷克海峡，两天便可到达南极洲。乌斯怀亚离南极半岛不足1000公里，是各国赴南极考察船的大后方基地。因此，如果前往南极洲探险和考察，乌斯怀亚是一个理想的起航和补给基地，堪称世界上最南端的居民点。

乌斯怀亚如今已成为迷人的风景点，在印第安语中，它是“观赏落日的海湾”之意，当日落黄昏时，眺望晚霞中的海湾，水天一色，云霞似锦，美不胜收。乌斯怀亚城不大，战略位置却十分重要，它扼守着比格尔海峡的咽喉，海峡水深湾阔，是理想的避风港，阿根廷海军在这里建有基地。从这里往东可达马尔维纳斯群岛，当年震惊中外的马岛之战就是在这里爆发的。

到达火地岛是当天15时30分，我们登上游船，通过阿根廷和智利之间的麦哲伦海峡，参观了著名的鸟岛、海狗岛和古灯塔。古灯塔始建于1920年，由法国人建造，给航行的船只指示方向。灯塔从2000年开始重新整修，使用太阳能光源。海峡两岸一边是智利，一边是阿根廷。天空蔚蓝，白色的云飘浮在空中；海水碧蓝，

1. 乌斯怀亚博物馆
2. 世界最南端的中餐厅——彩虹餐厅
3. 乌斯怀亚港口的香烟商店
4. 与乌斯怀亚商店的服务员合影
5. 世界最南端的酒店——乌斯怀亚酒店

在阳光的照耀下波光粼粼。身处其间，仿佛可以穿越到几百年前人类征服和发现火地岛的时期。从麦哲伦海峡回来的航程中，我在南极的冷风中享受着清新的空气。海水从船边翻卷上来，浪花雾气在阳光照耀下呈现出七彩颜色，格外美丽。火地岛的夏天是最美的，白天长达20个小时，晚上11时太阳才落入海面，凌晨4至5时，太阳又升起。

1 | 2 | 3

1. 世界最南端的地图标志
2. 乌斯怀亚火车站
3. 礁石岛上黑白相间的南极鸬鹚

乌斯怀亚的建筑顺着比格尔水道（比格尔海峡）沿岸而建，岸边是宽阔的玛依普大道，街道两边既有现代化建筑，也有铁皮屋顶的简易房屋，还有老旧的木头房子，大多一两层高，显得朴实而宁静。市区的主要街道是圣马丁大街，它是一条商业街，两边商店的豪华程度不输给大都市，主要卖进口的化妆品、烟酒等商品。因为商品免税，所以价格相对便宜。据说，许多阿根廷人来火地岛旅游的一个重要目的就是采购。圣马丁大街两侧还散落着一些颇有风味的餐馆，磷虾、蜘蛛蟹、沙丁鱼、鳕鱼和海蜇都是当地的特产。我们在唯一一家有中文标识的“彩虹餐厅”吃烤全羊，这是阿根廷的特色饮食，厨师用锋利的刀把烤羊肉切成块状，配上酸洋葱等配料，美味极了。

乌斯怀亚有一家银行，它是世界上第一家设在南极的金融机构。乌斯怀亚还有书店，书店里有许多介绍印第安人的书籍。这里的工艺品店里有各式各样印第安人的工艺品和装饰品。

我们入住的酒店位于乌斯怀亚的最高处，放眼望去，看到的是大西洋的海湾。傍晚，夕阳、金色的云彩与碧蓝的海水相互映衬，构成一幅美丽的南半球极昼的奇幻画面。

地球上的最后一块净土

乌斯怀亚依山傍水，郁郁葱葱的山坡和巍峨洁白的雪山交相辉映，色调不同的各种建筑坐落在波光粼粼的比格尔水道和青山白雪之间，水道对岸智利境内的雪山也历历在目。比格尔水道是太平洋和大西洋的分界线。旖旎的风光吸引着大批游客，给这块原本荒凉的土地注入了生机。这里没有工业污染，是人类在地球上最后的净土之一。大自然中的海狗和海鸥自由自在地生活，与100多年前相比，只是多了满载游客的游轮和灯塔的照射。

从乌斯怀亚向西，开车大约半小时便可去到火地岛国家公园。火地岛国家公园是世界最南端的一个自然保护区，拥有雪峰、山脉、湖泊和森林，古印第安人的草棚点缀其间，极地风光无限，景色十分迷人。公园入口处有一座圆木搭起的牌楼，牌楼上挂着一块牌子，正面用西班牙文写着——火地岛国家公园，背面还有一行字——认识祖国是你的义务。由于这里一年到头都刮强风，加之土层瘠薄，树根扎不深，因而树木呈现出东倒西歪的怪异形状，有的匍匐在地，有的顺风势而立，形成了被称作“醉汉林”的景观。

1
2 | 3

1. 世界上最南端的邮局
2. 海岸灯塔
3. 乌斯怀亚港口风情

从酒店沿阿根廷国家 3 号公路往北，我们来到了世界最南端的火车站。这个火车站离乌斯怀亚城 8 公里远，位于阿莱曼主教市的野营地，在皮坡河的谷地。我们到达时，车站的周围都是人，大家都在等着乘坐小火车。车站简单地用木栅栏围着，栅栏旁开满了花朵，乌斯怀亚到处都种有这种花。小火车冒着白色蒸汽烟，停靠在站台上，工人们在做最后的维护保养。这种独特的窄轨小火车，最初用来运送流放犯人和他们砍伐的木头，如今却载着我们这些游客，沿着一条弯曲的河流，进入火地岛国家公园。火车开得很慢，草地、树林、瀑布、雪山交替着出现。无论远近，草地上横七竖八地躺着一些正在慢慢烂掉的老树干，还有一些腐烂的树桩。紧接着，一片开满白色小花的绿草地映入我们的眼帘。极目远望，前方仍是一片苍绿大地。小火车只有一股轨道，双向火车交会时，其中一列需要停靠在中途车站，给对向的小火车让行。

小火车最后带着我们行驶到了国家森林公园站。进入公园，蓝天、雪山、湖泊、草地与森林相映成趣，色彩鲜明柔和，景色十分美丽。我们在惊叹大自然的奇妙的同时，不得不称赞阿根廷对自然环境保护的重视程度。平静的湖水、远处的雪山、通向林中的小道，宁静得让人不忍打扰，清新的空气中似乎带有一股甜味。在国家森林公园内，随处可见河狸修筑的堤坝，堤坝周围是一大片一大片枯死的树林，枯木的苍凉和绿色的生机缠绕在一起，矛盾而又和谐地融为一体。公园的树上长着各种各样的苔藓，几乎没人能够说出它们的名字。我们来到阿根廷国家 3 号公路的尽头，或者说是泛美公路的起点，路标上面标注着，这里距布宜诺斯艾利斯 3079 公里，沿泛美公路到美国阿拉斯加州北冰洋边上的普拉德霍湾则有 17848 公里。

在国家森林公园吃完午餐后，我们乘车前往乌斯怀亚国际机场。机场建得很别致，全部使用木结构。为了抵御台风和季风，航站楼只建了一层。

1
2 | 3
4 | 5

1. 乌斯怀亚依山而建的民居
2. 乌斯怀亚的街景
3. 世界最南端火车站的小火车
4. 乌斯怀亚国际机场
5. 作者在乌斯怀亚国际机场与加拿大的科学家交流

在候机时，我遇到了一名推着行李车的女子，车上堆满了背包和金属仪器。在和她的交谈中，我得知她来自加拿大，是一位哲学博士，在大学研究所工作，目前从事地球物理特别是南极的冰川研究，她此行是带研究生到南极实习。她送给我一本印制精美的考察报告，上面有她拍摄的南极冰川、可爱的企鹅等照片。我问她，在国际南极冰川研究领域中她是否算得上最高水平的学者和专家。她莞尔一笑，很谦虚地回答说，只能算中等水平，不是最高的，并对我做了一个很幽默的手势动作。女教授准备登机了，望着她离去的背影，我想起了美国电影《龙卷风》和《后天》中那些追求科学、忘我工作、执着顽强的女主人公形象。正是有这样一批又一批、一代又一代科学家的不懈追求和努力，才推动了世界科学技术高度繁荣发展。

·非洲·

非洲之都——内罗毕

一

内罗毕是东非国家肯尼亚的首都，也是东非第一大城市，被称为“非洲之都”。内罗毕拥有“东非小巴黎”的美誉，城市里绿树成荫、花团锦簇，因此又有“阳光下的绿城”之称。

内罗毕还是个充满活力和趣味的国际性都市，在这里可以遇

到来自世界各地的游客，大家都期待能与非洲野生动物亲密接触。

二

1963 年，肯尼亚宣布独立，内罗毕成为肯尼亚的首都。它以制造业为主要工业，近年旅游观光也成为该市的主要收入之一。

位于市中心的肯雅塔国际会议中心是内罗毕的标志性建筑。阿布戴尔国家公园、国家博物馆、卡伦故居、自由广场、长颈鹿公园等都是著名的游览地。人们在市区可以享受便捷、舒适的现代都市生活，有书店、高档餐厅、邮局、商场，以及五分钟内就可以兑换支票的银行等便利设施。

联合国内罗毕办事处是联合国在非洲的总部，由联合国环境署和人居署的总部以及其他联合国机构驻肯办事处组成。它是联合国唯一设在第三世界国家的办事处级别的机构，与联合国日内瓦办事处、维也纳办事处等纽约总部以外的大型驻地机构平行。

内罗毕市中心全景

I&M
CITY HALL

内罗毕作为肯尼亚的首都，是非洲最重要的城市之一，有许多现代化的高层建筑，而且这些建筑设计造型新颖。城市建设日新月异，现代化的展览中心、市政厅、议会大厦、财政大楼、国家出版大厦、国父雕塑等，显示出浓郁的都市气息。大街两边商店林立，有英、美、法、日、韩等国的汽车品牌专卖店。街上人群熙熙攘攘，车辆川流不息。内罗毕人的着装色彩鲜艳，不乏时尚气息。

内罗毕有富人住宅区，住宅区内种植着大片的热带植物，如几米高的仙人掌，还有非洲特有的火红的圣诞花。据导游介绍，现在的肯尼亚仍有 40 多个部落，部落实行酋长制，酋长由政府任命。

陪同我们的非洲导游简和奥丁尼用英语与我们交流，他们俩之间交流时则用斯瓦希里语，这是内罗毕当地的语言。在内罗毕，不管是公路上骑自行车的人，还是在田野或建筑工地干活的人，都很少戴遮阳帽。我们还看到当地的妇女用头顶着水、柴火或其他东西在路边行走。

1 2|3 4 5

1. 联合国人居署总部
2. 肯雅塔国际会议中心
3. 位于市中心的总统府
4. 肯尼亚国家博物馆
5. 联合国环境署总部

三

内罗毕最著名的景点是阿布戴尔国家公园，这里是观察非洲野生动物的最佳地点。在前往阿布戴尔国家公园的路上，我们路过了一片片的草地和树林，还有一个个咖啡种植园。这些咖啡种植园都属于私人农场主，有荷枪实弹的安保人员站岗。远方一望无际的草地上，有很多肥壮的奶牛和羊。内罗毕郊区的地形地貌和植被与广西的部分丘陵地区颇为相似。公路两旁是一排排的桉树，路旁有不少小摊贩在卖水果、饮料和日用品；不远处的山坡上建有农舍，周围种植有芭蕉、玉米、芒果。路边茂盛的灌木林还开着大片黄色、红色和紫色的鲜花。

阿布戴尔国家公园有很多野生动物，如长颈鹿、野猪、犀牛、猩猩、狒狒、羚羊、斑马等。早晨，野生动物园内的温度降到12℃，这就是内罗毕的初冬。太阳从长满植物的山坡上透出霞光，洒在草坪和湖面上，火烈鸟、天鹅、野鸭在戏水，野牛在山坡吃草，鸟儿在林中飞翔……这是世界上最美丽、最和谐的画面。

1 | 2 / 3 | 4

1. 内罗毕最著名的阿布戴尔国家公园
2. 阿布戴尔国家公园的非洲野生水牛
3—4. 作者与阿布戴尔国家公园工作人员合影

1 | 2/3

1. 内罗毕长颈鹿公园的长颈鹿
2—3. 树顶旅馆

我们入住了著名的树顶旅馆，整个酒店是木架结构，虽然外面看起来很原始，但内部的设施却和星级宾馆一样现代、齐全。树顶旅馆最早是英国人为了观察野生动物而建在树上的宾馆。这种类型的宾馆或酒店有一段很有名的历史。1952 年 2 月，英国女王伊丽莎白二世（当时是伊丽莎白公主）与丈夫菲利普亲王就在树顶旅馆度蜜月。当时，乔治六世国王亲自去机场送伊丽莎白公主夫妇。几天后，伊丽莎白公主突然接到父亲去世的消息，就匆忙离开树顶旅馆，赶往伦敦。紧接着，她在威斯敏斯特大教堂宣誓，继任英国女王。1952 年和 1956 年，肯尼亚分别爆发了两次民族解放运动，当地人放火烧掉了树顶旅馆。后来，由于树顶旅馆的影响力很大，肯尼亚人民又重建了树顶旅馆。

树顶旅馆像一个城堡，共有三层，并专门设有观察野生动物的地方。旅馆在观景台外面放了盐，还挖了一口小水塘。晚上，一群野牛来此舔盐、喝水。牛群走了以后，又有 20 多头大象来舔盐、喝水。最后，还有野猪、犀牛来舔盐、喝水。导游奥丁尼告诉我，树顶旅馆有着很好的观察条件，强烈的灯光从观景台照射下去，动物就不会发现人们在隐蔽处观察和拍摄。

从树顶旅馆回内罗毕的路上，我们经过了一大片玉米地。当地司机介绍说，这是 20 世纪 70 年代从中国来援助非洲的农业专家给非洲人民带来的农作物。如今，这里的农作物长得十分茂盛，有大片的玉米、菠萝和水稻。

在内罗毕，我们还参观了长颈鹿公园。园内环境很好，植物茂盛，绿草茵茵，有众多的野生动物。参观完长颈鹿公园后，我们来到卡伦的故居。卡伦是世界名著《走出非洲》的作者，她是丹麦的贵族。卡伦雇佣了 600 多个劳动力，原本打算来内罗毕种植咖啡，后来因气候不适应，种植不成功，就在非洲进行考察写作和文学创作。卡伦于 1937 年回到丹麦定居，在内罗毕一共居住了 14 年。她的《走出非洲》等文学著作使肯尼亚的美丽旖旎名扬四海。后来，《走出非洲》被美国好莱坞搬上银幕，并被翻译成

1
2
3 | 4

1.《走出非洲》作者卡伦的故居
2. 在卡伦故居前全神贯注阅读的女孩
3. 内罗毕街头的汽车专卖店
4. 世界著名企业的广告牌

50 多种文字，让全世界人民了解了肯尼亚和非洲。卡伦故居的建筑是经典的欧洲花园式风格，欧式房屋以及欧式花圃在蓝天、白云和绿色草原的衬托下，就像一片人间净土。

四

20 世纪非洲民族解放和国家独立运动以来，非洲得到了中国政府的大力支持，因此当地人对中国人非常友好和热情。当导游简和奥丁尼同我挥手告别的一刹那，我深刻感受到，不同国家、不同人种、不同民族、不同语言、不同生活环境、不同宗教、不同信仰的人之间的心也可以是相通的，大家的眼睛都折射出对和平、发展、友谊、平等的向往。

我在少年及青年时代对非洲的印象大多是从书上和电视上了解到的，这次走进非洲，第一次直面这片人类最原始的土地——广袤的森林、宽阔的平原、善良的人民，让我对这片美丽富饶的土地有了深深的眷恋。当年悲惨的殖民历史和贩卖黑奴的时代已经一去不复返了，非洲在觉醒，非洲在发展，非洲在进步。

母亲之城——开普敦

大西洋边，桌山脚下的开普敦是南非立法首都，也是欧洲殖民者最早登陆的地点，是南非历史最久远的城市之一。桌山山脉环绕着开普敦，遮挡着来自大西洋的寒风，开普敦的气候因此十分舒适宜人。自 1497 年达·伽马登陆之后，来自欧洲的船只就把这里当作东方航线上一个上岸休息和补充给养的地点，开普敦因此被称为“海上客栈”。世界各地的水手和冒险家们带来了不同的文化传统，也形成了开普敦多姿多彩的城市风貌。

开普敦维多利亚港

开普敦还被称作“地球的风暴三角”，这座城市浓缩了南非的殖民历史，也是非洲殖民历史的标志。1486年，葡萄牙航海家迪亚士首次于航海日志中描述开普敦这个地方。开普敦有白人战争的悲壮历史，也有南非黑人惨遭贩运到欧洲和美洲当奴隶的屈辱历史。南非的历史，是一部说不尽、看不完的历史书。

1—2. 开普敦桌山的海港
3. 豪特湾
4. 德克岛上的海豹和海鸥
5. 好望角的灯塔

地理坐标

开普敦是南非的立法首都、南非议会所在地，是南非白人数量最多的城市。南非的贫富差距很大，离机场大约 1 公里处的国家 2 号公路的左侧区域为当地黑人的聚居处，这些黑人没有固定职业和固定收入。

桌山是开普敦的标志之一，从开普敦一直延伸到大西洋，是大西洋和印度洋的交界点，也是世界著名的地理坐标。开普敦有四种风格的景致围绕桌山：走近大西洋，有依山而建的富人住宅区；放眼地中海风格的港湾，有一种置身于欧洲森林的感觉；看了海边的企鹅后，

走进葡萄园，又好似在大洋洲；而好望角，则是典型的南非风格。由于地处非洲最南部，开普敦日照非常充足，全年只有旱季和雨季之分。

开普敦是一个海滨城市。维多利亚港湾是开普敦最大的港口，位于大西洋海岸，海岸周围建有很多两层的别墅，是富人区。桌湾是南非的重要港口，是南非第二大港。站在大西洋海岸，能看到海里生长着一望无际的海带，为了保护环境和生态平衡，当地居民几乎不吃海带。

开普敦大街的街心花园有葡萄牙人修建的雕塑——英国伊丽莎白一世的公子温莎公爵雕塑；有英式风格的市政大楼，还设计了钟楼；有世界著名的大公司，如 IBM（国际商业机器公司）、福特汽车、LG（乐金公司）、壳牌石油。开普敦主要街道的中心地段建有第二次世界大战纪念碑，附近是开普敦火车站和公交车站，整个城市的功能设计合理。

1/2 | 3|4

1. 大西洋与印度洋的分界线——好望角
2. 美丽的凯姆斯湾畔
3. 大西洋的美丽岛屿
4. 罗德斯纪念雕塑

好望角有一栋老建筑，曾经是荷兰东印度公司的总部，现为南非陆军司令部所在地。当年荷兰东印度公司操练的阅兵场，也是1990年曼德拉出狱后第一次演讲的地方。

开普敦政府街公共公园对面是国会大厦，它于1886年竣工，又于1910年增建。国会大厦是一栋红白相间的历史建筑，内用豪华大理石装饰。开普敦文化历史博物馆是1679年建造的荷兰东印度公司的奴隶宿舍，展厅分为两层，藏品包括古罗马、古希腊、埃及和中国的各种文物，还有17—19世纪开普敦人的生活用品，主要有陶瓷、家具、玻璃制品、硬币、邮票、枪械及19世纪的医药品等。圣乔治大教堂、开普敦政府办公大楼、祖鲁文化博物馆等建筑使整个城市看起来别致有序。开普敦的荷兰建筑设计相对简单，没有英式建筑大气，街上多为德国和日本品牌的小汽车。开普敦有公立医院和私人医院，据说去私人医院看病很昂贵。

1
2

1. 沃伦海事公司的“瑟西”号轮船
2. 作者与南非学生合影

地理大发现

好望角是大西洋与印度洋的分界线，这是世界地理的大发现。我们前往好望角是沿着开普敦半岛东海岸出发的，开普敦半岛东海岸属印度洋一侧。

第一批到达并发现好望角的是葡萄牙航海家迪亚士。1497 年，葡萄牙航海家达·伽马在开发由欧洲直达亚洲的航线时到达此地。开普敦与欧洲开始紧密联系始于 1652 年。荷兰船长赞·范里贝克与荷兰东印度公司的职员被派遣至这里，建立一个专为远航亚洲的途经船只提供补给的中途站，他们的三艘船于 1652 年 4 月 6 日抵达。1688 年，首批非荷兰裔的移民来到了开普敦，荷兰东印度公司为他们提供了居住点和农地，而他们亦为未来的葡萄酒发展做出了重大的贡献。根据法国和英国之间的和平协议，开普敦于 1802 年归还荷兰人。英、法两国之间的战争在 1814 年以英军胜利告终，英国制定了一项条约，他们可用金钱买下不同国家的领地，开普敦亦于此时正式由英国出巨资永久买下。在东海岸公路的右边修建有“好望角发现纪念碑”，现在每年依然有 100 多艘船经过好望角。

开普敦半岛最南端的好望角依山一边为自然保护区，面积 7880 公顷。40 公里长的海岸线上，看似贫瘠的荒原孕育着超过 1500 种的耐寒植物，还有许多鸟类、爬虫类及其他动物，如鸵鸟、羚羊、狒狒、野兔、盐鼠等。大西洋的风很大，吹起了很高的浪，正如迪亚士当年描述的那样，是一个“风暴角”。

在好望角的山顶，我们参观了好望角历史变迁的展览。展览还展示了达·伽马绕过好望角到达印度的航海历程，并陈列了大量的珍贵文物，其中有指引海上船只航行转向的灯塔，还有现在仍在使用的灯塔。在没有无线通信和卫星定位呼叫的年代，灯塔是很重要的航标，为远洋航行的海轮指明了方向。

1497年，达·伽马顺利通过好望角，首次到达东方的印度，开辟了人类航海的新纪元。西方的现代文明源于海洋开拓，发展得益于海洋，蓝色文明虽然带来了殖民主义，但在一定程度上也带来了人类科技的进步和全球化。

七彩文化

结束在南非的考察后，我们准备离开酒店，前往开普敦国际机场。这时，天空下起了雨。在从市区往机场的高速公路上，我们经过开普敦大学医学院和魔鬼峰下的自然保护区。

开普敦的城市设计风格和功能十分独特，一边是人文景观，另一边是自然保护区，体现了人与自然和谐共处的理念。国家2号公路沿东海岸全长2000多公里，被称为“花园大道”。花园大道紧靠山区，山谷肥沃，生长着众多野生花卉，有雏菊、普洛蒂亚、爱莉卡、百合、鸢尾花和兰花。在春季，这条花园大道沿西海岸向北延伸，全长1000多公里，被人们称为“上帝的花园”。

1 2|3

1. 作者与开普敦大学学生合影
2. 开普敦大学的礼堂
3. 开普敦大学的校园风光

南非是一个民主国家，70% 是黑人，由于历史原因，大部分黑人没有受过教育，整个社会文化素质较低，管理难度较大。在东海岸定居的欧洲人仍然沿袭了典型的欧洲生活方式，保持原来的生活水平和生活质量。因此，南非的社会贫富差距很大。据说，南非政府一直致力于解决黑人住房困难等社会问题。我们经过开普敦最大的黑人居住区——卡里特黑人区时，看到整个区域都是小排的铁皮房子。

开普敦七彩缤纷的人文文化，就像古老的非洲大陆一样悠远宽广。古老的非洲历史让开普敦有着狂野的血脉，而其现代化程度也令人惊叹不已。开普敦常常让人迷惑：她无疑是高度文明的，但却又挥不去原始与苍凉；由于盛产黄金、钻石，她无疑是富裕的。世界上没有哪个城市能将现代文明与原始自然美结合得如此天衣无缝。在开普敦，人们能真正看到梦里的世界：从原始时代开始就未改变过的辽阔荒野，茂盛的野草和怒放的野花，蓝得透明的天空，完全保持自然风貌的荒凉海滩。夜深人静，月光皎洁，躺在沙滩上，听着阵阵涛声，这样的感动也唯有在开普敦才能体验到。

1	2
	3 | 4

1. 南非开普敦国际会展中心
2. 首届南非国际图书博览会
3—4. 作者与博览会参会人员合影

徘徊在开普敦，总会有恍惚的瞬间，不知自己此时究竟身处在地球的哪个地方。你会看到很多颜色——各种花卉的颜色，各种海鲜的颜色，各种肤色……在两洋交汇处——厄加勒斯角的浑水区也拥有多样的色彩。印度洋的水是浅黄色的，而大西洋的水是深蓝色的，两种颜色的海水徐徐交融，乃至无痕无踪，在最远处与天空汇成一色，合出缤纷的蓝色，浪漫而遥远。

CAPE TOWN BOOK FAIR
IN ASSOCIATION WITH Sunday Times
CAPE TOWN BOOK FAIR
IN ASSOCIATION WITH Sunday Times
TRANCE
EXIT

future
MASKEW MILLER LONGMAN

长河的记忆

黄健

多年来，由于工作的关系，我每年都会参加国内外各种图书博览会或会议。每次出差，我都会提前做好功课，了解当地的社会经济情况、历史文化和风土人情。我已经养成了一种习惯，在旅途中，在夜深人静的时候，我会用笔记本、手提电脑或手机，记录下当天的所见所闻。

多年来，我保持着一种习惯，喜欢把生活中的点点滴滴记录下来，随感而发，仿佛心底无拘无束地流淌着一条清澈的小河，我的文字因此变得清新柔和、真挚淳朴。我崇尚一种自由的倾诉，一种自然的表达，一种向上的心态，一种向善的情怀。细细想来，这与我长期从事新闻出版工作的经历分不开。

在互联网高度发达的今天，我在旅途中记录下的见闻和拍摄的照片可以很快地上传到云邮箱，并通过博客、微博与微信等平台，快速地传递到朋友的移动终端。

21世纪初期，新媒体博客兴起，我把写成的文章和拍摄的照片，放在自己的文学博客“黄健往事如烟”上发表，至今已经有18万的读者。几年下来，我的博客已发表了20多万字的作品和照片。国内外的旅途见闻和拍摄的照片，在时间的长河中慢慢地沉淀下

后记

来，为我的写作提供了丰富而充实的素材，成为我创作《岁月记忆》的原始素材。

那浅浅的文字、淡淡的情愫，折射出我对平凡生活的感悟，对世界文明的探索和追寻，对人类发展历程的感知。对我而言，这是快乐的写作，幸福的写作，自由的写作，心灵的写作。《岁月记忆》中的文章，大多数在《中国新闻出版报》《中国青年》《文史春秋》《广西日报》《南宁日报》《南国早报》《南宁晚报》《桂林日报》《柳州日报》《广西文学》《红豆》《广西城镇建设》《南国博览》《当代生活报》《女性天地》等报刊公开发表。

2015 年 1 月，广西壮族自治区党委宣传部和广西壮族自治区新闻出版局共同举办广西图书出版社社长、总编辑高级研修班，我是讲课老师之一。其间，我把这部历时多年写作的《岁月记忆》的手稿和照片送给朱俊杰社长看，朱社长对此书的丰富内容和出版意义给予了高度评价。

2018 年 9 月，广西壮族自治区民宗委党组邀请我到自治区民宗委机关，给领导班子和处级干部做“奋斗新时代、践行新思想、实现新作为”专题讲座。课间休息时，我与广西民族出版社石朝雄社长亲切交流广西民族历史与民族出版工作，石社长还关切地询问《岁月记忆》的编辑出版详细情况。

经过多年的累积，我拍摄了大量的世界各地经典建筑与风土人情照片，记录了几十万字的旅途见闻。这些珍贵的文字和照片曾两次在专题展览中展出：第一次是在 2019 年 4 月，在广西壮族自治区图书馆的“世界读书日——阅读瞬间”专题展览中展出； 第二次是在 2019 年末、2020 年初，在南宁市图书馆的“喜迎 2020 年阅读瞬间”专题展览中展出。对此，国内区内的主流媒体还做了专题的报道。

从 2014 年到 2020 年，我在广西壮族自治区新闻出版局、广西壮族自治区人民政府参事室、广西壮族自治区政协文史和学习委员会等多个单位的不同岗位工作，无论在哪个岗位上，我始终坚守思考与写作的情怀。无疑，散文写作是我精神生活中的一块芳草地，鲜绿而美丽，儒雅又知心。

《岁月记忆》所收录的文章，从不同的角度反映了我的生活态度、理想、情感和对人性的理解，表达了我对伟人的礼赞，对党、祖国和人民的热爱之情。岁月如歌，犹如川流不息的长河。不知不觉，岁月流逝，让人更深切地感悟到，时间顺流而下，生活逆水行舟。经历过岁月的磨砺，眉宇间添了许多皱纹。得与失均成过眼烟云，然而真性情不变。明代文学家袁宏道曾说：“人情必有所寄，然后能乐。”这些年，我以工作为重，以家庭为情，以撰文为乐，坚守自己的精神家园，以此让生命常青，让生活常乐。

《岁月记忆》是我行走的时光记忆，记录下的是我作为一个老新闻出版工作者，对世界民族文化和中华优秀传统文化内涵的理解，对在历史长河中那些远去的人物或事件的切身感受。我所拍摄的一幅幅宏伟、闪耀着人类智慧光芒的历史建筑照片，是自己行走经历的一次次有限的记述。用中国人的眼睛看世界，用现代的眼光回望历史。一次次的行走经历给我带来心灵的震撼、思想的洗涤和精神的愉悦。

在本书付梓出版之际，我由衷感谢聂震宁先生的深情厚谊，在百忙之中赐序。衷心感谢广西民族出版社石朝雄社长、广西民族出版社原社长朱俊杰编审的大力支持，感谢广西民族出版社总编辑徐美的真诚帮助，感谢广西民族出版社编辑葛智星、梁倩为此付出的艰辛劳动。在你们的真诚帮助下，《岁月记忆》得以出版面世。在此，对各位朋友致以诚挚的敬意与衷心的谢意！同时，《岁月记忆》作为一份特别的礼物，献给始终关爱我的家人和朋友。

《岁月记忆》所收录的散文、随笔，讲述的是关于我各个阶段的生活故事，是我真情实感的流露，记录着我个人深深浅浅的足迹，刻画着生活之树的年轮，反映了我的生活轨迹与心路历程。

烟尘身后碧如洗，旧事堂前潜心参。年华似水，回忆走过的道路，品味人生，期望美好的未来。面对世界的风情万种，我始终保持一种恬静、淡然的心境，始终以“天行健，君子以自强不息；地势坤，君子以厚德载物”勉励自己，刚毅坚卓，永不停息。

2021年12月22日写于广西南宁

图书在版编目（CIP）数据

岁月记忆 / 黄健著. — 南宁：广西民族出版社，2023. 2
ISBN 978-7-5363-7572-7

Ⅰ. ①岁… Ⅱ. ①黄… Ⅲ. ①随笔 — 作品集 — 中国 — 当代 Ⅳ. ①I267.1

中国版本图书馆CIP数据核字（2022）第253421号

SUIYUE JIYI
岁月记忆

出 版 人：石朝雄
责任编辑：葛智星　梁　倩
装帧设计：陈　卓
封面题字：唐长兴
责任校对：黄毅萍
责任印制：梁海彪
出版发行：广西民族出版社
地址：广西南宁市青秀区桂春路3号　邮编：530028
电话：0771-5523216　传真：0771-5523225
电子邮箱：bws@gxmzbook.com

印　　刷：广西彩丰印务有限公司
规　　格：787毫米×1092毫米　1/16
印　　张：29.5
字　　数：383千
版　　次：2023年2月第1版
印　　次：2023年2月第1次印刷
书　　号：ISBN 978-7-5363-7572-7
定　　价：108.00元